幻告

げんこく

目錄

序章

我第一次見到父親是在刑事案件的法庭上。

父親以被告的身分站上證人臺，兒子在後面的旁聽席瞪著他看。

這個場面實在稱不上感人的重逢，反而讓我充滿憤怒和厭惡，噁心想吐，胃液翻騰。

他被起訴的原因是強制猥褻繼女。

被害人當時還是個高中生。他趁著繼女睡覺時溜進她的房間，先綁住手腳、矇住眼睛，然後猥褻了她。這種惡行簡直齷齪到讓人不敢想像，聽檢察官朗讀起訴狀時，我的雞皮疙瘩都冒出來了。

我竟然和這個男人有血緣關係，真希望這不是真的。

——爸爸去哪裡了？

自從懂事以來，我不斷地追問這個殘酷的問題，讓媽媽非常頭痛。

有一段時間我很氣媽媽不肯回答問題，但那充其量只是叛逆期，大約在國中畢業的時候，我已經接受家裡只有兩個人的事實。

可是，在我大三那年的冬天，有刑警來找我媽媽。

這間公寓的隔音很差，我可以斷斷續續地聽見他們的對話。警方請我媽媽協助提供證據。嫌犯已經被逮捕。紀錄顯示他會定期匯款給前妻……我聽到這裡時不小心發出聲響，於是被趕了出去。

我本來覺得家裡經濟狀況很拮据，媽媽卻能供我讀大學。

每當我生日將近的時候，媽媽都會盛裝打扮出門。

等刑警走後，我問媽媽父親是不是被逮捕了，媽媽視線游移，然後點頭。當我得知警方在調查的是性侵案時，簡直驚愕到說不到話。

然後，二十一歲的我在法庭上看到了爸爸的樣貌，聽到了爸爸的聲音。

「起訴罪名及法條是刑法第一百七十六條強制猥褻。請依照上述事實審理。」

法官先向被告說明緘默權，然後問：

「檢察官朗讀的犯罪事實有哪裡不正確嗎？」

「我……」

父親聲音顫抖，我的雙手也在顫抖。

「我沒做過那種事。我真的什麼都不知道。」

他主張無罪的聲音，空虛地迴盪在法庭裡。

第一章

碧藍烏鴉

1

我有時會突然想起大學時代的事。

譬如在家庭餐廳打工時的對話。

——宇久井，你知道烏鴉悖論嗎？

讀過心理系的女員工前輩每到休息時間就會和我分享她的知識和雜學，並且愉快地觀察我的反應。

我搖頭說不知道。

——「所有烏鴉都是黑色」的對偶是什麼？

我回想著大學考試的內容，回答「不是黑色的東西都不是烏鴉」。如果是現在的我，可能會先問「對偶是什麼意思？」。

——你看，很奇妙吧？

我雖然不明白，還是隨口附和「是啊」。

——不用驗證烏鴉就可以證明「所有烏鴉都是黑色」這個命題，只要驗證世上所有不是黑色的東西，一樣能得出答案。

休息室裡有很多不是黑色的東西，其中並沒有烏鴉。

——這就是烏鴉悖論。

聽完前輩這番照本宣科的說明，我還是不明白這個悖論的矛盾之處在哪裡。所謂「不是黑色的東西」太籠統了，就算做出明確定義，也不可能實際驗證所有符合這定義的東西……或許這就是重點吧。

不過，我對「烏鴉悖論」一詞還是留下了深刻的印象。

後來話題結束不是因為我表示聽懂了。

而是因為店長指出「對了，聽說有人在關西抓到白色的烏鴉呢」。我上網搜尋，很快就找到了報導，還發現其他地方也有人抓到。

我們看著白色烏鴉的照片討論得十分熱烈，前輩不悅地噘著嘴離開休息室，臨走前還說了一句神祕的宣言：

「下次再找你做催眠術的實驗，先做好心理準備吧。」

如今我偶爾還是會想起那件事，不是因為我打工的地方發生過什麼大事，也不是因為我偷偷喜歡過那位前輩。

是因為我也成了黑色烏鴉的其中一員嗎？

又或者……

靠著皮革椅背，閉著眼睛。

我很喜歡在安靜的法庭裡等人進來的這段時間。

第一個走進法庭的會是誰？最後一個離開法庭的又會是誰？法院書記官這個職業，法律人士和旁聽迷當然知道，沒聽過的人想必也不少。

書記官的法袍是全黑的。

庭審開始前幾十分鐘，書記官才會打開門，在那之前法庭都是緊閉的。

書記官會先帶著案件紀錄和筆記型電腦從專用通道進入法庭，打開電燈和開庭燈，再打開旁聽席的門，然後準備器材，這樣才算完成了開庭準備。

接著我可以休息一下，但還是要豎起耳朵。

提著包巾的上出副檢事慢慢地走進來。

我在座位上向他鞠躬。

他的包巾裡裝著等一下要審理的案件的起訴書，以及預定提出的證據。

有很多檢察官喜歡使用包巾，聽說這東西比外表看起來更好用。

上出武志坐在檢察官席，一邊用手帕擦汗，一邊對我說：

「你老是一臉想睡的模樣呢，樹鷲書記官。」

「上出先生今天還是一樣精神飽滿哪。」

因為我叫宇久井傑（Ugui Suguru），所以他叫我「樹鶯」（Uguisu）。轉得太硬了。

「外面熱得要命，我才走幾步路就滿身大汗。」

「您辛苦了。」

「這套法袍也很折磨人，應該響應『清涼商務』（註1）做成短袖款式才對。」

上出拉著開了兩顆扣子的襯衫衣襟鼓動搧風。隔著襯衫也能看出他的體格相當結實。

「一定會有人批評短袖不夠莊重。」

「中暑昏倒不是更麻煩嗎？」

「既然這樣，乾脆讓人在法袍底下全裸。」

「哈哈，那是暴露狂吧。」

上出豪邁地大笑。他五年前和我一樣是法院書記官，後來通過了副檢事考試——不用經過司法考試就能當上檢察官的特考——而進入檢察廳。很少有人像他這樣了解法院和檢察廳兩方的運作方式。

他的年紀超過四十五，比我大了快要兩輪。

「我一穿上法袍就會想到烏鴉在夏天一定很痛苦。」

註1　日本政府在二〇〇五年推行衣物輕量化運動，讓空調溫度不要開得那麼低，以減少能源消耗。

「喔喔，這身打扮確實很像烏鴉，不過我都稱之為垃圾袋。」

法袍的材質是聚酯纖維，造型類似有袖子的斗篷，扣上前面的鈕扣就能嚴嚴實實地從領口遮到腳踝，確實很像套著黑色垃圾袋。

「這可是神聖的制服呢。」

「我倒覺得烏鴉也差不多。」

「因為烏鴉自古以來都被視為神明的使者嘛。」

「所以法官是神囉？」

「法官也要穿法袍就是了。」

「這是烏鴉社會的階級制度吧。」

有旁聽者進來了，所以我們不再隔著桌子聊天。總務課事先跟我說過，今天會有十位左右的更生保護機構志工來見習。憲法規定了審判公開的原則，因此法院不能拒絕旁聽。

我看看時間，離開庭大約還有十分鐘。上出今天來得很早，我一邊想著他剛才的閒聊大概是用來暖場的，一邊整理手邊的文件，他就走過來說：

「對了，宇久井書記官。」

「怎麼突然這麼嚴肅？」

他低聲說「關於今天的案件……」。

「是順手牽羊的竊盜案吧。」

我看著起訴書說道。正確說來，罪名還要再嚴重一點。

「烏間先生說過什麼嗎？」

上出提起了負責本案的法官名字——烏間信司。

「什麼？」

「像是起訴事實，或是被告的事。」

起訴書提供了兩條資訊，一條是被告的身分，譬如姓名、出生年月日、住址、戶籍、職業等等，另一條則是審理的內容，稱為起訴事實。

換個角度來說，起訴書只寫了這兩條資訊。

要等到審判期日，也就是法院開庭審理之後，法官才會知道被告被指控為罪犯的理由以及案發經過，所以在開庭之前，常看新聞的一般民眾可能都比法官更清楚案件內容。

「法官連證據都還沒看到，還不到產生疑問的時候啦。」

法官在審理過程中獲得的認知叫作「心證」。審判應該只依據心證來判斷控辯雙方的主張是否合理。

「那位順手牽羊大嬸之前也在南陽地方法院被判過有罪。」

「當時也是烏間庭長審理的嗎？」

「不是他。不過……」

上出一副欲言又止的模樣，像是在擔心什麼。

「難得看到您這麼不知所措。」

他口中的順手牽羊大嬸——仁保雅子——大約在一個月前遭到起訴。

起訴書被受理之後不會立刻開庭審理。起訴後，書記官要和相關人士聯絡協調，檢察官要整理準備提交的證據，辯護律師要和被告討論辯護的方向，然後才是第一次開庭。

案件開始審理之前，法官只能從起訴書中獲得案件的資訊。聽說有些法官為了排除預斷和偏見，連報紙都不會看。

「也罷，只能走一步算一步了。」

上出也很清楚刑事訴訟的原則，卻還是想先打聽法官的態度。

「……這個案子很棘手嗎？」

「只要烏鴉不啼叫，就不會有問題。」

「您可別去恐嚇庭長喔。」

有些人把烏間信司稱為「烏鴉」，理由恐怕不只是因為他的姓氏。法袍的顏色也是其中一點吧。

「當書記官真好，我緊張得都快要胃穿孔了。」

「我會幫忙祈禱不要旁生枝節的。」

「別只顧祈禱，你倒是幫我勸勸他啊。」

泊川律師不知何時已經坐在辯護人席了。我以前參加座談會時被一位資深律師批評過：法院職員應該秉持中立的原則，和檢察官太過親近不太妥當。

開庭時間快到了，我打內線電話到刑務官待命的房間，請他們把被告帶進法庭。

上出回到檢察官席，皺緊眉頭盯著文件。光從起訴書來看，我只覺得這是一件平凡無奇的竊案，他有什麼好擔心的呢？

烏鴉的啼叫……我好久沒聽到這句話了。

烏間在審案時動不動就會引起風波。書記官的工作是正確地記錄庭審過程，如果有反常的情況會很麻煩，這對我來說簡直是攸關生計的問題。

刑務官帶著被告走進來。

檢察官、律師、被告都到了，再來只要等法官到場就能開庭了。

但願這次庭審可以平安順利地結束。

2

【烏間法官審案很有戲劇性，但是負責訴訟指揮的法官怎麼能不顧規則呢？】

大約一個月前，某個知名的旁聽迷部落格貼出一篇文章，開頭寫了這麼一句話。作者沒有寫明他旁聽的是哪個案件，只節錄了烏間在審理時的一些發言，用批判的態度加以評論。
　那篇文章鉅細靡遺地敘述了庭審的經過，作者想必費了不少心力查詢刑事訴訟法和刑事訴訟規則的條文。
　可是看到別人說烏間不顧刑事訴訟規則，以書記官身分和他一起開庭過好幾次的我實在難以苟同。
　他是在遵守規則的前提下找尋可走的小徑。
　我覺得這樣描述更加貼切。
　書記官席位於法壇的正前方。
　我聽見後方傳來開門聲，於是跟著其他出庭者的動作起身行禮。
　法官進來以後，法庭的氣氛變得很緊張。
　確認所有人都就座後，我把案件紀錄呈上法壇。
　南陽地方法院刑事庭的庭長烏間信司頂著一頭花白的頭髮，五官端正又深邃，非常引人注目，穿上法袍就更凸顯了那頭花白的頭髮。他光是靜靜地坐在法壇上就很有型，而且帶有一種獨特的氣場。
「今天有很多人旁聽呢。」烏間低聲說道。
　如果沒有裁判員（註2）參與，又沒有被媒體大肆報導，旁聽席只會出現寥寥數

註2　日本的陪審制度，是從一般公民中選出一些人和法官共同審理重大刑事案件。

人，稀鬆平常的竊盜案或毒品案多半不會有人來旁聽。

「先前向您報告過，今天會有更生保護機構的志工來旁聽。您很在意嗎？」

「沒有，只是擔心會造成被告的心理壓力。」

「我通知過辯護人了。」

「重點是辯護人有沒有先跟被告說過。」

被告正由刑務官解開手銬，一邊望向旁聽席。她的頭髮蓬亂，身穿灰色運動衫和運動褲，嘴脣像病人一樣乾巴巴。

烏間望向旁聽席後方牆上的時鐘，宣布開庭。

「現在開庭。被告請站到我正前方的講臺上。」

被告聽到烏間說的話，抬起頭來。

「您是說證人臺嗎？」

「是的，妳很清楚呢。」

「我來過好幾次了。啊……對不起，我說了無關的廢話。」

被告捂住嘴巴，低下頭去。

「這次庭審就是為了聽妳說話，妳不用擔心，想說什麼就說。」

「是這樣嗎？」

「我很想直接稱呼妳的名字，不過現在還沒進行到人別訊問，只能請妳暫時當個無名的被告。」

「喔……」

被告帶著困惑的表情走向證人臺。

此時已經能看出烏間指揮訴訟的特殊作風了。大部分法官只會簡單說一句「請被告站到證人臺」而已，如果被告不知道證人臺在哪裡，律師或書記官自然會提示，被告發言的機會非常少。

「今天有團體來旁聽，妳會緊張嗎？」

「不會，沒關係。」

從正面看過去，被告十分矮小，胸部以下都被證人臺遮住。

「我現在要確認沒有弄錯人。妳的名字是？」

「仁保雅子。」

「妳的出生年月日是？」

「昭和……」

接著烏間又對照起訴書，詢問她的住址、戶籍、職業。

由此可知，仁保雅子是四十五歲，住在更生保護機構，目前沒有工作。

依照一般情況，接下來應該由檢察官朗讀起訴書。

「人別訊問到此為止。我終於可以叫妳仁保女士了。」

坐在我後方的烏間想必露出了微笑。

「現在要開始審理妳的常習累犯竊盜案，首先是由法庭裡的相關者各自說明，請妳仔細聽。我是烏間信司法官，等我聽過檢察官和辯護人的主張、看過被採用的證據之後，我會判斷妳是否有罪，如果有罪應該判處怎樣的刑罰。接著，在妳左手邊的是……」

介紹完檢察官和辯護人的職責之後，烏間還解釋了書記官的職責：「坐在我前面的這位負責記錄審理的過程和當事人的發言。」（註3）

「妳有問題要問嗎？」

「沒有……謝謝您的細心講解。」

因為被告有過前科，受到這種和過去大相逕庭的待遇一定令她十分困惑。

「那麼事前說明就到此為止，接下來由檢察官朗讀起訴書。請妳留在原地聆聽。好，開始吧。」

上出站起來，從「起訴事實……」開始朗讀。

「被告於平成二十七年十月八日，在南陽簡易法庭因竊盜罪被判處十個月的有期徒刑；平成二十九年十一月七日，在南陽簡易法庭因竊盜罪被判處一年的有期徒刑；令和元年五月九日，在南陽地方法院因竊盜罪被判處兩年的有期徒刑。上述刑罰在當時皆已服完，但被告習性不改，令和三年七月十五日，在南陽市時田町二丁目十八番地的羅梅茵有限公司二樓賣場，又竊取了同公司社長木野達郎所管理的四

註3　本書中的「當事人」主要是指控方的檢察官和辯方的律師。

件首飾，售價合計三萬零四百圓。
罪名及處罰條例為常習累犯竊盜罪，盜犯防止及處分相關法律第三條、第二條、刑法第二百三十五條。」(註4)

上出讀起訴書的語調死板且枯燥。

「念得太快了。」

聽到烏間的指責，上出問道「有問題嗎？」。

「您想過自己是在讀起訴書給誰聽嗎？」

「我只是在宣示這件案子要審理的內容。」

「是嗎？」

上出的回答牛頭不對馬嘴，不過烏間也沒再深究下去。

「仁保女士，妳有沒有哪裡聽不懂的？」

「沒問題。」

「好，那妳知道什麼是緘默權嗎？」

「如果不想說話就可以不說……」

「是的，妳可以從頭到尾都不說話，也可以只回答其中某些問題，對其餘問題保持沉默。不過，如果妳回答了，無論這個答案對妳自己有利或不利，都會成為呈

註4　平成二十七年為西元二〇一五年。令和元年為西元二〇一九年。

堂證供。成為呈堂證供的意思就是會成為判決的依據，所以要不要回答問題，妳自己得想清楚。」

「我知道了。」

烏間輕咳一聲。

「那麼，我要詢問妳關於檢察官剛剛朗讀的內容。首先是常習累犯竊盜罪，這個詞彙很艱深，妳聽得懂嗎？」

「就是說我順手牽羊很多次，所以會罰得更重……」

「是的，在法定期限內因竊盜罪入獄服刑三次以上的人如果再犯，就會被視為常習累犯竊盜而加重刑責。」

「嗯。」

竊盜罪的法定刑是一個月以上十年以下，但常習累犯竊盜的法定刑是三年以上二十年以下，刑期的下限和上限都大幅增加了。

換句話說，集滿三次竊盜罪，第四次就會加重處罰，不過這個集點活動是有期限的。真是奇怪的制度。

「檢察官列出妳的前科是要證明妳觸犯了常習累犯竊盜罪，不過這次要審理的只有偷竊首飾的案件，所以不用想得太複雜。」

法律專有名詞都很晦澀，常習累犯竊盜罪或許可以換個更簡單易懂的名稱，像是殿堂級竊盜罪、竊盜成癮罪、反覆竊盜罪……之類的。

烏間解釋完以後，向仁保問：

「基於以上說明，妳覺得檢察官朗讀的事實有哪裡錯誤，或是有哪些地方想要訂正嗎？」

「我確實把項鍊和戒指從店裡拿出去……」

仁保看了泊川律師一眼，繼續說道：

「但我拿走首飾不是為了得到那些東西，而是『為了進刑務所』。」

「這樣啊。那辯護人的意見呢？」

體型福態的泊川佑志按著桌子回答：

「和被告一樣。我對起訴書所記載的時間地點、被告從店裡拿走項鍊等商品的事實沒有異議，但被告的動機是為了進刑務所，欠缺不法領得之意圖，因此我主張無罪。」

不法領得之意圖。又是一個晦澀的法律專有名詞。

竊盜罪是用來處罰不當侵犯他人財產權的法條，竊盜罪要成立就必須具備從財物獲得經濟利益的意圖——不法領得之意圖——因此律師主張本案欠缺了這項條件。

「檢察官，今天要進行到哪個階段？」

「進行到調查同意書證。麻煩您了。」（註5）

被告認罪與否，會讓刑事訴訟的流程產生極大的分歧。

如果被告承認犯罪，通常會在第一次庭審完成實質的審理，下次開庭就可以直接宣判。如果被告否認犯罪，還會依照爭執的範圍和內容而分成幾條不同的路線。

「辯護人也同意嗎？」

這件案子的被告否認犯罪，所以烏間必須研判該選擇哪一條路線。

「是，我沒有問題。」

「那麼就請仁保女士回到辯護人前方的座位。」

我望向旁聽席，有人交頭接耳，還有人疑惑地歪頭。

他們大概不明白被告的主張如何得出無罪的結論。她沒有反駁從店裡拿走商品的事實，而是強調自己的動機是為了進刑務所……

這個問題屬於法律解釋方法的範疇。法庭不是大學課堂，烏間當然不會為旁聽者從頭開始講解法律。

「接下來是調查證據。首先由檢察官做開審陳述……也就是說明檢方是根據怎樣的證據和事實而得出有罪的結論。仁保女士請仔細聽。」

註5　檢察官在案件開始審理之前會先開示證據，同意書證是指辯護人沒有異議、同意其具有證據能力的書面證據。

「好的。」

「檢察官，請說吧。」

「是。」上出再次站起來。

「被告出生於南陽市，高中畢業後換過很多工作，包含服務業和製造業。有過婚姻，但丈夫已經過世。行竊時正住在居住地。除了起訴書記載的三件前科之外，還有兩件同類型的前科，以及兩件同類型的前歷。」

她的前科前歷多到讓我有點錯愕。

所謂的前歷，是指被警察逮捕、但是沒被檢察官起訴的情況。順手牽羊第一次被抓到，會受到警察口頭申誡。第二次被抓到就會移送地檢署，得到「沒有下次囉」的最後通牒，在這個階段還會以緩起訴的形式留下前歷。若是再不悔改，第三次被抓到，機會已經用光了，這時才會遭到起訴。

口頭申誡、緩起訴、起訴，有很多法條都是像這樣逐漸加重處罰。也就是說，如果因為順手牽羊遭到起訴，想必已經是慣犯了。

「被告服完上一次的刑期後，住進了更生保護機構，僅僅過了三個月又犯下本案。關於動機，依照檢方的看法，被告擁有足夠生活的積蓄，偷竊首飾只是因為捨不得花錢。」

檢察官認為被告是想要穿戴首飾，但沒付錢就從店裡拿走。如果法官認同檢察官主張的犯罪動機，竊盜罪就會毫無疑問地成立。

「羅梅茵是女裝店，店裡也有販賣首飾。被告一進商店就直接上二樓挑選首飾，然後趁著店員不注意，把商品放進上衣口袋，做出了起訴書所記載的犯行。遭竊商品共有四件，包括戒指、項鍊、手鍊、耳環。此外，被告的行動全被監視器錄下來了。遭竊商品的擺設方式讓人可以輕易拿到，而且沒有加上防盜標籤。之後被告去時田町派出所自首，交代了本件犯行的各項事實。」

犯罪型態相當簡單。檢察官想必覺得只要看監視錄影就能證明被告犯罪。

「為了證明以上事實，我聲請調查證據清單所記載的甲證及乙證。」

烏間再次向被告解釋流程。

「剛剛檢察官的主張能不能得到認同，要看有沒有證據支持，譬如首飾的售價、商店的名稱和地點、犯行時間……沒有爭議的證據會在檢察官聲請書狀之後認定，有爭議的證據就要再繼續討論。所以，在此先詢問辯護人對檢方所提證據的意見。」

「我要提出證據意見書。」泊川站起來發言。

在這次的案件中，控辯雙方都同意被告把首飾帶出店外的事實，所以辯護人對大部分證據都表示同意，不同意的部分是記載了被告辯解的筆錄、處理被告案件的派出所警員的筆錄、關於被告經濟狀況的調查書……等等。

「沒有爭議的證據將被採用，請檢察官介紹內容。」

「甲證1號……」

上出念出清單，包括遭竊商店的現場調查結果、失竊商品的對照結果、報案申請書的內容、防盜監視器錄下的被告行竊畫面……等等。

烏間接過文件，向上出確認「今天能做的就是這些？」。

「是的。」

「檢察官對今後的審理流程有什麼意見嗎？」

「在本案中，被告的認知占有重大意義，我認為應該先詢問被告。如果有必要，再來檢討之後追加的證據。」

聽完上出的發言，泊川也表示同意：「辯護人對此流程沒有意見。」

「我知道了。請等一下。」

後方傳來翻紙的沙沙聲。烏間正在翻閱文件。在此期間，上出盤著手臂，閉目養神。

「仁保女士。」烏間說道。

「是。」

低著頭的仁保抬頭望向法壇。

「我要問妳一件事。」

泊川拿起了筆，上出的眼神也變得銳利。

烏間問：

「仁保惠一先生是幾年前過世的？」

3

閉庭之後，法庭上只剩下我和烏間，還有更生保護機構的八位志工。

「各位覺得剛才的審判如何？」

我努力裝出開朗的聲音向參觀者問道，等了半天還是沒人回答。

這是怎麼回事？

「烏間庭長向來都會仔細地解釋程序，或許還是有些對話讓人難以理解，各位可以趁這個機會發問，但是關於案件內容只能依照一般情況來回答。」

讓國民直接參與審判的裁判員制度開始實施後，當務之急是要鼓勵國民多多關注遠離日常生活的訴訟，法院為此想盡了各種方法。

藉著文宣和影片，已經讓大眾得知裁判員制度的存在，但指揮庭審的法官依然像聽不習慣的法律專有名詞讓人感到陌生，為了讓國民有更多機會向法官發問，法院還會舉行類似這樣的旁聽研討會。

——宇久井先生，總務課真的忙不過來，只能請你幫忙主持了。

要辦研討會必須事先申請，所以次數沒有很頻繁，但我還得擔任不習慣的主持工作，因此我從一大早就覺得心情沉重。

「我可以發問嗎？」有位戴著褐框眼鏡的女性舉手了。

「好的，請說。」

「被告說偷首飾是為了進刑務所，如果這個主張得到認同，那她就是無罪嗎？」

辯護人以「欠缺不法領得之意圖」的理由主張無罪，沒有學過刑法的一般民眾鐵定搞不懂這是什麼意思。

「聽到無罪一詞，很多人都會想到『真凶另有他人』的案例。」

烏間如此回答。我們事先說好了，如果是關於訴訟流程的問題，就由我這個書記官來回答，若是法律的問題或是向法官發問，就由烏間回答。

「可是被告承認她從店裡把商品拿出去了。」那位女性歪著頭說。

「假設我偷偷拿走了妳戴在左手的手錶。如果我是為了把錶拿去賣掉，妳覺得我犯了什麼罪？」

「……竊盜罪？」

「答對了。那麼，如果我是為了把手錶丟進馬桶呢？」

有好幾位志工露出了微笑，但烏間一定不覺得自己在開玩笑。

「也是竊盜罪……吧？」

「這種情況應該是毀損器物罪。」

「喔喔，我聽過這條罪。」

「毀損器物罪是破壞他人物品的罪行，刑罰比竊盜罪輕很多。簡單地說，為了利用財物而偷竊更該受到譴責。」
「呃……我反而覺得丟進馬桶比較過分，因為手錶被賣掉還可以找回來，丟進馬桶的話就會沾滿髒東西啊。」
「哎呀，討厭啦，害我也開始想像那個畫面了。」
其他志工都笑了起來。
「這麼說來，我偷東西只要聲稱是為了弄壞，就會比較有利？」
另一位女性如此問道，旁邊有人說了句「太奸詐了」。
「判案最困難的部分就是看穿被告的內心。」烏間冷靜地回答。
「只能問被告本人吧？」
戴褐框眼鏡的女性再次開口。
「這麼一來會說謊的人就比較有利了。假如我把偷走的手錶藏在自家的天花板上，結果警察來搜查時發現了，我聲稱正準備丟進馬桶，妳覺得警察會相信嗎？」
那位女性思索片刻，回答說：
「又沒有真的丟進馬桶，這只是在找藉口吧？要丟的話，機會多的是……」
「是啊，那麼，如果妳氣沖沖地追過來，我在情急之下跑進便利商店的廁所，把手錶丟進馬桶，那我犯了什麼罪？」
志工們交頭接耳地討論，氣氛簡直像猜謎比賽一樣熱烈。
「唔……這也是毀損器物罪吧？」

「也有可能是自知逃不掉，所以想要銷毀證據？」
等眾人安靜下來以後，烏間才說：
「這就是判讀人心、看穿謊話的工作。只看客觀的事實，在常識和經驗的驗證之下導出結論，就能降低被不合理的辯解欺騙的機率。」
志工們點點頭，向烏間問：「法官都是一直在思考這些事嗎？」
「思考這些事就是我們的工作。」
「好像會變得疑神疑鬼呢。」
烏間沒有回應這句喃喃自語。
只要習慣了抱持疑惑，就不會落到疑神疑鬼的地步。
「所以說，為了分辨是竊盜罪或毀損器物罪，得看被告偷東西是否基於獲得財物利益的意圖。我現在回答你們的第一個問題：為了進刑務所而拿走店裡的商品，有可能欠缺這種意圖。」
像烏間這麼精明的人，要把法律專有名詞「不法領得之意圖」解釋清楚也得花不少時間。
「我懂了，謝謝您。」
我看著旁聽席，問道「還有其他問題嗎？」。
「我是副代表高橋。」
我抬手示意舉手的女性發言，同時從她的表情察覺到一種不尋常的氣氛。

「我們的機構協助過剛才那位被告。」
「那你們早就認識了吧。」
檢察官在開審陳述時說過，被告服完上一次刑期之後住進了更生保護機構。
「我們為她提供住所，還幫她介紹了工作，結果她又犯罪了。不論她的目的是什麼，她拿走商品、給店家造成困擾都是不爭的事實。老實說，我覺得她辜負了我們。」
「請不要討論案件內容。」
即使烏間制止，那位自稱副代表的女性還是不肯罷休。
「檢察官也說了，她不斷犯下相同的罪。既然沒辦法矯正她的偷竊癖，就該把她關久一點吧？」
「妳是要分享意見，還是要發問？」
「我想聽聽看法官的想法。」
「法官在斟酌刑罰時，會一併考慮到這種情況。」
「我是說，如果這樣還是不能讓她改過自新……」
「防止再犯不是我們要努力的目標。」
「什麼……」
「我只需要做好法官分內的職責。」
不祥的預感成真了。如果總務課的人知道法官在研習會跟人起爭執，一定會向我抱怨的。
「您覺得自己分內的職責是什麼？」
「判斷被告是不是有罪，如果有罪就要判處適當的刑罰。」
我知道對方一定不會接受這種解釋，所以插嘴說：
「容我說一句……」我努力擠出最保險的答案。「正如烏間庭長所說，防止再犯的矯正教育是由刑務所負責的。」
「你們是在推卸責任嗎？」
「應該說，法院有法院的職責。」
「剛才的庭審也很奇怪，為什麼法官對被告那麼偏心？她才沒有緘默的權利，應該好好地面對自己犯下的罪……」
我出來打圓場卻造成了反效果。那位女性只在乎自己的看法，完全不把憲法規定的緘默權放在眼裡，繼續爭論刑事訴訟該有的模樣、法官的職責，以及被告的待遇。
我真想問他們的機構叫什麼名稱。
想要推卸責任的明明是她吧？
但我還是謹記自己的身分，說出了能克服危機的萬用金句：
「感謝妳分享意見。」

4

等那位氣噗噗的副代表息怒之後，我送走了那群志工，檢查旁聽席有沒有遺失物，然後脫下法袍掛在木柵欄上。

我坐在證人臺的椅子上發牢騷：「如果有人投訴，我會把責任都推給庭長的。」

法壇比證人臺高一公尺以上，我必須抬頭仰望。

「是宇久井說的那句話惹她生氣的。」

「哪有？我只是在幫您的失言打圓場吧。」

「失言？」

我將身體靠在椅背，椅子的前腳隨之懸空。

「您說防止再犯不是法院該努力的目標。我知道您的意思，這句話也沒有說錯，可是沒有解釋清楚會讓人誤會的。」

「喔，誤會啊。」

「畢竟社會大眾本來就覺得法院的人沒血沒淚。」

「哪有人是沒血沒淚的？」

「這只是比喻。」

聽到我的回答，烏間反問：「那麼更生保護機構的職責是什麼？」

「為出獄之後無處可去的人提供暫時的庇護，協助他們找到住所和工作，以免他們再犯。」

「向更生保護機構工作的員工解釋更生的意義，就好比向釋迦牟尼解釋佛法。」

「如果他們真的明白，就不會問那種問題了。」

當然，法院並不是宣告有罪判決之後就沒事了。

不過法院對於執行刑罰和矯正教育的刑務所及保護觀察機構的相關者，能提供的協助不多。

「最後那位女士說被告辜負了他們。」

「因為他們跟被告相處過，所以看到她被逮捕更難過吧，他們還專程跑來旁聽呢。」

「被告只是遭到起訴，還沒被判有罪。」

「您覺得被告可能無罪？」我說出一直牽掛的問題。

「那你覺得呢？」

「請不要問書記官法律問題。」

「爭點是仁保女士從店裡拿走商品的動機。」

聽烏間和那些志工對話時，我思考了很多事。

「主張缺乏不法領得之意圖大部分都會被駁回吧，若是偷的東西比較奇怪還有話說，但這件案子偷的是首飾。」

「首飾的經濟價值高，流通性也高，所以會被推認為是為了侵占或變賣。」

在我的印象中，會被承認沒有不法領得之意圖的情況只有藏起別人的東西惡作劇，再不然就是未經許可暫時借用別人的腳踏車或雨傘。

「此外，還要看被告的生活情況。」

檢察官聲請了關於被告經濟能力的證據，不過辯護人表示不同意，所以還不確定會不會採用。

「什麼意思？」

「有期徒刑不是獎勵，而是處罰，不但人身自由受到限制，還要被迫勞動，能得到的僅僅是遮風避雨的住處和三餐，以常理來看非常不划算，只有生活非常困苦的人才會覺得這種環境有吸引力。」

很少有人會想要靠坐牢獲得衣食和住所。

一定是生活非常貧窮，在外面受日晒雨淋，過得有一餐沒一餐，才會冒出這種想法。

「若非經濟困難，也不會順手牽羊吧。」

「有些人偷竊只是因為不想花錢。」

有人是因為貧窮或省錢而偷東西，也有人只是為了體驗刺激而偷東西，也就是說，順手牽羊的動機五花八門。偷竊最明確的報酬就是商品。相較之下，刑務所只能得到基本溫飽，兩者差異非常大。

「檢察官也認為被告的主張站不住腳，證據清單之中包含了經濟能力證明報告，可見被告多少有些積蓄。」

「如果一毛錢都沒有，也沒必要寫成報告了。」

檢察官會聲請調查的當然都是支持被告有罪的證據。

「被告在偵查階段就提到她是因生活困苦而想住進刑務所，所以檢察官已經做過查證、整理成報告了，可能是查到被告因丈夫意外過世領到的保險金還沒用完之類的……」

「喔喔，所以您才會問她丈夫是何時過世的啊？」

烏間問了那個問題後，仁保雅子回答丈夫是在八年前因交通事故而過世。我當時就在猜，烏間或許是想到被告的經濟能力會成為爭點，才會問她這個問題。

「不，不是這個理由。」

「那是什麼理由？」

「檢方提出的筆錄提到她過世的丈夫是刑務官。」

「喔……喔？啊，原來如此。」我立刻想到，刑務官工作的地方就是刑務所。

「所以她是一再地以受刑人的身分進入丈夫的職場……」

「我覺得這個關聯很值得玩味。」

如果這不是巧合，確實很值得玩味。

「仁保女士第一次被捕是什麼時候的事？」
「紀錄寫的是七年前。」
她那次沒有被起訴，但資料還是記載了她被逮捕的事實。
「唔……有些人會為了排遣孤獨而犯罪，我猜她會一再偷竊只是因為丈夫過世，跟他刑務官的身分無關。如果要說跟刑務官有關……可能是希望在刑務所裡見到丈夫的亡魂吧。」
「提出這種靈異的見解一點幫助都沒有。」
「難道您猜得到她的動機？」
「我還沒想到那裡。」
不是「不知道」，而是「還沒想」。
在當事人提出所有主張之前，法官沒辦法做出判斷。法官的角色就像廚師，檢察官和辯護人要負責準備食材——也就是主張和證據。
最終會做出什麼料理，會取決於食材的品質和廚師的手藝。
「您明明都給出提示了。」
「那不是提示，而是闡明。」
「都一樣啦。」
聽過檢察官的開審陳述，看過提出的證據，就可以大概猜到今後的發展。烏間發現有重點被遺漏了，因此詢問被告丈夫過世的時間，這是為了提醒辯護人趕緊針對這一點舉證。

上出提到「烏鴉啼叫」，指的就是烏間的訴訟指揮會像捕蚊燈一樣引導當事人。

「能和優秀的書記官合作真叫人開心。」

「我剛才的發言有任何值得您稱讚的地方嗎？」

「你毫無顧忌地跟我討論，就能提供給我很多激盪。自從當上庭長之後，我連找個說話的對象都很困難。」

「如果別人知道我用這種態度跟您說話，一定會批評我沒大沒小的。」

在南陽地方法院刑事庭，一位法官會分配到兩位書記官，法官不是書記官的上司，但書記官經常得聽法官的指示，就算是年邁書記官搭配年輕法官也一樣。

「主任和首席都說對你抱持期待呢。」

「他們是因為對我不滿意，才會用期待這種說詞來鞭策我吧。」

我是個缺乏經驗的菜鳥書記官，如果才剛來就不被寄予期待，未來鐵定是一片黑暗。

看到烏間還沒有起身的意思，我忍不住問：「您不回去嗎？」

「你要準備下一場庭審的記錄嗎？」

「我順便帶來了。」

「那就在這裡等吧。」

距離下一場庭審還有十五分鐘以上。我想思考一下剛剛的案子，又不好意思叫烏間回法官室。我拿起法袍，離開證人臺。

這時旁聽席後的門猛然打開。

「啊！找到庭長了！」

米色襯衫，大地色的格子裙。法官千草藍在盛夏之中穿著秋天色彩的服裝走進法庭。

「怎麼了，千草？」

「您負責的案件需要申請保釋，久米正在到處找您呢。」

久米尚人是今年剛被錄取的事務官。保釋是為了解除人身自由限制，必須盡快處理才行，所以他才會急著找尋烏間。

「等下一庭結束後再處理，紀錄先放在桌上吧。」

「我知道了。」

藍走到柵欄旁邊對我說：

「傑，今天的同學會是幾點？」

「六點半。」

「那我們六點約在一樓。」

我覺得這些事不該在烏間面前討論，但她的個性就是這麼不拘小節，我也沒辦法。事情都處理完了，藍卻沒有離開，她抓著欄杆，指著我的腳說：

「鞋帶鬆掉了。」
「對耶。」
右腳的鞋帶鬆了，我蹲下去重新綁好。抬頭一看，藍已經坐在旁聽席的第一排，笑著說：
「我從很久以前就覺得你綁鞋帶的方式很奇怪。」
「是嗎？」
「你綁的圈圈在下面。顛倒的蝴蝶結。」
「這樣綁比較不容易鬆脫。」
「你不覺得這句話在這種狀況下很沒說服力嗎？」
「好了啦，妳快回去啦。」我用下巴指向旁聽席後方的門。藍說「我下次再教你怎麼綁鞋帶」，終於站起來，搖曳著摻雜著褐色的頭髮走出法庭。
「你們還是這麼要好。」
烏間看著藍的背影說道。
「因為我們是同學嘛。」
藍和我是同一所大學的法律系畢業的，我上任第一天到處打招呼時，幾乎所有人都知道這件事，因為比我早來法院工作的藍早就到處宣傳了。這件事沒什麼好隱瞞的，不過法官和書記官的身分差距偶爾還是讓我有點難堪。
「千草的身邊都是些老頭子法官，你就跟她好好相處吧。」

「您真關心她呢。」

「應該說，我不太懂要怎麼跟她相處。」

烏間突如其來的自白讓我差點忍不住笑出來。原來他會煩惱這種事啊。我坐下來整理紀錄，烏間像是臨時想到，問我說：

「宇久井，你為什麼會當書記官？」

「怎麼突然這樣問？」

「我們一起工作半年了，差不多可以開始閒聊了。」

我是從今年三月開始當書記官的。新手書記官通常會跟著資深法官學習，看在烏間的眼中，我大概就像一隻雛鳥吧。

但是當我得知被分配給哪一位法官時，簡直驚訝到說不出話。

「我大學的時候覺得法律非常晦澀難懂，可是第一次去法院旁聽讓我大受震撼，所以我後來又旁聽了很多案件。」

「喔……喔？原來你是旁聽迷啊。」

「很意外嗎？」

「你既然會熟讀紀錄，一定是對法律或案件很有興趣。」

「我最近也開始對法律有興趣了。」

所謂的「旁聽迷」是指熱愛訴訟、經常去法院旁聽的人。在法院當書記官，自然會認得那些常來的人。

「你是因為很有興趣才想要做這一行的嗎？」

「與其說很有興趣，倒不如說越來越不滿足。」

「不滿足？」

「若是坐在旁聽席，在最關鍵的時候都看不到被告的臉。在罪狀認否程序（註6），以及被告詢問程序，被告都會走到證人臺。」

「只看得到背影。」

「是啊，我就是為了從正面看清楚被告認罪反省或主張無罪的時候，臉上會有怎樣的表情，所以想要坐在貴賓席。」

除了坐在背後的法官以外，書記官可以看見法庭裡的所有人。

「該說很有你的風格嗎？很獨特。」

「我在面試時也是這麼說的，結果被人白眼了。」

「如果我是面試官，應該會建議你去當法官。」

「我沒有那麼大的能力和熱誠，而且我想從一樣的高度直視被告。」

我說出了真心話，烏間興致盎然地低頭看著我。

「那你已經達成目標了吧？」

「是嗎？我還得再多累積一些經驗。」

註6　在檢察官讀完起訴書後，法官會先問被告是否承認起訴事實所敘述的罪行。

「投入工作是好事。」

每次從正面看著站在證人臺的被告，我總會這麼想。

當父親主張自己無罪時，臉上掛著什麼表情呢？

5

去法院旁聽過幾次之後，我開始注意到庭內人士的階級之分。不需要觀察他們對彼此說話的措辭或禮貌程度，只要看椅子的差異就知道了。

法官坐的是椅背高出頭部的皮革椅子，檢察官和辯護人的椅子也是皮革的，但椅背比較低，皮革的類型也不同，被告的座位則是像醫院候診處一樣的長椅。

每個法庭的設備多少有些差異，但階級之分在哪個法庭都是一樣的。

書記官的椅子和檢察官及辯護人一樣，只是位置比較差。如果要從正面觀察被告，這裡是最適合的貴賓席。

聽說偶爾會有被告在聽到判決重刑時會扯下反省自責的面具，如果他們衝過去攻擊法官，首當其衝的就是書記官了。

我再次穿上法袍，在電腦上輸入仁保雅子的庭審紀錄時，上出抱著包巾快步走來。跟書記官一樣，檢察官也會搭配某位特定的法官，所以烏間、上出和我三個人每天都會在法庭見到彼此。

「您不是回檢察廳了嗎？」

上出用手帕擦拭額頭。

「我忘了拿紀錄。」

「喔喔，辛苦您了。」

法院和檢察廳相距十分鐘路程，在這種大熱天還要多跑一趟真是太慘了。當我在旁聽後研討會冷汗直流時，上出也在大太陽底下汗流浹背。

「烏間法官……」上出朝著仍坐在法壇上的烏間說道：「您剛才訊問被告的話有什麼意義嗎？」

「賦予意義是檢察官和辯護人的工作。」

烏間的語氣比回答我問題時冷淡。檢察官的立場是要證明被告有罪，他當然會很在意法官的發言。

「既然法官這麼想，不是應該讓當事人自己去處理嗎？」

「檢察官一定是很確定被告有罪才會起訴，既然如此就該光明磊落一點。」

「您饒了我吧。」

如果有罪率和無罪率不相上下，上出也不至於這麼緊張兮兮。

是百分之九十九以上的有罪率讓檢察官萌生了「不能被判無罪」的執著心態，也讓辯護律師生出了「有罪也是無可奈何」的放棄心態。或許會有人否定這種論調，但是一直坐在法庭中央聽審的我就是這麼覺得。

「與其擔心先前的庭審，還不如擔心下一庭。」

「下一庭也有什麼地方讓您很在意嗎？」

「那倒不是。你看。」

我隨著上出的視線望向旁聽席的門。

一位坐輪椅的年輕女人逐漸靠近柵欄，推輪椅的是我認識的男律師。

「那是被告嗎？」

上出直起身子問道。

「嗯嗯，她在偵查的時候沒有坐輪椅。」

「她會直接坐輪椅到證人臺吧？」我向烏間確認，他點點頭。

如果審理時需要做什麼特別的安排，律師和檢察官事前會先告知法院。這個案子的被告在起訴之後獲得保釋，從拘留地點回到自己家。難道她是在保釋後出了車禍？

不過我從近距離觀察被告，發現她坐輪椅不是因為受傷骨折之類的理由。

她穿著長袖襯衫和長裙，從書記官席看過去，我只覺得她故意穿了不符合季節的打扮來遮蔽全身。可是當我和抬起頭的她對上視線，頓時停下腳步。

她消瘦到非常嚇人。隆起的顴骨，尖削的下巴，骨碌碌轉動的眼睛。

簡直就是皮包骨，一點肉都沒有。

「請問，應該讓被告坐在哪裡？」

加納律師的發問讓我想起了自己的職責。被告又低下頭去，她可能虛弱到沒辦法走路了。

「請直接到證人臺前。我現在就把椅子搬走。」

我把證人臺的椅子拉到柵欄旁邊，為輪椅騰出空間。

被告的健康狀況顯然很差，我向加納律師確認「被告能回答問題嗎？」，他說「恐怕沒辦法維持太長的時間」。

加納灯是年近四十的律師，他態度謙和，但身高很高，眼神又很銳利，跟他面對面談話時會有些壓迫感。

「如果被告撐不下去，請立刻告訴我。」

律師沒有回答，我回到了書記官席。

烏間對我說「時間差不多了，開庭吧」。距離開庭時間還有三分鐘，法庭裡瀰漫著凝重的沉默。

【起訴事實】

報告於令和三年七月十日，在南陽市春日居町三丁目十五番地的 SUNNY 藥妝店春日居町分店竊取該店店長會田勝則所管理的化妝水等八件商品（售價合計一萬四千圓）。

【罪名及法條】

竊盜　刑法第三百二十五條

我看著手邊的起訴書影本，突然發現一件事。

上面寫著我剛剛和烏間討論時忘記提及的偷竊動機。

有些人會偷竊是因為罹患了竊盜癖──Kleptomania──這種精神疾病。專家對這種疾病的定義也是眾說紛紜，簡單說，患者偷竊的主要目的並非獲得經濟利益，而是壓抑不了偷竊的衝動，才會一再犯下同樣的罪行。

此外，將近半數的女性患者會同時出現進食障礙，若是年輕女性，這種傾向會更明顯。進食障礙包括厭食症及暴食症，而且兩者不一定相斥，也有一些案例是由厭食症轉變成暴食症。

我在接受書記官培訓時，聽過一位治療過很多竊盜癖患者的專家講課。最令我好奇的是，連這個領域的頂尖醫生也不確定為什麼竊盜癖經常會和進食障礙一起發生。

「好了，開庭吧。」

聽見烏間的聲音從背後傳來，我抬起了視線。

「妳的身體狀況沒問題吧？」

「……是的。」

被告低著頭，用細若蚊鳴的聲音回答。

「請說出妳的名字。」

「篠原凜。」

如果現在有人站起來，可能都會蓋掉她的聲音。她的音量實在太小了。

接下來烏間確認了她住在本市，年齡二十三歲，沒有工作。

「現在開始審理篠原小姐的竊盜案。妳拿到寫了案件具體內容的起訴書謄本了嗎？」

「是的。」

「現在檢察官要朗讀起訴書，請妳在原位聆聽。」

烏間這次沒有介紹各位當事人的職責，大概是考慮到被告的身體狀況，所以盡量縮短審理的時間吧。

上出站起來，朗讀我剛剛才看過的起訴書。和仁保女士的案子相比，這件案子的起訴事實簡短許多。

「宇久井。」聽到烏間叫我，我訝異地回頭。

「被告的狀況不太好。」

我明白烏間是要我去確認，於是站了起來。篠原凜乍看只是低著頭，但我靠近證人臺就聽到她沉重的喘息，本來在朗讀起訴書的上出也停了下來。

「篠原小姐？」

「對不起。」
「啊？」
「……對不起，對不起，對不起。」
她不停地道歉。不是在對我說話。她盯著自己的腳，一直喃喃自語。
我望向法壇。烏間一定也聽到了。
「篠原凜小姐，妳聽到我說話了嗎？」
烏間開口叫她，但她毫無反應。
「辯護人，篠原小姐的情況如何？」
加納律師含糊地說「她這幾天的情況不太穩定……」。
「檢察官知道什麼嗎？」
「我在偵查階段沒聽說過被告有在服藥或去過醫院，作筆錄時也都沒問題。保釋後的情況我就不清楚了。」
上出依然站著。他這番話像是在聲明警方和檢方沒有過失。
「不過，她看起來好像沒辦法繼續下去了。」
「……是的。」
烏間很快做出了決定。
「我知道了。今天的審理到此為止，之後會指定下次開庭時間。日後再來討論看看該如何進行吧。需要叫救護車嗎？」

沒有人回答，所以烏間又補了一句「我是問辯護人」。
「我覺得應該不需要。」
「那就請辯護人陪她去醫院，可以嗎？」
加納站在輪椅旁彎下身子，在被告的耳邊說了幾句話，然後直起身子說「我之後會再報告診療的結果」。
法庭上的障礙物已經搬走，輪椅平順地被推出去。篠原凜在此期間沒有說過一句話。
上出陪他們去搭電梯，然後回來向烏間報告：
「她瘦得像皮包骨，不過這樣的被告並不少見。對吧？她被保釋前是待在一般的拘留機構，走路也沒問題。」
「你想說她的輪椅和譫語都是表演嗎？」
被烏間這麼一問，上出點頭說：
「可能是辯護人為了今後的舉證而要求她這麼做的。」
「檢察官在辯護人缺席的場合向法官灌輸偏見實在令人無法苟同。」
「我不是那個意思……」
「有意見就在開庭時發表，讓辯護人也能聽到。」
篠原凜的庭審不到十分鐘就結束了。我把開庭前保管的調查證據的文件還給上出，他一臉不高興地收下了。

最上面一份文件寫了被告的簡歷。篠原凜在一年前的竊盜罪被判緩刑，這次被起訴時，緩刑的期限都還沒過。

「她是在緩刑期間再犯？」

「是啊。」上出一邊用包巾裹起文件，一邊回答：「如果這次被判有罪，緩刑絕對會被撤銷。為了不要坐牢，就算作秀裝可憐也不是什麼希罕的事。」

能避免坐牢的唯一方法，就是主張被告有值得憐憫的苦衷，請求再次給予緩刑。不過，既然她是再犯，就算被視為浪費了更生機會也很正常，不太可能再獲得緩刑。

「她看起來不像是在演戲引人同情。」

我指出篠原的精神狀態顯然很不穩定，但上出質疑地說：

「我當上副檢事之後，最令我驚訝的就是被告在法官面前會變成截然不同的人。書記官只能看見他們表面的形象，或許很難理解吧。」

上出提著包巾離開了法庭。我們能看到的只有檢察官和辯護人各自擷取的被告的某一面，到底哪一邊才是表面形象呢……

「宇久井，紀錄還給你。」

聽到烏間的聲音，我抬頭一看，旁聽席空無一人。

「今天的狀況還真多。」

「無罪主張、庭審延期……就算是資深書記官也很少有機會連續遇到這麼多事。你一定學到了不少吧?運氣真好。」

「我一點都不開心。」

「如果不確定筆錄要怎麼寫,可以找我商量。」

「好的,總之我會自己先寫寫看。」

「那之後再麻煩你啦。」

木門發出軋軋聲。法庭是必須保持肅靜的地方,所以細微的聲音也會顯得格外響亮。我回頭一看,發現烏間還站在原地,讓我有些意外。

「您忘了拿東西嗎?」

「喔喔,沒有啦。你記得仁保女士下次開庭是什麼時候嗎?」

我看著備忘錄,回答「九月八日」,烏間向我道謝之後就關上了門。

我坐在椅子上,看著高高的天花板。

南陽地方法院的電燈嵌著彩色玻璃。樹葉圖案,以藍綠為主的柔和色調。若是關上其他的燈,拉上窗簾,彩色玻璃的影子就會投射在天花板。

南陽地院的官方網站取了個時髦的名字──「碧藍法庭」。藍還曾經因此向我炫耀「這是我的法庭喔」。

除了剛才兩件案件之外,今天沒有其他的案件了。我在閒暇的時間要整理剛才兩場庭審的紀錄,還得準備今後的案件。重複進行這些程序,最後就會到達刑事訴訟的終點──宣告判決。今後還會有其他案件陸陸續續被起訴,如果處理得不夠勤快，遲早會被累積的工作壓得無法動彈。

仁保雅子和篠原凜未來幾年的人生都取決於烏間的判決。進刑務所或是回歸社會，這兩種結果有著天壤之別。

我已經當書記官半年了，為了幾十件案子而忙得不可開交時，我也注意到自己變得越來越麻木了。剛上任時，上司對我說過「要懂得跟案件劃清界線，否則沒辦法穩定地做下去」，我一直是用自私的角度去解讀那句話。

但烏間不一樣。

他很清楚自己掌握著被告人生的重要關鍵，認真地面對每個案件。我猜有很多檢察官和律師對烏間印象不好，上出也抱怨過遇到這位法官就像是抽到了下下籤。不過，這是因為烏間會優先考慮到被告的待遇是否妥當，他不只這樣要求自己，也會這樣要求別人。

如果他的訴訟指揮方式是基於這個原則，我可以容忍庭審紀錄變得比較繁雜。不過任何事情都該拿捏好分寸。

我鎖上了旁聽席的出入口和當事人的出入口。

關閉器材電源，把筆記本電腦放在案件紀錄上，一併抱起。

空蕩蕩的法庭。

為什麼我會感到如此不安呢？法庭裡的靜謐總是讓我心情平靜，如今那寂靜卻像是在對我訴說著什麼。不，其實我知道理由。

是因為仁保雅子主張無罪。這令我想起父親當時的背影。

——我真的什麼都不知道。

那個男人對於自己的罪狀是如此回答的。辯護人神情依舊，檢察官視線變得銳利，旁聽席發出冷笑的呼氣聲。

我知道沒有人相信他，就連和他血脈相連的我也不相信。

我忘不掉那時法官看著被告的眼神。

我不禁苦笑。身為書記官竟然會因被告主張無罪而情緒激動，真是太不專業了。

「好啦，該回去了。」

就連自言自語都顯得格外響亮，法庭實在不是久留之地。

我走到法壇後方，轉動門把往外推，不知怎地，門竟然打不開。難道是烏間鎖了門？不可能吧，我明明還在裡面。

這法庭很老舊，或許是門框歪斜了。我把手上的東西放到桌上，再次試著推門，當我用力推的時候，門稍微動了一下。

這扇門絕不可能上鎖。烏間剛剛愣在原地或許也是因為門很難開吧，既然如此，他怎麼不跟我說一聲呢？我得通知管理者來修理，如果法官要進法庭時卻發現門打不開，那就尷尬了。

我想一口氣頂開門，於是把肩膀靠在門上，全身往外壓，可是門關得比先前更牢固，彷彿有人在外面頂住門。

可是，阻力頓時消失。

門猛然往外開啟。

我收不住衝勢，往前撲倒。

「哇啊！」愚蠢的叫聲脫口而出。

我閉起眼睛，右手向前伸，準備迎接即將到來的撞擊。

可是，什麼都沒發生。有種奇妙的感覺籠罩著我。

就像掉入了溫水游泳池。

我不斷地下沉。

既沉重，又輕盈。身體以固定的速度持續移動。

這是怎麼回事？

我想要睜開眼睛。

不行，眼皮完全動彈不得。

遠方傳來聲音，好像有人在叫我。

唉，我今天真的很不走運。

6

等到我恢復意識時，出現在眼前的是油淋雞。
男男女女的聲音，餐具碰撞的聲音，頭上傳來廉價的音樂。非常吵雜。我正坐在椅子上。
「……喂，傑，你有在聽嗎？」
「啊？」
是藍的聲音。我抬起頭來，和她四目交會，感覺不太對勁，所以我仔細掃視她全身上下。幾何圖形拼接的深綠色洋裝。青蘋果造型的耳環。
這和她先前來到法庭時的服裝不一樣。不，更重要的是……
「我剛剛是在說，油淋雞和 YouTuber 聽起來很像啦。」
「……」
筷子夾著的油淋雞，因吸了油而變軟的麵衣，爆滿的高麗菜絲，便宜的塑膠餐具。一切都很熟悉。這是一份三百八十圓的學生餐廳油淋雞。
另一個方向傳來粗魯的聲音。
「YouTuber 是什麼？」

「你真的不知道嗎？就像是 Hikakin 啊，還有木下佑香。」（註 7）

我和千草藍、本橋宗二圍坐在一張圓桌旁。大學餐廳，一起選修行政法專題研究的三人。到這裡都還好，沒有任何我不熟悉的東西。

可是他們兩人會出現在這裡很奇怪，我會出現在這裡也很奇怪。

「傑應該知道 YouTuber 吧？」

「喔喔……嗯。」

我剛剛還在法庭裡。我看完了仁保雅子和篠原凜的庭審，正要離開法庭，因為門打不開，所以我使勁地推。後來發生什麼事了？

藍把手肘靠在桌上，歪著頭說：

「你心不在焉呢。」

「別說這個了，得快點吃完，快點回去做 Power Point。」

藍的頭髮比現在短很多，宗二的體型也比現在胖很多。

兩人看起來都很年輕。不對，不只是年輕，而是跟大學時代一模一樣。

對了，剛剛門突然打開，我整個人摔出去。我是不是沒有撐住，撞到了腦袋？

結果我就昏過去了？

註 7　Hikakin 是日本訂閱數排名第一的 YouTuber，訂閱者超過一千兩百萬人；木下佑香則是以大胃王出名，訂閱者突破五百萬人，在日本女性 YouTuber 中排名第一。

第一題：我撞到的是臉，不是後腦，這樣會昏厥嗎？
答：也不是不可能。
第二題：不只是睡覺時會作夢，昏厥時也會作夢嗎？
答：我沒試過，不知道。
第三題：會不會是受了重傷，所以看見人生走馬燈？
答：回顧人生不可能最先想到油淋雞的對話吧。

我會覺得自己正在作夢還有其他原因。我對這段無關緊要的對話有印象，這是專題研究期中報告的前一週，我們要分析教授指定的行政法判例，用簡報的形式發表小組討論結果。我分配到的工作是調查相關判例及分類。

「你查好判例了吧？」

聽到宗二的詢問，我回答「那當然」。

我從口袋裡掏出ＵＳＢ交給宗二，裡面存了我前一天整理好的 Excel 檔案。

我也拿出手機，喚醒螢幕。沒有指紋解鎖功能。密碼……應該是「０４０１」，純粹是因為我喜歡愚人節。

解鎖之後，我叫出行事曆。

用紅框強調的「今天」一欄裡打了星號，這是我幾週前輸入的，為了不被別人發現這件事，我只打了符號。

看到這個星號，我就知道自己接下來要做什麼了。

我正在想著這些事，突然聽見宗二諷刺頂著一頭銀髮的藍說「真羨慕要繼續升學的人，都不用把頭髮染回來」。

「你應該先減肥吧，求職最重要的就是第一印象喔。」

「反正出社會後就會因操勞而瘦下來，我得趁早累積能量才行啊。」

還真的被宗二說中了。他進入創業投資公司的營業部之後，因為無法達到每月規定業績而罹患精神官能症，一下子就瘦了十幾公斤。

「法科大學院（註8）也很辛苦啊，學費很貴，而且通過司法考試的人越來越少，就像一艘快沉的泥船。」

「妳一定是有把握考上才敢搭這艘船吧。」

「我不否認啦。」

藍確實以優秀的成績考進了法科大學院，然後通過司法考試、當上法官。她不只有自信，本身也很努力，在求學時代就已展現出過人的資質。

待機模式的手機螢幕映出了戴著眼鏡的大學生臉龐。黑框橢圓眼鏡會強調出圓臉，老是被人嫌棄。我是在法院工作後才改戴隱形眼鏡的。

「傑，你也是準備求職的，怎麼不反駁她？」

註8　以司法考試為主要目的的法律研究所。

「可是我又不胖。」

「你這個叛徒。」

大學四年級的春天，各公司行號已經開始辦說明會，我和宗二正在努力蒐集資料。此時我想都沒想過自己將來會成為公務員。

「去找間空教室吧。」

宗二拿著托盤站起來，提議換地方準備報告，於是我依照過去的記憶，一臉抱歉地說：

「等一下。」

「幹麼？不是吃完了嗎？」

「我們現在是要準備專題研究的報告資料嗎？」

「是啊，快要沒時間了。」

「我們早就分配好工作了，我負責查詢判例和分類，你負責寫報告的草稿，藍負責上臺報告，要發揮出最好的團隊合作。」

「所以？」

「我不是已經完成我的工作了嗎？」

還坐在椅子上的藍噘著嘴說「你是說我們兩個得自己做 Power Point？」

「不是啦，我沒有那麼無情，當然會幫忙。可是我等一下還有事，今天能不能請個假？」

「……你有什麼事？」

啊。當時我是怎麼回答的？如果一直不說話，他們一定會覺得很奇怪。反正這是在作夢，不用擔心留下後遺症，乾脆坦白回答吧。

「我要去法院旁聽。」

藍和宗二互看一眼。我以前不曾向他們坦承過這件事。

宗二立刻露出理解的表情。

「喔喔，是為了刑事訴訟或民事訴訟的報告吧？好像有這麼一回事。」

「對對對，刑事訴訟。我得去現場旁聽，把審理程序整理好，寫成報告，今天剛好有個適合的案件。」

「這樣啊。那你就去吧，這裡的事我和藍會處理的。」

我道謝之後站了起來。藍用帶著褐色的眼睛仰望著我。

把餐具放到回收處之後，我就離開了學生餐廳。撐滿胃袋的重口味油淋雞，乾巴巴的米飯。嘴裡還殘留著餘味。整排的自動販賣機，坐在長椅上的陌生學生，輕型機車的引擎聲。一切都很有真實感。

行事曆的「今天」顯示的日期是平成二十八年四月十二日。

五年前的四月。和藍與宗二討論專題研究報告的那天。這個專題研究的課程排得很詭異，是從大三後半到大四前半，所以期中報告是在大三的學期末。大家都在抱怨，這種時候不是忙著找工作就是忙著準備考研究所，誰還有空去管期中報告。

我全都記得。

父親的刑事訴訟。第一次開庭審理的日期。

我三個月前才剛得知那個人是我的父親。警察憑著匯款紀錄這條薄弱的線索找上我們家，發現我媽媽和這件事無關之後就立刻離開了，他們沒經過完善調查的行動，卻把我不想知道的血緣關係擺到了我的面前。

升上高中之後，我刻意不再提起「父親」一詞，因為我覺得這是對獨力撫養我長大的媽媽的尊重，而且了解生殖構造之後，我更不願意接受我和父親的關聯。

因為警察的到來，讓這封存已久的父子關係重新浮上檯面。我本來就看不起那個拋棄我和媽媽的人渣，但我沒想到他竟然會以罪犯的身分出現在我的生活中。

我沒辦法裝作沒事，我想知道案件的詳情。

為了名正言順地憎恨他。

「我要去看那個人受審。」

我到現在都還記得媽媽聽見這句話時的表情。

沒有怒吼，也沒有哭泣，她只是抿著嘴巴低下頭，然後直視我的眼睛，對我說了一句「傑，對不起」。

因為被告不肯認罪，所以案子拖了很久才開始審理。我對幾乎天天見面的藍和宗二都沒提過父親的事。為了不讓他們發現，我平時都裝得很開朗，但他們邀我喝酒或出去玩，我都婉拒了。

父親知道有我這個人嗎？他認識被害人的家人嗎……

對著神情憔悴的媽媽，我什麼話都沒辦法問。她受到的打擊鐵定比我更大，但她卻向我道歉。

我從警察和媽媽的對話中聽到父親的名字是「染谷隆久」。

只有網路新聞和區域性報紙簡短地報導了這個案件，大概是因為大部分資訊都不能公開吧。報導這類案件時，絕對不能暴露關於被害人身分的資訊。這是自家人作案、發生在家裡的案件，當然不能提到案發地點，就連公開嫌犯的姓氏都有可能導致被害人身分曝光。

不只是報章雜誌，開庭審理時也得徹底遵守這個原則。被起訴的人會被當成沒有名字的「被告」，被害人也會依照事先訂好的稱呼被叫作「A」。

所以我到現在都不知道她的名字。

7

我站在人行道上，仰望著紅磚建造的法院。

橢圓形大窗戶，三角形屋頂。五年前的南陽地方法院散發著一股懷舊的氣氛，沐浴在春天的陽光中。

一點都不像我常去的那棟、外觀單調的建築物。

這棟建築從我剛出社會時開始改建，在我即將當上書記官時完工。不少本地居民表示，以前的紅磚房子比現在的灰色鋼筋水泥建築好看多了。

不過，南陽地方法院的職員沒幾個人對新建築抱持負面印象，因為紅磚建築的外牆很會吸熱，夏天的室溫高到幾乎讓人中暑。

無論天氣多熱，法官和書記官在開庭時都得穿法袍，就像披著一件完全無法散熱的斗篷。和進出法院時的短暫滿足感相比，當然是開庭時的舒適更重要。

我帶著懷念的心情經過警衛的身邊。

爬上二樓，這是刑事庭的樓層，左邊是辦公室，右邊是法庭。

我看了一下公布的庭期表，找到了我要旁聽的案件，罪名是強制猥褻，被告姓名欄是空白的。當事人的欄位寫著赤間律師和武智檢事的名字。

至於法院承辦單位那一欄……

「哇！」

後面突然有人拍我的肩膀，嚇得我渾身僵硬。

「你的反應也太大了。抱歉抱歉。」

不久之前才在學生餐廳見過的藍露出了戲謔的笑容。

「妳怎麼會在這裡？」

「因為我覺得你很可疑，就跟過來看看。你說要寫刑事訴訟報告是騙人的吧？

你去年明明跟我一起修過那堂課。」

「那個……我被當掉了。」

「我們一起用圖書館的電腦看過成績，我拿到A，你拿到C。」

「妳記得真清楚。」

「我本來還以為你是要偷偷去約會，沒想到你真的跑來法院。」

我的心中冒出好幾個問題，像是「妳不是要準備簡報嗎？」、「妳幹麼一臉得意？」之類的。藍會出現在這裡也很奇怪，因為在我的記憶中，她並沒有和我一起來旁聽。

藍八成看出了我的疑惑，主動回答說：

「宗二會負責做好Power Point啦，我負責的是上臺報告。我說寫草稿只需要一個人，他就乖乖地去做了。」

「一定是妳哄騙了他。」

「你這個騙子才沒資格說我。」

我不禁同情被迫獨自準備資料的宗二，把藍帶到旁邊的長椅坐下。離開庭還有十分鐘左右。

「我在新聞報導看到這個案子，很感興趣。」

「你？對審判有興趣？」

「因為內容的緣故，所以我不太想告訴你們。」

「是怎樣的案子？」

「……性犯罪。」

藍一臉疑惑地瞇起眼睛。

「你是認真的嗎？」

「嗯，妳想一起旁聽也行，不過妳可能會覺得不舒服。」

仔細想想，夢中出現意外情節並不是什麼稀奇的事，反而是先前的情節太過忠實地還原了我的記憶。

「喔……既然你這麼說，我就更不能退縮了。此外，我一起旁聽對你也有幫助，我可以跟你解釋審判的流程。」

「那真是太感謝了。」

如果我說我是書記官所以很熟悉流程，藍會有什麼反應呢？

「好久沒來旁聽了。」

「藍，妳為什麼想當法官？」

「你這個問題真是天外飛來一筆。也可說是法庭突然飛來木槌。」日本的法庭不會用到木槌。如果有法官帶著木槌，鐵定是個天外飛來的天兵法官。藍是因為想到這些才會說出這句俏皮話嗎？

「我一直沒有問過妳，現在剛好有機會。」

「我長得不高，跟人說話時都得抬頭，感覺像是矮人一截。」藍站起來，微笑著說：「如果坐在法壇上，我就能居高臨下俯瞰所有人。」

我把藍的不純動機當成耳邊風，開門走進法庭。

旁聽席除了我和藍以外，還坐著三個人。我坐在靠近證人臺的中央第二排座位，藍很自然地坐在我的身邊。穿著法袍的女書記官冷冷地看著我們，或許覺得這兩個學生是抱持著約會的心態跑來聽審的。

法院改建之後，裝潢也全部換新了，新法院的法庭點綴著彩色玻璃燈飾，舊法院的法庭最引人注目的是紅磚內牆。因為沒有窗戶，四面都圍繞著紅磚，像是坐在一座巨大的烤爐中。

事實上，在盛夏之時確實能體驗到這個法庭的灼熱。

如果說新法院是「碧藍法庭」，那舊法庭就是「火紅法庭」吧。藍與紅。雖然兩者顏色相反，但都不減損法庭的肅穆氣氛。

「網路上搜尋得到今天的案件嗎？」

藍望著拱形的門扉，向我問道。

「或許搜尋得到，但我勸妳不要明目張膽地滑手機。」

「你簡直像真正的旁聽迷。」

「這裡也不太適合聊天。」

藍聳了聳肩，把手機關機，收進包包裡。

坐在檢察官席上的短髮男性正在解開包巾，他應該就是庭期表上寫的武智悟。

椅子旁放著一個巨大的行李箱，裡面想必裝滿了大量的偵查資料。

在另一側的辯護人席揉著眼睛的是赤間辰巳，他在五年後依然被當成新手，所以此時此刻的他是個不折不扣的菜鳥律師。

南陽市是人口稀少、經濟也不繁榮的市鎮，所以法院的規模也不大。在南陽地方法院裡專攻刑事訴訟的律師不多，每一個人的長相和名字我都記得，赤間律師也是其中一位。

開庭兩分鐘前，相關者專用通道的門打開，刑務官現身了。

接著走進來一個身穿運動服的男人。

他上了手銬的雙手往前伸出，腰上綑著幾圈繩子。他不能自己隨心所欲地走動，在刑務官指示的位置站定腳步，看著橡膠拖鞋前端露出的腳趾，靜止不動。

他既不看武智檢事，也不看赤間律師。他知道自己被帶來這個地方的原因嗎？

我輕輕吸了一口氣，努力讓自己平靜下來。

這個男人——染谷隆久——就是和我血脈相連的父親。

我真想問靜靜坐在一旁的藍「妳覺得我長得像他嗎？」。即使是在夢中，我還是說不出這句話。

此時法官走進法庭，當事人和旁聽者同時起立。

「喔，好帥。」我聽見了藍的喃喃自語。

這確實是藍會有的反應。那倦怠的眼神、適合叼著菸的嘴脣，都散發著中年男人的成熟魅力，而且他此時還沒有太多白頭髮。

「他將來會成為妳的上司。」

「咦？」

負責審理染谷隆久案件的法官正是烏間信司。

「現在開庭。」

烏間當時還不是庭長，而是右陪席。有些案件會由三位法官組成合議庭共同審理，坐在法壇上時，中間坐的是庭長，庭長的右手邊是右陪席，左手邊是左陪席。右陪席法官有資格單獨審理案件。烏間隔年會被調到東京地方法院刑事庭，再過兩年才會回到南陽地方法院就任庭長之職。

我剛任職書記官時四處拜會同事，藍為我介紹了烏間，令我大吃一驚。因為我立刻認出他是判我父親有罪的那位法官。

「請被告站到證人臺前。」

他下達指示的語氣，望著證人臺的眼神，都和現在截然不同。這個時候的烏間並不會親切地和被告對話。

「開始審理之前，要先提醒被告幾件事。本案的原則是不能在公開的法庭上提及被害人的資訊，被告提到被害人時必須稱呼『A小姐』，切勿說出姓名住址等個人資料。此外，有鑑於本案內容，審理中也不會提及被告的姓名住址，這點也請被告多加注意。沒問題吧？」

「……是。」

聽烏間說完注意事項，染谷隆久用細微的聲音回答。

武智檢事站起來，拿著起訴書走向證人臺。人別訊問的進行方式也和平時不同，是讓被告直接看起訴書寫的姓名住址是否有誤。這也是為了防止洩漏個資的措施。

「接下來檢察官會朗讀起訴書，請被告仔細聽。」

「起訴事實……」

坐在我身邊的藍緊盯著武智檢事，或許是想到自己總有一天會站上法庭，所以不想漏看當事人的任何一點小動作。

「被告對A的猥褻行為是發生在平成二十七年十二月二十二日晚上十一點二十分，至同一天晚上十一點五十分之間，被告在A的房間裡用繩索綁住A的手腳，然後在同一地點對A做出猥褻行為，諸如舔其乳頭，用手指撫摸其陰部。

罪名及法條為強制猥褻罪，刑法第一百七十六條。」

經過幾秒鐘的沉默，烏間向被告說明了緘默權，然後問他對檢察官朗讀的起訴事實有沒有意見。

「我沒做過那種事。我真的什麼都不知道。」

——哇！是無罪主張呢。真驚人。

我察覺到藍的眼神正在這麼說，但我假裝沒看見。

「辯護人有什麼意見？」

「和被告一樣。被告不是本案的真凶，所以我主張無罪。」

赤間律師的聲音緊張到顫抖。

被告不是本案的真凶——這不像仁保雅子是既承認把首飾拿到店外但又主張無罪，而是徹底否認犯案。彷彿辯護人發出了宣戰布告，法庭內的氣氛變得更緊張了。

烏間點頭，請檢察官做開審陳述。

「檢方要證明的事實如下。」

武智檢事依照時間順序敘述了案情概要。

被告、妻子、A三個人共同住在住宅區的一戶獨棟建築，A是妻子和前夫的女兒，也就是被告的繼女。開審陳述並沒有提到這一家人的關係好不好，被告事前有沒有顯露過作案的跡象。

三人吃完晚餐、洗完澡後，最晚在晚上十點回到各自的房間。被告和妻子不同房，A也有自己的房間。A事後去醫院檢查，驗出體內有安眠藥的成分。檢察官主張被告用某種方法讓A服下了安眠藥，使A比平時更早就寢。

A在晚上十點半左右就寢，案發時間大約在一個小時之後。

A被聲音吵醒，發現自己手腳被綁住，眼睛也被蒙住，正在試圖掙脫時，聽見被告的聲音說「早安，抱歉囉」。

A感覺T恤被掀開，有人在舔她的乳頭，隔著內褲摸她的陰部。後來A感覺那人離開了，但她想先觀察一下情況。

過了幾分鐘，A發出尖叫，妻子聽到後跑進房間，幫A解開綑綁，並且報警。

「……為了證明以上事實，我聲請調查證據清單所記載的甲證及乙證。」

當事人在審判中提出的主張要有證據證明才能算數，要證明順手牽羊就需要監視錄影畫面，要證明交通事故就需要行車紀錄器畫面。相較於這些容易得到客觀證據的案件，發生在密室裡的性犯罪通常很難舉證。

這個案件也一樣，加害者的發言和猥褻行為的順序都是出自A的供述，如果沒有作案當時的錄影或錄音檔，很難客觀地證明。

換句話說，此案最大的爭點就是A的供述是否可信。

A說的是事實？還是故意說謊？還是誤把謊言當成事實？

結果可能有三種，質疑供述的一方必定會主張後兩種的其中一種。要判斷供述可不可信，關鍵在於有沒有證據可以證明。

譬如說，A的供述提到乳頭被舔，若是事後驗出她的身上留有唾液，就會更加可信。若是驗出該唾液和被告的DNA一致，A說聽見被告聲音的供述也會更加可信。

靠著鑑識作業把活路一條條堵死，就能逐漸把被告逼入絕境。

檢察官都會先驗證過被告和辯護人可能提出的每一種說詞，確信所有假設都無法成立，才會決定起訴。

武智做完開審陳述，看了染谷隆久一眼，回到座位。

「辯護人也要做開審陳述吧？」

烏間問道，赤間站起來，一臉抱歉地說「我本來是這樣打算……但是能不能讓我留到下次開庭呢？」。

「準備時間應該很充足吧？」

「但是我還沒和被告討論過。」

A的乳頭為何留有唾液？被告如何綑綁A的手腳、給她服下安眠藥？被告有沒有說過那句「早安，抱歉囉」？

既然辯護人主張被告不是真凶，就必須在開審陳述合理地解釋這些疑問，光是一個勁地堅稱沒做過，不可能贏得無罪判決。

「好吧，不過下次不能再拖延了。」

「我明白了。」

我現在已經知道烏間在審判時不會夾帶私情，但是當時聽到他的語氣像是在責備辯護人，讓我以為他是因不合理的無罪主張而不高興。

「下次開庭先由辯護人進行開審陳述，然後是詰問警察和科搜研法醫研究員這兩位證人。沒問題吧？」

雙方當事人都接受烏間的提議之後就閉庭了。

染谷隆久低著頭走出法庭。我不由自主地盯著他的背影。

「真驚人。」

現在不需要保持肅靜，於是藍低聲說道。看來她對性犯罪案件無罪主張的好奇心更勝過厭惡感，想當法官的藍會有這種反應很正常。

「新聞有報導他不認罪嗎？」

「這個……」

「後續發展真令人在意。法官說的科搜研，是負責鑑定ＤＮＡ的人嗎？」

藍反覆念著下次開庭時間，像是要把行程輸入腦內的行事曆。

「藍，我告訴妳喔……」

「什麼？」

「剛才的被告是我父親。」

現實中的我沒有告訴過任何人我父親的事。

五年前，我獨自去旁聽，聽到父親被判有罪，我就把他從我的腦海中抹消了。

在那之後，我對媽媽也不會提起他。

因為我怕被人發現自己是卑劣罪犯的兒子。

不過我一直很好奇，藍和宗二如果知道了我的祕密會有什麼反應？

「我今天是第一次見到他，但我跟他確實有血緣關係。」

藍睜大眼睛，似乎想說什麼。

「兩位，不好意思。」
穿著法袍的書記官從柵欄裡對我們說道。
「是。」藍像在掩飾心情似地回答。
「請你們離開法庭。」
我看看四周，除了我和藍以外沒有其他旁聽者。我向面帶微笑但神情略顯尷尬的書記官說了聲抱歉，趕緊站起來。
到外面的走廊上再繼續談吧。我一邊這麼想著，一邊打開門。
可是在外面等著我的卻是黑暗。我想要回頭，身體卻動彈不得。
我來不及做任何反應，再次昏了過去。

8

右臉貼著地毯，感覺軟軟的。近到連深紅色的纖維都看得很清楚。
我倒在法庭後方的走廊上。我一邊試著理解狀況，一邊用鼻子吸氣，結果灰塵鑽進鼻孔，讓我差點打噴嚏。
我站起來，拍掉沾在法袍上的髒東西。
看來我真的是在作夢。

地毯雖然柔軟，畢竟比不上床鋪舒服。是因為睡得不熟才會作夢？不，這不是重點。我說不定是得了某種疾病……

待會兒再來搜尋「昏厥、作夢、疾病」看看。

案件紀錄還放在法壇上，所以我又走回法庭，這次我毫無困難地打開門，也沒有墜落的感覺。這是當然的。我大概是撞門時太用力了，結果摔倒在地。如果告訴藍，她一定會笑我冒失的。

彩色玻璃燈飾，米色壁紙，熟悉的新法庭。

我剛剛昏迷了多久？看看牆上時鐘，我不禁大吃一驚。

篠原凜的案件是十一點開庭，不到十分鐘就閉庭，我和烏間聊了一下，然後打開門……現在是十一點十七分，根本沒過多久。

不對，搞不好已經過了十二個小時，或是二十四個小時……

我回到書記官室，同事們很平常地做著自己的事。

「怎麼了？看你一副呆滯的模樣。」

拿著團扇搧風的三上春子書記官看著我說道。沒有其他人對我說話。所有人的態度都很普通，可見我不是昏迷了一整天。

「春子姊，妳有昏倒過嗎？」

第一次見到春子姊，她就要求我直接叫她的名字，我便乖乖照做了。她是兩個孩子的母親，個性十分開朗，負責炒熱書記官室的氣氛，偶爾還會吸走別人的精力。

我問得很突兀，春子姊卻不以為意地「喔」了一聲，拍了一下團扇。

「有啊，有一次我和前輩吵架，對方氣到掐住我的脖子。」

「好壯烈的場面。」

「當時我還很血氣方剛嘛。」

「那是多久以前的事？」

「在我的脖子還沒有贅肉保護的年代。」

跟春子姊相處的這幾個月裡，我已經學到了，當她貶低自己年齡或身材的時候，肯定和否定都是錯誤的選項。也就是說，我只能當作沒聽見。

「那時妳有作夢嗎？」

「沒有，我完全失去意識，醒來時已經躺在床上了。」

主任書記官大黑泰典用譴責的眼神看著我們，像是在說「午休時間還沒到」。國民對公務員的要求是非常苛刻的，法院裡的日子真是不好過啊。

我在文件封面寫了下次開庭日期，繼續製作案件紀錄。

「為什麼這樣問？」

「只是想知道昏倒時會不會作夢。」

「這根本不算回答嘛。」春子姊笑得瞇起眼睛。「我聽庭長說了，今天的審判都很棘手。你的運氣還是這麼好。」

「有的主張無罪，有的身體不適而延期，上出檢事又是那副緊張兮兮的樣子……春子姊，妳能不能幫我分擔一件啊？」

春子姊和我一樣都是負責庭長的案件。如果是討論工作的事，大黑主任應該不會抱怨了吧。

「我才不要。」

「拜託妳嘛。」

「中途丟下案件的男人沒辦法帶給任何人幸福喔。」

「是這樣嗎？」

「你可別當作耳邊風，以前有個案子拖了一年多，我和被告聊著聊著就變成了好朋友呢。」

「……真的嗎？」

「當然是開玩笑的。你可千萬別和被告扯上關係。」

「我想都沒想過。」

「哎呀呀，像你這樣用頭銜判斷人真是要不得。」

我好像怎麼回答都不對。

後來我去地下室的餐廳吃拉麵，然後一邊和同事閒聊一邊整理紀錄，漸漸地沒再把上午那樁離奇事件放在心上。

製作案件紀錄、和辯護人及檢察官約時間、審查文件。我有太多事要忙了。

「書記官是做什麼的？」

我有一次回老家，正在看新聞談話節目時，媽媽突然問道。

既然我做的是法律工作，就不該回答得太含糊，所以我直接把法院職員的人事條例念給她聽。可不是因為我懶得解釋。

第六十條（法院書記官）

第一項　各法院須設置法院書記官。

第二項　法院書記官負責製作及保管庭審紀錄及其他文件，以及其他法律規定之事務。

第三項　法院書記官除前項規定事務之外，關於法院案件須聽從法官指示，協助法官施行之法令、調查判例及其他必要事項。

第四項　法院書記官執行職務須聽從法官命令。

第五項　法院書記官如果受法官指示製作或修改口述紀錄及其他文件，卻不認同其製作或修改之正當性時，得加註自己的意見。

老花眼的媽媽看了很久之後，喃喃說「我看不太懂」。

「妳有看到裡面寫了很多次『及其他』吧？我的工作就是這樣。」

看到媽媽疑惑地歪著頭，我又補了一句「總之法官不能做的事我都得做」。

「法官不都是很優秀的人嗎？他們有什麼不能做的？」

「不是能力的問題，而是立場的問題。因為法官不能偏袒任何一方，所以必須由我們來做事前的協調。叫法官保證自己的審判公正沒有意義，必須由我們製作審判的紀錄。我們就是這樣分工合作的。」

「喔……書記官就像是法官的經紀人？」

「嗯，差不多啦。」

書記官又被稱為「court manager」，所以媽媽這個比喻很貼切。

或許是書記二字給人的印象吧，很多人以為這個職業是要一字不漏地記錄審判中的所有對話。正確說來，記錄只是工作的一小部分，更大一部分是在幫助庭審進行得更順利。

「做這個工作開心嗎？」

「沒有多少工作是開心的吧。」

「……也是啦。」

電視正在播報失智老人開車撞死人被判緩刑的新聞，報導只提到換發駕照的議題和死者家屬的悲痛，沒有提到加害者的家屬。

引起大眾關注的重大案件發生時，會像漣漪一樣影響到周邊的人，包括被害人家屬和加害者家屬，但兩者的待遇卻是天差地遠，加害者家屬只會被貼上罪犯家人的標籤。

媽媽說過「真想看看傑穿上法袍的樣子」，但我覺得她絕對不可能來旁聽。因為她光是看到訴訟的新聞都會露出難過的表情。

五年前父親受審時，我沒有在法庭上看到媽媽。她知道我要去聽審，還是一如往常地工作和做家事。在那幾個月的審理期間，在父親被判有罪之後，媽媽究竟作何感想？

後來我忙著大學畢業和找工作的事，搬出去之後就很少跟媽媽聯絡了。真的只是因為忙碌嗎？還是因為我有不想談的話題，所以尷尬到刻意和唯一的家人保持距離？

自從知道父親的存在以來，我一直在逃避。

晚上六點，我在一樓大廳等著藍。

行政法專題研究的同學每年聚會好幾次，我、藍、宗二是固定成員，其他成員會不會來要看情況。已婚的同學大多都跟我們疏遠了，雖然有些寂寞，但也無可奈何。

今天一定也會聽到喝醉的宗二不斷地抱怨上司。

過了十分鐘，藍還沒有來，或許是有緊急工作需要處理。法官的數量比書記官少，工作量卻多了不只十倍。

我傳訊息給她說我要先過去，就離開了法院。就算我現在去法官室也幫不上她的忙，還不如先去幫她盛菜、聽聽宗二發牢騷。

我沿著種植了銀杏的道路走到拱頂商店街。

聚會地點是我去過好幾次的中華料理店，我不用拿手機看地圖，憑著記憶就能找到。我不經意地想起了上午的神祕事件。

我很少作夢，就算作夢也只會留下模糊的印象。

那到底是怎麼回事？

在夢中醒來時，藍和宗二出現在我的眼前。和過去的記憶不同，藍和我一起去法院旁聽了，後來的庭審過程就像身歷其境般極具真實感，包括烏間平淡的語氣，以及法庭裡的緊繃氣氛。

聽說世上有所謂的預知夢。

難道說，我夢裡的哪個人會有生命危險？和藍在法庭裡說過話之後，我就沒再見過她了。

算了……還是別想太多了。如果把這個小故事說得精采一點，或許還能拿來下酒，不過藍一定會瞪著我說「不要觸我霉頭」。

我走進掛著紅色門簾的料理店，告訴店員「本橋宗二訂了位」。

「您是說本橋先生嗎？」

「是的，晚上六點半，五位。」

「請稍待片刻。」過了兩分鐘。「很抱歉，這個時間沒有人預約五位。」

「咦？我知道了，我再去問問看。」

我走到店外，拿出手機。宗二昨晚在行政法專題小組的群組裡貼了訂位資訊，我真該在離開法院前先確認的。

「咦？」我又一次發出驚呼。

聊天列表沒有行政法專題小組的標籤，我一路翻回很久以前的聊天紀錄，還是沒有找到。可能是我按錯了什麼，所以沒有顯示出來吧。約定的時間快到了，我決定直接打電話問宗二。

可是我連宗二的手機號碼都找不到。

這實在太奇怪了。我左右張望，想知道是不是有人故意整我。不對，我們早就過了玩這種幼稚遊戲的年齡了。

這時藍正好打電話給我。這下子總算能搞清楚狀況了。

「藍？」

「嗯，怎麼了？」

「呃……」

「你剛剛是不是傳錯訊息了？」

「啊？今天不是要開同學會嗎？」

「……你在說什麼啊？」

我坐在停車欄杆上，告訴自己「冷靜一點」。

「行政法專題小組的聚會不是今天嗎？」

「我沒聽說這件事。現在才傍晚，你已經喝醉了嗎？」

「唔……我大概還在作夢吧。」

難道那個奇妙的體驗還沒結束？

「你現在在哪裡？」

「『擔擔』的門口。」

「唉。」藍嘆了一口氣。「我知道了。我過二十分鐘就到，你等我一下。」

我想不出任何合理的解釋，抬頭望向逐漸變暗的天空。

9

我走進附近的便利商店，站在雜誌區看著手機。

消失的不只是行政法專題群組和宗二的手機號碼，除了藍以外，我找不到任何大學時代朋友的聯絡人資料，全都消失得一乾二淨。

我彷彿墜入了五里霧中。

怎麼會有這種事？

最該懷疑的應該是藍，或許她在法院裡趁我離席的時候悄悄刪掉了我手機裡的資料，然後打電話給「擔擔」取消預約……可是我又沒有告訴藍我的手機密碼，我也不知道她有什麼理由要這樣整我。

難道是宗二他們所有人一起封鎖我了？我想不出自己為什麼會受到排擠，不過人際關係的裂痕通常不會出現預兆。

藍應該快到了吧。我望向手錶，頓時倒吸一口氣。

象牙色錶面，銀色秒針……我沒見過這個手錶。

「久等了。」

我猛然回頭，看到了藍。

「你幹麼這麼驚訝？」

「妳是不是先回家再來的？」

「沒有啊。我覺得你怪怪的，就趕緊過來了。」

「可是妳的衣服……」

藍上午穿的是米色襯衫和棕色格子裙，我當時還覺得那像是秋裝，但她現在穿的是水藍色的襯衫。

「我從早上到現在都是穿這套。看來你真的病得很重。」

「搞不好會死。」

「你的鞋帶鬆了喔。」

藍指著我的腳尖說道，如同重演上午在法庭裡的對話。我彎下身子，重新綁好右腳的鞋帶。圈圈在下面的顛倒蝴蝶結。

「今天我鞋帶的狀況不太好。」

「是嗎？」

藍歪著頭說，既不是認同，也不是調侃。

「那個……」

「總之先進去店裡吧，我肚子餓了。」

「好吧。」

我掀開門簾走進去，剛才那位店員一臉訝異地走過來。

「不好意思。我剛剛說的訂位……是我記錯日期了。既然都來了，我們可以在這裡用餐吧？」

「當然，請隨便坐。」

狹窄的店內擺著木製桌椅。如同店名所示，這裡最受歡迎的就是擔擔麵，菜單上還有擔擔煎餃和擔擔飯。

「好久沒來了。」藍也打量著店內。

「妳上次是跟誰來的？」

「我跟你兩個人。你忘了嗎？」

我記得，但是那次不只我們兩人。

啤酒和威士忌蘇打送上來了。「為你的神經錯亂乾杯。」藍舉杯說道。

「妳能不能先假設我腦袋正常，鎮定地聽我說？」
「好啊。」
「我聽說今晚六點半要在這間店舉行同學會。」
「是誰說的？」
「宗二在群組裡說的。」
「給我看看。」
藍一邊夾起冰釀番茄，一邊伸出左手。
「群組消失了，宗二的號碼也不見了。」
「那真是太糟糕了。」
我喝完一杯酒，又點了一杯檸檬沙瓦。我平時不會喝這麼多，但我需要酒精的幫助才有辦法說下去。
「我設想了很多情況，我猜可能是妳以外的人都封鎖我了。」
「喔喔，這樣啊。」
「如果妳知道什麼，能不能告訴我？」
「唔……這個嘛……」藍也點了第二杯啤酒。她的酒量比我好。「我覺得最有可能的答案是你被整了。」
「第二可能的答案是？」
「你的記憶出錯了。」

「妳是說我記錯同學會的日期？」
「不，你錯的是更基本的事。」
「沒有同學會？」
「我們從來沒舉辦過同學會。」
我驚訝到說不出話，但藍看起來不像在開玩笑。
逢年過節、有人生日、天氣太熱……我們明明每年都會聚餐好幾次。
「如果不是我被蒙在鼓裡，應該從來都沒有行政法專題的群組，你也沒有宗二的手機號碼。」
「真的有本橋宗二這個人吧？」
「啊哈哈。有是有，但我很久沒見到他了。」
我不敢相信。如果是這樣，我那些清晰的記憶是從哪冒出來的？
「專題研究的同學感情很融洽吧？」
「嗯。」
「我們經常一起出去玩吧？」
「原本是這樣沒錯。」
「後來為什麼會疏遠呢？」
「這……」
此時店員送上擔擔豆腐和擔擔麵，藍打住了話題。

「吃完以後再聊吧。」

「……嗯。」

我們三人一起來過這間店，這裡的料理比外表看起來更辣，我們還嘲笑過宗二吃得滿頭大汗的樣子。三十分鐘前，我說出「擔擔」的店名時，藍立刻回答「我知道了」，可見我的記憶並非全部出錯，只是有些地方顯然對不上。

可是，沒有訂位紀錄和聯絡人資料消失，都證明了藍說得沒錯。

如果沒有證據，主張就不能採信。這是審判的鐵則。

客人很少，我們也都默不吭聲，所以聽得見櫃檯附近的電視的聲音，現在正在播放傍晚的新聞談話性節目，看跑馬燈就知道節目正在討論什麼新聞。

「最近老是在說這件事。」

藍靈活地動著湯匙，厭煩地說道。

「我已經沒辦法相信自己的記憶了。」

我想到的新聞或許和藍知道的不一樣。

「婚外情曝光後一直避不見人的運動選手在記者會上遭到強烈抨擊。」

「只是婚外情？」

「是同時發生多起婚外情，他還想花錢讓女方閉嘴。」

「被妳講得像恐怖攻擊一樣。」

這件新聞倒是符合我的記憶。婚外情消息一出，媒體立刻大肆報導，那位選手什麼都沒解釋就停止公開活動，過了一段時間才召開道歉記者會，又惹來激烈的批判。

「真不公平。」藍噘著嘴說。

「婚外情還有分公不公平的嗎？」

這種事又不是公開聲明就能做的。

「不是啦，我是說道歉記者會。日本已經沒有通姦罪了，如果配偶出軌只能要求精神撫慰金。假如他違反了和贊助商簽的合約，就要賠償贊助商。但是道歉記者會究竟是要向誰道歉？」

藍點了第四杯啤酒。她不像是喝醉了，但語氣卻非常激動。看來我說話得小心一點。

道歉記者會究竟是要向誰道歉？我從來沒想過這件事。

「因為讓社會大眾覺得不舒服？」

「那他也該向看了道歉記者會感到不愉快的人道歉吧。」

「我知道妳想表達的意思。記者的發問真的太咄咄逼人了。」

「簡直像是在詰問沒有律師的被告。」

藍的比喻很簡單易懂。「記者就像檢察官？」

「檢察官要嚴厲質問被告也得要有辯護人在場幫被告說話，而且問人家『有沒有在反省』這種不能用辯論釐清的問題根本沒有意義。幾十個人拿麥克風對著一個人，等於是在剝奪對方拒絕回答的權利，簡直比刑事訴訟更沒有人權。」

原來藍是用這種角度看記者會的。我從來沒這樣想過。

「如果有律師在場，別人提出不適切的問題時，律師就會出面制止。的確，我也覺得不能沒有這種程度的保護。」

「這是最基本的吧。」

道歉記者會名義上是為了道歉，事實上只是用來讓觀眾洩憤。春子姊也批評過那位運動選手「竟然還想找藉口」。

「從法壇上看得出來被告有沒有在反省嗎？」

「要看時間和場合，也要看被告是怎樣的人。」

我們點的菜差不多都吃完了。我用湯匙舀起杏仁豆腐，放在上面的枸杞據說可以消除眼睛疲勞、促進血液循環。

再接著聊先前中斷的話題吧。

根據我自己的體驗和藍的發言，我做出了一個假設。

「我以前是『特異人種』。」

「啊？」

「我到國中的時候都還相信自己的心聲會被周圍的人聽見，說謊也會立刻被人看穿，隨時隨地都受人監視。」

「這樣會活得很辛苦吧？」

「有一套漫畫就是在描述這種虛構的疾病。」（註9）

「喔喔……什麼嘛，所以你是受到漫畫影響？真單純。」

我搖頭。

「我還沒看過那部漫畫就覺得自己的心聲會被人聽見，所以看到漫畫以後更害怕了。」

「你覺得是自己的想法被人發現了，才會出現這種漫畫？」

藍的理解能力很好，我不需要解釋更多。

「當時我真的很害怕，不過我現在已經知道大多數的人都想過這件事。或許我只是希望自己與眾不同吧。」

「小時候就是會有各式各樣的誤會嘛。」

藍露出微笑，看起來很愉快。

「我還曾經因為死後的可怕情況而感到絕望。」

「你要開始討論哲學了嗎？」

「我以前相信人的身體機能停止之後仍然有意識，靈魂會一直留在死去的地方，只能靜靜地看著時間流逝。雖然化為虛無，卻永遠沒有終結。」

「別說了，我有幽閉恐懼症呢。」

註9　漫畫名「サトラレ」，臺版譯名是「特異人種」，改編日劇的譯名是「Satorare」或「心靈感應」。

「那簡直就是地獄。」

「你小時候真有意思。不過你到底想說什麼？」

很合理的問題。我拿起杯子，發出冰塊碰撞的聲音。

「我是想要表示，只要有相符的經驗作為依據，我就可以接受超現實的結論。」

「像是外星人？」

「我沒看過外星人，所以我不相信。」

「像是超能力？」

「我也沒見識過超能力，所以我不相信。」

「那你到底是在說什麼？」

我在昏倒之後見到過去的場景，採取了和過去不同的行動，醒來後卻發現本來預定舉辦的同學會沒了，連藍的服裝和我的人際關係都改變了。

為什麼會發生這種事？

「妳記得大學四年級和我一起去過法院旁聽嗎？」

被我一問，藍含糊地點頭。

「那件性侵案的被告否認犯罪。」

「都說了我記得嘛。」

「妳知道被告是誰吧？」

「……」

原來是這麼回事。我不敢相信，但是沒有其他解釋了。

「我和宗二他們疏遠也是因為這件事。」

「傑……你到底是怎麼了？」

我終於發現了。

未來是有可能改變的。

10

「等一下啦！」

藍在擔擔的門口叫住了我，正在招徠客人的西裝男子遠遠地看著我們。

「謝謝妳陪我商量，我想再自己一個人想想看。」

「你怎麼突然變得怪裡怪氣的？」

「等我整理好之後再向妳解釋吧。」

「喂，我連你在煩惱什麼都沒搞懂呢。」

「我自己也不懂。」

「笨蛋，我不管你了啦。」

藍最後丟下這句話就走掉了。

我真的把她惹毛了。我朝反方向走去，頭髮染成褐色的招客男子對我說：

「跟人吵架啦？去快樂的地方放鬆一下吧。」

「今天是幾年幾月幾日？」

招客男子一臉驚訝地愣住了，我沒再理會他，快步離開了鬧區。

是我在法庭說的那句話導致了這混沌的現況嗎？

——剛才的被告是我父親。

染谷隆久的第一次庭審結束後，我在旁聽席告訴了坐在一旁的藍被告的身分，不久後又失去了意識。

這只是假設。如果那個情節繼續發展下去會怎麼樣？

到了外面走廊上，藍一定會叫我解釋清楚，包括我那句話的用意、我們的關係、案件的內容。既然是我主動提起的，我當然不能不回答她。

再後來的情況呢？這也是我的猜想。

消息可能會在大學裡傳開。聽說宇久井傑的父親因為性犯罪被起訴了耶——這個消息鐵定會讓閒著沒事幹的法學系學生感到有趣。這是事實，再怎麼解釋也沒用。既然無法否認，我只能保持沉默。

我可能因此和行政法專題的同學越來越疏遠，直到畢業、直到現在都是如此。所以當然不會有同學會，我和同學一定早就沒有往來了。藍和我在同一個地方工作，所以我們才會繼續往來。

因為心裡藏了祕密，所以我會不斷地想像洩漏祕密的下場。我跟父親只是有血緣關係，但我們從來沒說過話，我在案發之前根本不知道有他這個人——我多半不會這樣向別人解釋，反正一定解釋不清，我連試都不想試。

我和藍在法庭裡聊到鞋帶的事，是在我告訴她同學會的時間之後，她發現我的鞋帶鬆了，所以提醒了我。如果沒有同學會，藍和我就不會聊到鞋帶，所以我在擔擔門口提起鞋帶時，她一點反應都沒有。

完全符合我所知的現狀。這樣就解釋得通了。

只要我能接受「回到過去改變未來」這麼超現實的結論。

我也想過其他更有可能的假設，譬如我可能是在跌倒時撞到頭，因而失去了一部分記憶，或是多了一些不存在的記憶。但我不相信這五年間所累積的記憶全是假的。

我試著回想打開法庭那扇門時的感覺。

我沒有立刻摔倒，彷彿落到溫水之中，時間流速變得很慢。

像是時空扭曲……越是用言語形容，我越覺得不真實。

早知道自己不是在作夢，我就不會輕易說出那句話了。現在才說「早知道」也於事無補，但我還是很後悔。

不對，等一下。

……我真的相信自己穿越了時空嗎？

思考陷入膠著。我嘆著氣，從口袋裡拿出鑰匙。我住在距離法院十分鐘路程的公寓，三〇四號房。

要是連住處都變了，我真不知該如何是好，還好鑰匙順利地打開門了。

可是感覺不太對，屋裡瀰漫著柑橘類的香氣，桌上放著我沒見過的噴香機。不只如此……家具、餐具和我的記憶不太一樣。我明明過著單調的獨居生活，沒有跟別人同住。

但我在狹窄的屋內探索，卻發現了不同顏色的馬克杯，甚至看見兩個枕頭。

看來「現在」的我有女朋友。

我猜得到我的對象是誰，因為我知道她喜歡的味道和顏色。

明明是自己家，我卻覺得很不自在，像是偷偷闖入別人的生活空間。我試著躺在床上。

我竟然會和她一起擠在這張單人床上，讓她看見我愚蠢的睡臉？如果現在叫我跟她躺在一起，我鐵定會睡不著。

太奇妙了。暴露祕密雖然使某些人際關係疏遠了，卻又導致某些人際關係變得更緊密。我們怎麼能夠走得這麼近？

不，說不定正好相反。可能是因為我不用再防止別人靠近了。

我覺得別人一旦知道我父親的事就會遠離我，所以我雖然很羨慕有話直說的宗二，卻總是對人抱持戒心。我總是和人保持距離，不讓別人侵入我的內心。雖然我希望對人敞開心房，卻只能維持表面上的交情。
但「現在」不一樣了。我身邊大部分的人都被強制排除了。
所以我對依然留在身邊的少數人展露了真心。
真的是這樣嗎？我坐起來，拿起手機。我是不是刻意往好的方向解釋？或許我只是把她當成僅存的慰藉才緊抓著她不放？
或許她對我也懷有愧疚之心？
是誰散播了我的祕密？
我獨自埋頭苦思也做不出任何結論，五年的時光不是靠想像就能補足的。我在屋內走來走去，然後打電話給藍。
「幹麼？」
她的語氣很不高興。
「妳特地跑來關心我，我還那樣對妳，真是抱歉。」
「就這樣？」
「我會找機會補償妳的。」
「……發生什麼事了？」
我該怎麼解釋呢？連我自己都還半信半疑。
「庭長上午的案件，被告主張無罪。」
「我知道。」

「她說偷東西是為了進刑務所，但我覺得她只是在狡辯。」
「這句話是毫無根據的猜測，你得好好反省。」
我一邊看著室內，一邊思索接下來該說的話。
「後來我夢見了父親的案件。」
「什麼時候？你剛才明明是在說今天的案件。」
「是我中午趴在桌上睡覺時夢到的。」
「作夢沒啥大不了的，但你直到晚上都還沒清醒嗎？」
我拉開櫃子抽屜，看到一個相框，相片裡的我和藍並肩而坐，桌上擺著刀叉湯匙，鋪著桌巾，看起來像高級餐廳，我把象牙色錶面的手錶舉到胸前。
還好我在擔擔沒有向藍詢問手錶的事。
「夢的開頭是我們去法院旁聽之前，我、宗二和妳在學生餐廳聊天。」
「前面的部分我不記得了。」
「如果沒有去旁聽，我的未來或許會不一樣。」
更準確的說法是「如果藍沒有跟去法院」。
「或許吧。」
「出社會之後，我們還會常常約出來吃飯。」
「大學時代的友誼遲早都會變淡的。」
不對，我們還是常常互相報告近況、抱怨工作，這份友誼會維持很多年。

「今天的庭審讓我想起了過去的自己，我突然覺得很空虛，想要整妳一下，所以才傳了那句莫名其妙的訊息給妳。」

「在擔擔說的話也是？」

「嗯，我就是忍不住。」

「喔……那你開心了嗎？」

「看到妳生氣，我就開心了。」

「那真是太好了。」

這根本算不上解釋，但藍沒有要求我解釋得更清楚。

「那就晚安了。」

「明天見。」

我和染谷隆久是父子的事當然是藍說出去的。

因為我經歷過兩種現狀，所以我可以用刪除法得出答案。藍可能沒想太多，隨口把這件事告訴了宗二他們。

就算是她害我被同學疏遠，我也不能怪罪她。

如果連她也離開我，我就真的是孤零零一個人了。

手機裡的相簿儲存了很多我沒看過的照片。

水族館、遊樂園、賞楓、旅館、滑雪、煙火晚會。全都是藍的照片。幾輪春夏秋冬。我們兩人相互依偎。

我是以怎樣的心情度過這五年的？我不覺得自己悽慘嗎？就算這樣我還是不想離開藍？

身為同事，身為情侶，今後我該怎麼和她相處？

我要繼續沿著現在的軌道走下去嗎？

不，我只能模仿過去的自己。

儲存在手機裡的都是我認為重要的回憶，像是去了什麼地方，做了什麼事。我得吸收消化五年的時光，包括笑的方式，包括距離感。

我苦笑地看著過去留下的片段畫面。

憑著這個時代的科技，就算穿越時空也有辦法應對呢。

第二章

1

火紅烏鴉

即使未來改寫了一些，人生也不會因此出現戲劇性的改變。

當然，還得看情況。

如果可以在過去和現在之間自由來去，可以像玩遊戲一樣不斷重來，想隨心所欲地操縱人生也不是難事。

可是，我只回去了一次，而且只有短短的幾個小時。

毫無準備地被丟到過去的凡人又能做什麼呢？

沒人提醒我穿越了時空，也沒有任何警告標語或注意事項，所以我誤會自己在作夢，採取了莽撞的行動，結果失去了重要的朋友。

這簡直是詐騙嘛。我發現有問題時已經太遲了，負責人既不現身又不聞不問。

無論我再怎麼等，都沒有人來向我道歉或是給我解釋。

我被送回了會對人生造成重大影響的過去。讓我面對這麼不合理的處境，卻又丟著我不管。

老天爺，你是不是太過分啦？

那奇蹟的一天已經過了三個星期。

我最近幾天總算比較想得開了，其中也摻雜了幾分自暴自棄的心態。在此之前我每天都過得很不安穩，對穿越時空一事既期待又害怕。

既然經歷過一次，沒人能保證不會有第二次。應該說，我有一種很肯定的預感，我一定會再回到過去。

現代人遇到未知狀況，就會求助於搜尋引擎。

我試著在網路上搜尋能想到的所有關鍵字，卻找不到有用的資料。我還找了穿越時空的電影來看，看到主角不能理解狀況而困惑時，我還會很有同感地說「嗯嗯，我懂」。

如果不講究科學證據，倒也不是找不到線索。

這類現象往往會強調「重現」的重要性。有好幾部電影的主角在試圖打開時空之門時，都會不斷地調整條件和順序，反覆實驗會不會引發相同現象。

我穿越時空時有什麼條件及順序？如果連天氣或溫度都考慮進去就沒完沒了了，總之我先靠直覺挑出可能有關的因素。

第一，我穿著法袍推開法壇後方的門。
第二，那件案子的被告主張無罪。
第三，閉庭之後舉行研討會，回答旁聽者的問題。
第四，因被告身體不適而中止庭審。
第五……
真的要挑的話，重要因素還挺多的。
可是第一項是每個書記官平時都會做的事，如果光靠這樣就能打開時空之門，那法院裡到處都是時空旅人了。
或許得同時滿足多項條件。
我不知道觸發穿越時空的條件是什麼，所以要開法庭的門時非常緊張，我先看看四周，按住門把，確認觸感，然後緩緩轉動。
「快開門啦！」
春子姊尖叫般的聲音從背後傳來。
「我是在確認安不安全。」
「我的手都快斷了。」
我打開門，用門擋固定，春子姊把雙手抱著的風琴簾放在地上，轉動手腕。
「唉，重死了。你剛才的拖拖拉拉足以判處兩年有期徒刑。」
「沒有緩刑嗎？」

「當然沒有。」

「虧我這麼期待從寬量刑。」

明天上午，春子姊負責的案件要進行被害人詰問。

那是傷害案件，因為妻子提出離婚，丈夫毆打了她的臉，爭點在於妻子的鼻子骨折是否因為被告的暴力行為。

「被告承認打了妻子，但只是輕輕撞一下，妻子是自己喝醉跌倒才把鼻子撞到骨折。聽起來就像是狡辯。」

春子姊一邊說，一邊在證人臺附近貼上綠色的遮蔽膜膠帶。

「被告都承認施暴了，還說妻子受傷跟自己無關，我也覺得很難相信。」

「而且被告說自己也喝了酒，所以不記得細節。自己都不記得還有什麼好解釋的？」

「我也覺得說不通。」

承認自己毆打了妻子，妻子的鼻子也確實骨折了。男女體格不同。酒醉時想必難以控制力道。一切狀況都對被告不利。

「說是這樣說，既然被告不認罪，就得詢問被害人來釐清真相。那位妻子還得被叫到法庭上，在家暴的丈夫面前作證，唉，真令人同情。」

「所以才要準備遮蔽板來保護她？」

「這只是一片薄薄的風琴簾。」

法庭的布置有時會因為案件內容而需要做點小改變。

刑事訴訟的主角是被告，不能因為被告在場會讓被害人不敢說實話就叫他迴避，所以刑事訴訟法列出了幾種應對措施，既能讓被告留在法庭，又能減輕被害人的心理負擔。

最常見的就是這次用到的「遮蔽」：在證人臺周圍和走道上設置障礙物，讓被告看不見證人，有時甚至得遮住旁聽者的視線。不過被告的身邊坐著辯護人，如果連辯護人也看不到證人，可能會妨礙到詰問的進行。

「怎樣？」

「看不見。」

春子姊站在證人臺，我坐在被告席幫忙測試。

接著我站到辯護人席的旁邊。

「我換位置了。」

「怎樣？」

「看得見。」

春子姊把遮蔽物的角度安排得很巧妙，從被告席看不見證人，但是從辯護人席看得見。接著要在風琴簾的位置做記號，開庭之前再重新設置。

「連我都不會被看到，正常體型的女性就更不可能被看到了。」

春子姊抓緊機會又羞辱了自己一句。我提醒自己千萬不要回應她。

「庭長會問被告什麼呢？」

「一定是我們想不到的事。」

「春子姊和庭長是同時調來的吧？」

「嗯，也差不多該讓我解脫了。」

「我總覺得春子姊應該猜得到庭長會說什麼。」

春子姊依然坐在證人臺前，回答：

「我不知道啦，庭長是從一年前左右才開始對被告那麼體貼的。」

「咦？是這樣嗎？」

我想起了烏間在五年前平淡地進行審判的模樣。

「我完全搞不懂，他的個性明明沒變，訴訟指揮的態度卻變了。」

「喔？是因為發生了什麼事嗎？」

「不知道，但我聽說高層很關切這件事，還告誡他要像先前一樣審理，不要太特立獨行。他在這個年紀就能當上庭長，明明有機會飛黃騰達，他會變成這樣真是太奇怪了。」

的確，為什麼庭長會改變審判的作風呢。

「妳去問問庭長嘛。」

「我又沒興趣。」

「是嗎？」

「你何不問問看千草？」

我和藍「現在」的關係在同事眼中是什麼樣子？我至今還找不到機會確認這件事。我走近證人臺，聳肩說道：

「我最近才剛惹她生氣呢。」

「我才不想聽你晒恩愛。」

原來如此。看來大家都知道我們是男女朋友。

「在同一個刑事庭當書記官和法官，相處起來真的很辛苦。」

「你這種半放棄的態度真叫人不敢苟同。」

「我看起來像是半放棄？」

春子姊用指尖轉著遮蔽膜膠帶。

「你再這樣下去遲早會被甩掉的，小心將來後悔莫及喔。」

她壓低語調說道。

2

除了研究「重現」的條件以外，我也調查過有哪些事情被改寫了。

身邊人們所認知的「現在」和我記憶中的現在差了多少？要確認這件事並不容

易，因為我看不到別人腦袋裡的想法，一直問東問西又會惹人起疑，因為我要問的事明明都是自己親身經歷過的。

話雖如此，我還是藉著手機資料和社群網站蒐集到了一些資訊。

結論是，除了失去大學時代的人際關係，我的生活沒有太大的改變，也就是說，改變的部分只有藍在擔擔告訴我的事實。回想當天的行動，會有這種結果很合理，除了我和藍在法庭裡的對話以外，我一切行動都是遵循過去的記憶。

我該為這個結果感到安心嗎？我既覺得改變很大，又覺得還好只有這些改變。因為沒有比較的對象，我也不知道該給出什麼評價。

如果再一次回到過去，我會選擇怎樣的行動呢？

若是帶著「未來可能受到影響」的心理準備再次穿越時空，我在採取任何行動之前一定會先慎重考慮，說不定還會因為顧慮太多而什麼都不敢做。

我站在法官室的門邊想著這些事。

我正在等烏間講完電話，一看見他放下話筒，我就叫道「庭長」。

「明天要用的遮蔽板已經設置好了……您現在有空嗎？」

「嗯，在哪裡？」

「二〇二。」

遮蔽板也會干擾法壇上的視野，所以得先讓法官檢查過。

「喔，對了。」烏間站起來，對我說道：「仁保女士的紀錄放在櫃子裡，你可以幫我拿回去嗎？我已經看過了。」
「我知道了。內容沒問題吧？」
「嗯，重點都寫到了。」
「春子姊在法庭裡等您。要我一起去嗎？」
「有需要的話，我再用內線電話叫你。」
藍和右陪席佐佐部輝久坐在會議桌，看著厚厚的紀錄。市公所的串通招標弊案快開始審理了，他們可能是在討論那件事。
我打開中央的櫃子，很快就找到了仁保雅子的紀錄。
紀錄裡面夾著紙書籤，我翻到那一頁，檢查是否蓋了章。書記官製作的庭審紀錄要經過法官蓋章才算有效。
「咦？有這一天匯款的證據嗎？」藍問道。
「我記得甲證72是三天份的匯款明細……」佐佐部立刻回答。
光是聽到證據編號72就可以想像出這個案件有多複雜，我負責案件的甲證根本不到五十件。
我怕打擾到他們，正想快點離開，卻發現了一本資料。
那是以細線裝訂的一大疊紙張，從封面樣式可以看出不是法院製作的。我拿起來一看，被告欄位寫著這個名字：
『染谷隆久』。

案件編號寫的是平成二十八年，罪名是強制猥褻。

這是我父親的案件紀錄。為什麼會放在這裡？

「你找不到紀錄嗎？」

藍從座位上朝我看過來。

「不……我找到了。」

「要一起來挑證據的毛病嗎？」

「還是不要吧。」

我關上櫃子，離開法官室。回到自己的座位後，我喘了一口氣，手心全是汗水。我覺得自己似乎看到了不該看的東西。

我一頁頁翻著仁保雅子的紀錄，等亢奮的情緒鎮定下來。

我父親五年前的案件是在南陽地方法院審理的。

烏間判他三年六個月的有期徒刑，上訴也被駁回。案件紀錄在定讞之後不會留在法院，而是由檢察廳保管。就像烏間對旁聽者解釋過的一樣，法院的職責是判罪和決定刑罰，執行刑罰是由其他機關負責。

烏間為什麼會向檢察廳借來這個案件的紀錄？為了避免洩漏個資，紀錄受到嚴密保管，但法官和書記官只要申請就能借到。

問題是，為什麼要借？

藍曾經跟我說過，她會為了研討會或判案而借紀錄作為參考。這是被告主張無罪的性犯罪案件，兩種用途都有可能。

……我是不是想太多了？我查了書記官室裡的日誌，得知那是一星期前用烏間的名義借來的。我還看到了辦理者的名字。

「久米，這個是你辦理的嗎？」

我向新手事務官問道。久米不解地皺起眉頭。

「是的，有什麼問題嗎？」

「這是很久以前的案子，我只是好奇借這個要做什麼。」

「喔喔……烏間庭長說是研討會要用的，叫我幫他去借。」

「這樣啊。謝謝。」

如果要深入追查，我可以去問藍到底有沒有這個研討會。

我剛站起來，又改變主意，重新坐下。大黑主任訝異地望向我。

藍知道我和染谷隆久的關係，如果我問得太直接，藍或許會直接去問烏間為什麼要借紀錄，這麼一來烏間說不定會把紀錄收到其他地方。

連我自己都很驚訝，我竟然在思考要怎麼看到那份紀錄。

我想知道詳細的案情。

我從頭到尾旁聽了烏間審理的染谷隆久案件，可是旁聽能獲得的資訊相當有限，檢察官在法庭上提到的證據只有一小部分，法官回辦公室之後才會詳讀清單。審判進行到越後面，旁聽者越跟不上。

檢察官在開審陳述所提的主張有哪些證據支持呢？我可以看出大方向，但細節只能靠想像來補足。

此外，當時的我根本沒辦法客觀看待這件案子。

染谷隆久傷害了繼女，惹我媽媽傷心，對我施加了血緣的詛咒。我對他充滿憤慨，很想聽他親口說出犯罪的理由。

我一直在想，為什麼我會回到那一天呢？

虛構作品裡描述的穿越時空有著不同的規模和真實性，但是主角都有回到那個時間點的理由和必然性，譬如為了拯救情人的性命、為了挖掘懸案的真相、為了阻止地球滅亡。

我回去的那一天也是對我人生造成重大影響的日子。

如果我的眼光夠犀利，能迅速掌握狀況，不浪費有限的時間，選擇最妥善的行動，我就有機會改變未來。

刑事訴訟的目的是判斷被告有沒有罪，以及決定刑罰。

已經發生的案件沒辦法改變，也就是說，我救不了被害人A。

那麼，我能改變誰的未來？

桌上的內線電話響起，我回過神來，拿起話筒。

「我要收拾剛剛的東西，你能來幫忙嗎？」是春子姊的聲音。

「我馬上過去。」

我從當事人的出入口走進法庭，烏間已經離開了。辯護人和檢察官的座位和旁聽席之間隔著木柵欄，旁聽者沒有得到許可就不能進入柵欄內。

我之所以能進去，是因為我有書記官的頭銜。

回到過去時，我就沒有這個頭銜了，只能讓當年那個打混的大學生的腦袋裡多出了訴訟和法律的相關知識。

所以我能做什麼？在旁聽席上大喊「這樣違反了訴訟規定」嗎？

如果我真的那樣做，烏間一定會把我趕出法庭。我不禁苦笑。

「別再傻笑了，快做事吧。」

春子姊發出「嘿咻」一聲，扛起風琴簾。沒過多久，法庭又恢復了原本的樣貌。

「辯護人真的相信家暴丈夫的說詞嗎？」

「天曉得。既然被告堅持沒有打傷妻子，律師只能相信吧？我也不太清楚律師的職業倫理是怎麼要求的。」

擔任染谷隆久辯護人的赤間律師是以怎樣的心情在法庭上說出無罪主張的？

「詰問結束後，我再來請教春子姊的感想吧。」

「你儘管問。」

無論我再怎麼分析，穿越時空畢竟是超自然現象，我也不確定常識是否依然適用。說到底，我只能憑著自己的想法行動。我會發現那本紀錄也算是機運，我一定要找機會拿來看。

不過法院直到深夜都有人在，不太容易找到機會。

「喔喔，對了。」

春子姊雙手一拍，似乎想到了什麼事。

「後天法官們有飲酒會，要請法官審核一定要在五點之前喔。」

3

過了兩天。今天是順手牽羊慣犯仁保雅子的第二次審判期日。

昨天是家暴被害人出庭接受詰問，所以連續兩天都有烏間負責的無罪答辯案件。

聽春子姊說，檢察官問被告「既然你當時喝醉，記不清楚發生的事，那你怎能保證自己有控制好力道？」，結果被告答不上來。不需要烏間插手，家暴丈夫就已經自取滅亡了。

好啦，今天的庭審會有怎樣的發展呢？

「那就開始吧。」

聽到烏間的聲音，我抬起視線。

「隔了三個星期，妳還記得上次庭審的內容嗎？」
「是的。」穿著皺巴巴襯衫的仁保點頭。
今天的旁聽席看不到更生保護機構的志工，是不是我和烏間在上次的研討會惹他們生氣了？
雖然是第二次開庭，烏間還是詳細地說明了審理流程。
「仁保女士主張偷竊商品的目的是為了進刑務所。依照原本的流程，如果有爭執的事項，會在調查證據之後讓被告進行陳述。不過在本案之中仁保女士的認知具有重要意義，所以得先詢問被告。妳和辯護人討論過了嗎？」
「是的。」仁保再次點頭。
「我上次開庭時跟妳解釋過緘默權……」
我一邊聽烏間宣讀被告的權利，一邊檢查錄音機的燈有沒有亮。無罪答辯案件的被告詰問必須記錄得正確無誤，如果錄音出了問題，後果不堪設想。
「那麼就請辯護人先開始。」
上一次庭審快要結束時，烏間問了仁保的丈夫是多久前過世的。
這個問題問得很突兀，也看不出程序上的必要性。我和上出都看得出來，烏間是在和當事人分享重點……說得更清楚點，他是在給辯護人出作業。
「辯護人泊川現在開始詰問。」
泊川律師的神情和上次不同了。他坐在辯護人席，直勾勾地盯著仁保。

我望向時鐘，記下主詰問的開始時間。

「妳從受害商店羅梅茵拿走了被指為失竊物的首飾，沒錯吧？」

「沒有錯。」

「我直接問妳，為什麼要拿走那些商品？」

「因為我想進刑務所。」

要問哪些問題？提問的順序怎麼安排？泊川和仁保一定為了今天的被告詰問討論過很多次了。

「妳才剛出獄三個月，就犯下了這件案子？」

「是的。」

「妳沒有地方住嗎？」

「更生保護設施有提供我住所。」

「那妳是因為缺錢嗎？」

「不是……我還有一些積蓄。」

「請說得具體一點。」

「我在丈夫過世時拿到的保險金還剩下一百萬圓左右。」

坐在檢察官席的上出神情不悅地瞪著仁保。

住所和生活開銷——這些想必都是上出進行反詰問時要問的事。仁保有地方住，又有錢可以花，根本沒必要進刑務所，這樣就能證明她的主張只是為了逃避刑責。我可以猜到檢察官會從這個方向進攻。

可是泊川卻主動承認了對被告不利的這些事實。

「刑務所裡的生活很舒適嗎？」

「一點都不舒適。坐牢是刑罰，既沒有自由，而且我這種年齡的人做那些勞動工作也很吃力。」

「可是妳卻進了刑務所三次。」

「是的。」

「妳這次偷竊也是為了進刑務所。」

「是的。」

「不是因為妳想擁有項鍊和戒指嗎？」

「不是的，像我這種人又不適合戴那些裝飾品。」

這些問答是要證明仁保缺乏不法領得之意圖，但是辯護人到現在還沒拿出證據。

「檢察官和法官都很疑惑，不明白妳為什麼想進刑務所。妳可以用自己的話解釋一遍嗎？」

「好的，我該從哪裡說起呢……」

這個神祕的動機從審判開始之前就很受矚目，如果直到最後都沒解釋清楚，辯護人鐵定會被嘲笑，但泊川看起來一點都不慌張。

「如果有遺漏的部分，我會立即提問的，請妳放心地回答。」
仁保的視線落在證人臺上，喃喃說道「大概是為了……復仇吧」。
「妳想要向誰復仇？」
「我過世的丈夫，仁保惠一。」
我就知道遲早會再聽見這個名字，沒想到是在此時。
為了向亡夫復仇而順手牽羊……
「就是法官上次問妳何時過世的那個人吧？妳想藉著進刑務所來向他復仇嗎？」
「我丈夫以前是刑務官。」
「然後呢？」
「……他出軌了。」
「他的出軌對象是誰？」
「這個問題和本案無關。」
這時上出站了起來。
「辯護人的意見如何？」烏間問道，泊川立刻回答：
「我認為這個問題和本案有關。為了說明被告的作案動機，這個問題是不可或缺的。」
「辯護人可以繼續問，但我如果認為沒有必要，就會立刻喊停。」
「我知道了。那麼我重新提問。仁保惠一先生出軌的對象是他職場裡的人嗎？」

「職場……算是吧。」仁保回答得很含糊。
「對方和他一樣是刑務官嗎？」
「不是，他的出軌對象是受刑人。」
不是同事，而是受刑人。想不到會是這種答案。
我偷偷觀察上出的反應，他握著筆愣住了，顯然非常吃驚。
「刑務官惠一先生和受刑人之間有不尋常的關係？」
「是的，他和自己工作的刑務所裡的女囚犯出軌了。」
「很難想像刑務官要怎麼和受刑人出軌。」
「女子刑務所裡也有男性刑務官，稍微下點工夫就能製造出兩人獨處的機會，像是巡邏時聊幾句，或是寫信……」
仁保進過刑務所三次了，她說這話很有說服力。
「妳是何時發現丈夫出軌的？」
「在他死後一段時間。他死於交通事故，因為被後面的車追撞，他要是立刻煞車就沒事了，但他誤踩成油門，衝到逆向車道。死的不只是他，和他相撞的逆向車輛的駕駛也死了。」
上出再次起立，語氣比剛才更強硬。
「被告的供述和本案無關。」他要求烏間喊停。
「是的，辯護人，提問時請清楚說明目的。」

泊川乾咳一聲。

「很抱歉。從剛才的供述聽來，妳是在惠一先生死後才發現他出軌的事實，沒錯吧？」

「是的，我覺得他背叛了我。」

「但是惠一先生已經過世，沒辦法懺悔了。請妳說明妳是如何發現惠一先生出軌的，只說結論也行。」

「我發現了那個女人寫給我丈夫的信。」

「是什麼時候發現的？」

「是在做完我丈夫一週年忌日的法事之後。我在收拾家裡時找到一封信，內容可恥到讓我說不出口……」

「內容就不用說了。」

泊川一定知道上出會提出異議，所以搶先打斷仁保的敘述。

「那妳是從何時開始偷竊的？」

「我記得是找到那封信的半年後。」

泊川是在表達兩件事的發生時期相符。然後他又繼續問：

「妳能接受惠一先生背叛妳嗎？」

「不能，可是他已經進了墳墓，我想罵他都沒辦法，所以我才決定報復他。被人背叛卻不能討回公道，太讓人不甘心了。」

「具體來說，妳的報復方式是什麼？」

泊川探出上身問道，仁保面帶微笑地回答：

「我決定成為受刑人去找對象談戀愛。」

接下來泊川大約花了十分鐘詢問仁保的戀愛計畫。

被告犯罪是為了進刑務所誘惑刑務官跟她談戀愛——我一邊記錄一邊整理，覺得這句話就能說明一切，不需要解釋得更多。

「原來如此。妳之前進過刑務所三次，都沒有達成目的？」

「是的，真丟臉。」

「但妳還是不打算放棄？」

「會被關到哪個刑務所，是在被判有罪到入獄之間決定的，不太可能坐牢到一半又換地方。也就是說，新的邂逅在我犯罪的時候已經開始了。」

有旁聽人露出苦笑，如果我不是坐在書記官席可能也會笑出來，不過即將進行反詰問的上出還是一臉嚴肅地振筆疾書。

「妳不斷偷竊的原因是？」

「因為偷竊很容易被抓到，刑期也不長。」

「妳選擇羅梅茵的原因是？」

「老是偷同一間店我會覺得過意不去，所以我每次都會換地方。我選那間店的理由是附近有派出所，而且沒有便服警衛。」

「既然妳希望被抓到，有便服警衛不是更好嗎？」

仁保搖搖頭。

「我以前有一次在店裡被抓到，對方訓了我好幾個小時，最後卻沒有報警，所以我才會帶著偷來的東西去派出所自首。」

「妳是為了保證自己可以遭到警察逮捕？」

「是的。」

太厲害了。我不禁佩服。這個主張乍聽之下很荒謬，但是解釋過每個行動的理由，就變得很有說服力。

為了遇見戀愛對象而偷竊。說不定真的有可能呢。

「先前三次審判，妳都沒有主張無罪？」

「是的，我全都認罪了。」

「那妳這次為什麼不認罪？這和妳剛才說的進刑務所的目的不是互相矛盾嗎？」

「因為我先前不知道常習累犯竊盜罪。」

這是犯下很多次竊盜罪才能達成的特殊罪名，也可以稱為殿堂級竊盜罪、竊盜成癮罪、反覆竊盜罪之類的。原來跟這件事有關啊？

「這是什麼意思？」

「我以為這次和以前一樣，頂多只會被判兩年。可是律師告訴我這次會判得更重，可能是三年以上的有期徒刑。如果被判三年……那我真的受不了。」

「在刑務所裡待得更久，不是更有可能培養出更深的感情嗎？」
「我已經說過了，我想要的是邂逅的機會。」仁保加強了語氣。「有些刑務所幾乎沒有男性刑務官，如果運氣不好被關進那裡，直到服完刑期都沒辦法換地方，所以我才會主張無罪。」
泊川的視線掃向法壇和檢察官席，然後問：
「如果被判無罪，妳還會為了得到短期刑期而繼續犯罪嗎？」
「我一開始確實是這樣想的。」
「現在呢？」
「聽到烏間法官詳細的說明，讓我覺得很不好意思。我在法庭受審過好幾次，這是我第一次覺得自己被當成一個人看待。我在收押的地方問自己，一直做這種事到底有什麼意義？泊川律師也有勸過我，所以我想要洗心革面了。」
烏間似乎不打算開口，他對仁保的告解有什麼感想呢？
「妳是在上次庭審結束後才告訴我妳是想進刑務所找戀愛對象吧？」
「是的，我都這個年紀了還想著談戀愛，而且還打算找刑務官，別人聽了一定會覺得我腦袋有問題。可是，聽到法官問我丈夫過世的時間，我就決定要說出這件事了。」
剛剛還在苦笑的旁聽者，神情肅穆地盯著仁保的背影和泊川的側臉。
「我想確認一下，妳說的洗心革面是什麼意思。」

「我希望能重新做人，不再給別人添麻煩。」
她的話中充滿感情，不像是在作秀。
雖然主張很荒謬，卻解釋得條理分明。
只要反詰問時沒被檢察官推翻，說不定真的會被採信。

4

上出消沉地垮著肩膀，抱著包巾走出法庭。
「今天的庭審真是驚心動魄。」我回頭對烏間說道。
「辯護人這一仗打得很漂亮。檢察官只是在勉強硬撐。」
「他一定沒想到會出現這種轉折。」
烏間沒有回答，而是在筆記本裡寫字。
「……庭長早就料到了嗎？」
「怎麼可能嘛。我先回去了。」
烏間接過紀錄，我目送著他從後方的門離開。我還有很多事情想問他，但他看起來似乎很忙，我只好放棄。
上出的反詰問會被說是硬撐也不為過。

想在刑務所裡找戀愛對象未免太荒謬了。一再偷竊太不合理了。先前的審判明明都沒有主張過無罪……

他提出的每個問題，仁保都已經在主詰問時解釋過了。泊川預判了上出反詰問的重點，事先布下防線，上出不只無力反擊，反而更鞏固了泊川的論點。

用「想進刑務所而偷竊」的理由主張無罪不太可能被採信，因為除了極端的狀況以外，坐牢的壞處遠多過好處。

對於生活困苦、渴望獲得溫飽的人而言是這樣沒錯。

對於想戀愛的人而言就不是這樣了，因為愛情是盲目的，不能用常理判斷。

當然，不坐牢也能談戀愛，而且外面能找到的戀愛對象更多，但是被告既然有理由一定要在刑務所裡談戀愛，情況就不一樣了。

她想以受刑人的身分和刑務官談戀愛。

當時旁聽者都在苦笑，我也覺得非常荒謬。面對如此不利的狀況，泊川還是冷靜地一步步問出了仁保因丈夫出軌而萌生的念頭。

烏間說「辯護人這一仗打得漂亮」，這是在表示泊川顛覆了他的心證嗎？

沒有不法領得之意圖，就不能判被告常習累犯竊盜罪。

在刑事訴訟中，檢察官要負責證明被告有罪，也就是說，辯護人不需要證明被告無罪，只要對有罪這個結論提出合理質疑就夠了。

上出咬著嘴唇回到座位，雙方問完之後，烏間沒再問什麼就直接結束了被告詰問。我本來很期待聽到他的訊問，所以有些錯愕。

但他倒是提起了今後預定提調的證人。

「警員會出庭作證吧？」

「法官是說被告去自首的那間派出所的警員嗎？」

上出露出困惑的表情。

「是的，如果檢察官覺得沒必要，那也無妨。」

「我會考慮的。」

我不明白烏間為什麼這麼在意派出所的警員。那個警員只是將去派出所自首的仁保轉交給該區的警察局，從他身上能問出什麼呢？

上出可能也不明白烏間的用意，只是憑著直覺答應吧。

這樣說或許很不專業，我對這個案子的結局真是滿心期待。

如果今天有記者來旁聽，可能會寫出這樣的報導標題：「未亡人偷竊成癮，竟是為了這種理由：想在獄中找尋愛情」。

我應該向主任報告嗎？不，應該先和春子姊分享，我很想聽聽看和仁保年齡相近的女性會怎麼看待她的復仇計畫。

我關上門，走上法壇，先做了個深呼吸才抓住門把。

我從一大早就在想，如果能再次穿越時空，說不定就是今天。

時空之門連接了兩個無罪答辯的案件，就像我上次穿越回到了父親案件的第一次審判期日，今天也會回到第二次審判期日的開庭之前。沒有理由，我只是這麼覺得。

我該走其他的門嗎？這樣一來時空之門或許就不會開啟了。

我有避免穿越時空的理由嗎？就算再次回到過去，只要依照過去的記憶行動，未來就不會改變。上次的失敗已經讓我深刻領會到，輕率的行動會造成無法預測的改變。

猶豫幾秒之後，我握住門把，轉動手腕。

門輕易地開啟了。什麼都沒發生。我走出法庭。

「原來如此……」

有人說「有二就有三」，有人說「第三次一定行」，哪種說法才對呢？我現在才發現，如果沒有第二次、第三次，根本無從驗證。

我回到書記官室，發現春子姊已經回家了，聽說是因為她的小兒子發燒。

我簡單地向大黑主任報告「我負責的案件很精采耶」，他只是平淡地回答「該發生的事就是會發生」。

因為庭審拖得比較久，沒過多久就到了下班時間。現在不是繁忙時期，幾乎所有同事都收好東西準備下班了。

「宇久井，你要加班嗎？真稀奇。」

「是啊，不會太久啦。」

我們的單位鼓勵準時下班，所以有好幾個人跑來關切，我整理著先前拖延的業務，裝作累積了很多工作的樣子。

我一邊喝著罐裝咖啡，一邊環視辦公室，決定要留到晚上八點。

「我也要走了，可以麻煩你關門嗎？」

「好的，您辛苦了。」

大黑主任也走了，辦公室裡只剩下我一個人。

公家機關只能在工作時間開冷氣，所以我光是坐著就熱到汗流浹背。如果要留到更晚，我恐怕就會放棄了。

我確認主任真的離開了，才走到無人的法官室，打開電燈。如同春子姊提供的消息，三位法官六點之後有飲酒會。這些聰明人聚在一起喝酒都在聊什麼事呢？

不管怎樣，我絕對不能錯失機會。

法官的櫃子上了鎖。我拉開辦公桌第二層抽屜，打開色彩繽紛的餅乾盒蓋子。幾乎所有職員都知道鑰匙放在這裡。信任和粗心只有一線之隔。

染谷隆久的紀錄依然放在烏間的櫃子裡。

現在如果被其他職員看到，我還可以辯解說是要檢查紀錄在不在這裡。我先記好了紀錄擺放的位置和方向，才取出那疊厚厚的資料，回到自己的座位。

翻頁的聲音迴盪在靜謐的書記官室。

起訴書、第一次庭審筆錄、檢察官的開審陳述……我在五年前和三星期前聽人朗讀過兩次的文件依照順序裝訂在一起。

裡面清楚地寫了當事人在開庭時不曾提及的被害人姓名及住址。

「咦……」

看起來很眼熟。這個意外發現令我非常困惑。我不確定是否完全一致，說不定是我記錯了，晚點再去確認吧。

有好幾個地方貼著相同的標籤貼紙。我翻到最前面的標籤，那是第二次審判期日詰問證人的筆錄。那一天出庭作證的是採集被害人乳頭附著物的警察，以及進行DNA鑑定的科搜研法醫研究員。

我仔細地閱讀自己以前旁聽過的詰問的筆錄。

【警員E的證詞摘要】

南陽東警察局的女性警員E接到被害人母親打來的報案電話後，和另一位警員去了染谷家。

被害人當時坐在床上哭。警員E聽被害人母親描述事情經過，認為必須保存證據。

有沒有進行DNA鑑定是性犯罪案件的重要分歧點。

警員E先確認被害人還沒沖過澡或是用毛巾擦拭，然後和被害人單獨留在房間內。讓男性警員離開房間是因為考慮到被害人的心情。

警員E用純水沾溼無菌紗布，擦拭被害人的兩邊乳頭附近，放進沒拆封過的無菌採樣袋，採集到鑑定所需的檢體。

辯護人赤間律師在反詰問時質疑，採集檢體時房間內只有被害人和警員E，沒有第三者在場，不能保證附著在無菌紗布上的檢體是從被害人身上採到的。

不過辯護人只提出警員E偽造檢體的可能性，並沒有解釋警員E的動機是什麼，因此被視為只是在找藉口。

警員E把裝入無菌紗布的無菌採樣袋帶回南陽東警察局，存放在證據室的冷藏庫，隔天早上該採樣袋和鑑定委託書一起送到了科搜研。

【法醫研究員F的證詞摘要】

法醫研究員F從承辦人手中拿到無菌採樣袋之後，從無菌紗布採集了鑑定檢體。實際進行鑑定工作是在一星期後。

警方委託的鑑定事項有兩點：第一，檢體中是否含有唾液。第二，如果檢體含有唾液就要進行DNA鑑定。

文件裡有很多專業內容，我本來想跳過，但又很在意貼在上面的幾張標籤。如果這些標籤是烏間貼的，可能代表這些內容非常重要。

依照研究員F之言……

檢測檢體是否含有唾液的方法是洋菜培養基平板法，也就是將含有藍色色素的澱粉和液態洋菜培養基攪拌成膠狀，再將檢體放上去，如果培養基褪色，就表示檢體裡含有能分解澱粉的α-澱粉酶。檢測的結果是陽性。

由於胰液也含有α-澱粉酶，所以還得將檢體加入人類唾液α-澱粉酶抗體，合成抗原抗體複合物，用特殊試劑檢驗其中是否含有人類唾液。

關於這一點，文件記載了辯護人和研究員Ｆ的對話。

「試劑若是接觸到其他動物的唾液，也會出現陽性反應嗎？」

「人類唾液α-澱粉酶只存在於人類的唾液中，但是有報告指出，科搜研使用的試劑在檢測大猩猩的唾液時也會呈現陽性反應。所以，如果沒有附著大猩猩唾液的可能性，那應該就是人類的唾液。」

沒有證據顯示染谷家養了大猩猩。

之後研究員Ｆ根據「檢體含有人類唾液」的檢測結果做了ＤＮＡ鑑定。

請專家來作證時，因為證人在該領域的知識遠勝過檢察官和辯護人，所以雙方都會盡量減少提問，讓專家自由地發表意見。

至此Ｆ已經證實了檢體含有人類唾液，接下來要說明唾液的ＤＮＡ鑑定結果。

關於ＤＮＡ鑑定的敘述有不少地方用鉛筆畫了線。

這些標註也和標籤一樣，是烏間畫上去的嗎？就算用的是鉛筆，也不該隨便在紀錄上做記號，況且這份紀錄還是借來的。

我讀著畫線強調的句子。

首先要做的是……

「進行ＤＮＡ提取，得到五十微升的ＤＮＡ萃取液。」

詳細的方法是……

「ＤＮＡ不會溶於乙醇。溶解細胞除去不純物質後，將乙醇加入萃取液，造成容易沉澱的狀態，再加入正一價陽離子中和負電，使ＤＮＡ沉澱，收集沉澱物即可得到濃縮的ＤＮＡ。」

經過提取之後……

「為了得到足夠的ＤＮＡ進行分析，使用 Real-time PCR 即時監測ＤＮＡ數量，將零點六微升的萃取液作為ＤＮＡ模板進行聚合酶連鎖反應，如此就能在短時間內大量複製ＤＮＡ。」

把ＤＮＡ增加到適合的分量之後……

「將擴增的產物進行電泳分析，根據電泳圖顯示的波形和檢查部位檢測出一位男性的ＤＮＡ型。」

結論是……

「檢測出的ＤＮＡ型和被告的ＤＮＡ型有十五個基因座相符，十五個基因座相符的機率是四兆七千億分之一。根據採集檢體的經過，可以確認被告的ＤＮＡ附著在被害人的乳頭上。」

四兆七千億分之一。被害人的乳頭沾了被告唾液的事實沒有半點質疑的餘地。姑且不論專門知識，我從Ｅ採集檢體的經過和Ｆ鑑定檢體的程序都看不出任何不合理的地方。

如果我沒記錯，辯護人當時也沒質疑過被害人身上附著唾液的客觀事實，而是轉移戰場，試圖找出被害人在其他狀況沾到唾液的可能性。

為什麼有這麼多地方畫了線？

烏間研究鑑識學的知識只是為了研討會嗎？

我在閱讀資料時也有注意到，Ｆ說明ＤＮＡ提取過程的地方歪歪扭扭地寫了一句註解。我凝神辨識那行字。

『不純物質　工作表13頁』

Ｆ出庭作證時也被要求說明過那份工作表。

工作表是記錄鑑定過程的工作日誌，檢察官把這東西列為證物是為了證明鑑定工作妥善無誤。我在這一頁夾入書籤，然後翻到甲證的部分找尋工作表。

……找到了。上面列出很多我沒看過的單位和類似藥品名稱的詞彙，我幾乎全都看不懂。可以想見當事人一定會問到這些地方。

我翻到13頁，內容還是大同小異。日期時間、作業程序、所得結果，每一行的欄位平淡地記錄了這些事項。

右邊的附註欄寫了『提取　50μL』，此外還有小小的文字寫著：

『除去的上清液很黏稠，為慎重起見也分析了成分，發現含有聚醋酸乙烯酯。是漿衣精嗎？』

筆跡相似，應該是F寫的。

問題是下面的部分。「聚醋酸乙烯酯」一詞畫了線，旁邊有一行潦草的鉛筆字。是直接寫在工作表影本上的。

『聚醋酸乙烯酯，高分子聚合物，膠基也含有此成分。是用唾液篩檢口香糖偽造的嗎？』

我倒吸一口氣。我還沒完全看懂這句話，但是「偽造」二字……

開門聲傳來，我趕緊闔起紀錄。

「宇久井？你還沒走啊？」

進來的是在樓上工作的民事庭主任書記官。我把紀錄推到桌邊，一邊起身一邊說：

「呃……我正準備回家。」

「這樣啊。法官們都去飲酒會了，法院只剩我們兩人，值班的人很在意，所以我趕快來跟你說一聲。」

「我知道了。」

此地不宜久留。我把紀錄放回法官室的櫃子，重新鎖好。

聚醋酸乙烯酯、膠基、唾液篩檢口香糖……

我在回家的途中不斷念著這些詞彙。

5

晚上十點左右，我接到了藍的電話。

「喂喂，我是酩酊大醉的藍。」

「妳喝了一整缸嗎？」

「無論酒量再好，喝了五公升啤酒也會醉倒的。」

喝這麼多鐵定會醉的。

「三更半夜的有什麼事？」

「我好受傷啊，別這麼無情嘛。我得在深夜獨自走回宿舍，有一條生活小訣竅說邊走邊假裝打電話會比較安全。」

「但妳真的打電話給我。」

「我是用酒醉當藉口打給你。你太不了解少女心了。」

「因為我是一板一眼的公務員嘛。」

之後的五分鐘，藍一直愉快地聊著飲酒會的事。

「傑，你在做什麼啊？」

「睡前上網閒逛。」

「真是標準的現代人。這樣會亢奮到睡不著喔。」

螢幕顯示的網站說明了如何利用乙醇沉澱抽取DNA。我反覆看過很多次，總算比較有概念了。

「對了，我有個問題想請教博學多聞的千草法官。」

「儘管問。」

「我同事負責的一樁案件，爭點是DNA鑑定的可信度……」

「嚇我一跳，突然變得這麼正經。」

「妳清楚這方面的事嗎？」

「還可以，我在研討會聽過一些。」

進行過DNA鑑定的案件很多，而且DNA鑑定在五年前染谷隆久的案件裡不是爭點，藍應該不會發現我說的是那個案件。

「辯護人指出檢體裡摻雜了不純物質。」

「不是摻雜了別人的DNA？」

藍認真地問道。她很快就進入狀況了。

「嗯，辯護人認為那些不純物質代表證據是偽造的。」

「喔……喔？真罕見。應該說，這個主張很難證明。」
「為什麼？」
「因為不純物質在提取過程中已經除掉了。」
藍主動提到了我最好奇的部分。
「妳可以解釋得清楚一點嗎？」
「唔……這個嘛……」她停頓了一下。「如果我給你一塊祖母綠的原石，叫你切割出結晶，酬勞由切下來的結晶重量來決定，你會仔細調查沒有價值的母岩嗎？」
「不會，我只會關心結晶。」
「一樣的道理。DNA就像祖母綠，除去的上清液就像母岩。」
「可是上清液裡含有的物質和DNA沾附的過程有關啊。」
我聽見了平交道的警示聲。
噹噹噹……藍一直保持沉默直到聲音變小。
「警察和檢察官想要的是能證明嫌犯有罪的證據，只要檢體驗出了DNA，就能證明嫌犯和此案脫不了關係，出現多餘的東西反而會節外生枝。」
「喔喔，是這樣啊。」
「如果沒有積極調查，就不可能解決爭議。科搜研只會回答檢方委託鑑定的事項，如果檢方想確定DNA型，他們的本分就是除去多餘的部分來提取DNA。被告和辯護人沒機會參與鑑識工作，他們只能從依照目的而做的鑑識結果之中找出爭點。」

「如果科搜研的工作日誌記載了不純物質的存在呢？」

「視內容而定。搞不好會成為千載難逢的線索。」

我聽到開鎖的聲音，藍大概回到宿舍了。

「謝謝妳。讓我上了一課。」

「還有其他要問的事嗎？」

「呃，妳覺得漿衣精會用在內衣上嗎？」

「什麼啊？」手機傳出笑聲：「你說的漿衣精是用來讓床單變得硬挺的東西嗎？為什麼要用在內衣上啊？皮膚搞不好會被磨粗。」

「我想也是。我只是很好奇女生會不會這樣做。」

藍可能快開始起疑了，所以我沒有提到「聚醋酸乙烯酯」一詞。

「那位書記官到底想知道什麼？」

「他很好奇案件會如何發展，就隨口跟我聊了一下。」

「喔，第一個分歧點應該是能不能查出不純物質的來源吧。」

「我會轉告他的。」

藍似乎打開了電視，我聽見了像是播報新聞的聲音。

她重重地嘆了一口氣。

「怎麼還在吵婚外情啊。」

「那件同時發生多起的婚外情？」

「而且還想花錢壓下事情。」藍補充說道。

「我後來又重看了記者會的影片，的確很過分。」

那些問題怎麼回答都會挨罵，沐浴在砲火中的運動選手滿頭大汗地受到眾人抨擊。

「確實是這樣。」

「妳不是很生氣嗎？」

「是沒錯，不過能開記者會還算好的。」

「就算比刑事訴訟更沒有人權？」

「有些職業根本不能出現在大眾面前。」

我立刻想到一個答案。

「……妳是說法官嗎？」

「答對了。」

「新聞頂多只會出現開庭前的法庭畫面。」

一邊用跑馬燈說明案件大綱，一邊特寫拍攝坐在法壇上的法官。影像不能重複使用，每次審判都得重新申請，由記者俱樂部來拍攝。

「法官只是不發一語地坐在椅子上看著鏡頭，就算換成靜止畫面也不會有人發現。」

「妳說得太誇張了。」
電視的聲音消失了。藍可能正坐在沙發上。
「今天飲酒會時，店員很驚訝地說『法官也會喝酒啊？』，好像法官都是不食人間煙火似的。哈哈……還是會有人相信法官一定是品行端正、能看透真相、不會下錯判斷。笑死人了。」
「應該沒有法官用本名申請社群網站的帳號吧？」
「不是完全沒有，但我不敢這樣做。」
「為什麼不敢？」
「如果我對婚外情的道歉記者會發表批判性的感想，就會被當成在離婚官司時傾向支持外遇一方的法官。如果我分享孩子的照片，就會被當成對戀童癖傾向判處重刑的法官。」
「妳想太多了……不過或許真的會有人這樣說。」
「心裡想的事情絕對不能說出來，這樣才會被當成公平中立的法官。」
藍用嘲諷的語氣說道。
當然，不只是日本，每個國家的法官都必須公平中立，但是某國的法官卻很積極地展現自我，不只是興趣嗜好，甚至包括政治立場，他們認為法官的想法應該公開，這樣才能正確地評價法官的素養。這種思考方式和日本截然相反，但我覺得這樣總比日本把隱藏想法視為中立更加合理。

「妳有什麼煩心的事嗎？」
「只是喝醉了。」
「妳剛才說話時明明很正常。」
我等著藍說出真心話。像這種對話沒辦法靠照片或社群網站來拿捏態度，只能依靠我過去跟她當朋友的經驗。
「我最近正在寫判決書，擔心到睡不著。」
「市公所的招標弊案？」
我不久前還看到她和佐佐部在法官室攤著資料討論。
「真敏銳。」
「被告主張無罪嗎？」
「沒有，他們在偵查階段還在否認，現在已經爽快地承認了，畢竟證據確鑿，他們也知道辯解沒有用。庭長和佐佐部法官的心證都傾向有罪，我也是一樣，但我就是忍不住會去想一些假設狀況，譬如我們是不是遺漏了什麼？他們認罪是不是出自其他原因？我重複看了紀錄很多次，還是沒辦法抹消心中的擔憂。」
「妳跟庭長談過嗎？」
「我沒有懷疑這是冤罪，只是很怕寫判決書。」
如果是合議庭，三位法官會在審理的過程中互相討論，逐步導出結論，判決書通常是由經驗最淺的左陪席來寫，右陪席和庭長看過初稿之後會再補充或修改，最後完成判決書的定稿。

自己寫的文章會決定被告有罪或無罪，任職判事補一年多的藍很清楚這是多麼沉重的重責大任，但我想像不出來。我們的立場和頭銜都和閒聊打屁的大學時代不一樣了。

「我覺得妳還是應該跟庭長或佐佐部法官商量一下。」

「嗯，說得也是。」

要是下錯判斷，會導致無法挽回的後果。如果無辜的被告經過上訴還是沒有推翻判決，被關進了刑務所……

而且，法官若是發現自己可能誤判了……

不只不能承認自己的過錯，就連想要召開道歉記者會都不行。

「如果可以回到過去調查市長到底有沒有犯罪，就不需要擔心了吧？」

我若無其事地對藍問道。

「最需要時光機的職業就是法官。」

藍帶著笑意回答。

「法官一定能發揮出時光機最大的效用。」

「寄望於不存在的東西也無濟於事。」

「或許不久的將來就會發明出時光機呢。」

「如果是這樣就太好了。好啦，晚安。」

「嗯，晚安。」

我把手機放在桌上，點開瀏覽器的分頁。

多虧藍的協助，我已經釐清了提取DNA的問題。

接下來的問題是不純物質的來源。工作表上記載的聚醋酸乙烯酯是膠基包含的高分子聚合物，主要用於漿衣精、膠水、白膠、口香糖。

在日常生活中會沾到聚醋酸乙烯酯的情況，頂多就是衣物上的漿衣精沒有洗乾淨。不過正如藍所說，漿衣精一般不會用在內衣上，用在襯衫還比較有可能。

那麼，從乳頭上採集的檢體為什麼會含有聚醋酸乙烯酯？

寫在工作表裡的備註提到了唾液篩檢口香糖。我又點開另一個分頁。

這種口香糖不像零食口香糖，沒有味道或香料，而是用來增加唾液分泌量。咀嚼唾液篩檢口香糖而吐出的分泌物能採集到含有聚醋酸乙烯酯的唾液嗎？

如果利用這種口香糖沾附唾液……

我冒出雞皮疙瘩，無意識地站了起來。

因為被告舔了被害人的乳頭，所以才會沾上唾液，這是理所當然的推論。可是，如果唾液中含有聚醋酸乙烯酯，就出現了其他的可能性。

——偽造DNA證據。

我看見了案件模糊的全貌。

警員E因為顧慮被害人的心情而獨自採集附著物。

法醫研究員Ｆ依照委託事項提取ＤＮＡ，鑑定附著物的ＤＮＡ型。
檢察官蒐集到能證明被告有罪的證據而起訴。
辯護人主張唾液是因其他的狀況而沾附，但是沒發現工作表的記載。
法官依照採用的證據和雙方的主張，判斷被告有罪。
負責偵查和審判的每個人都盡了各自的職責。
要是哪裡出了錯……
那一天的染谷家到底發生了什麼事？

6

該做的事很多，頭一件就是要去向烏間打聽。
我要問他為什麼向檢察廳借案件紀錄、為什麼特別在意ＤＮＡ鑑定的證詞、為什麼會注意到工作表上的記載，最重要的是，染谷隆久到底有沒有犯罪。
五年前的審判或許是冤案。
我從來沒想過自己會懷疑判決結果有問題。
目前我只是隱約覺得有這種可能，但我不能裝作沒這回事。當年判我父親有罪的是烏間，他把案件的紀錄留在身邊，到底想要做什麼？

「喂，你不去法庭嗎？九點半就要開庭了喔。」
春子姊指著書記官室的時鐘說道。
「我有話想跟庭長說……他還沒來嗎？」
「等庭審結束再說吧。」
「是──」
「別拖長聲音。動作快。」
我一邊穿上法袍，一邊從專用走道進入法庭。我從庭內打開旁聽席後方的門鎖，來到一般訪客往來的法庭前的走廊，聽到了加納律師的聲音。
「妳不需要感到內疚。」
「可是……」
觀葉植物的盆栽後方可以看見輪椅。加納和篠原凜正在等法庭開門。大概是談得太專心，他們沒注意到我從法庭裡走出來。
等一下就要進行偷竊化妝品案的第二次庭審。
「認罪和要求緩刑這兩件事沒有衝突。妳會不斷偷竊是因為罹患了竊盜癖這種精神疾病，如果進了刑務所，就沒辦法像現在這樣接受治療了。」
「我真的……治得好嗎？」
我不是故意偷聽他們說話，只是還沒抓到機會打招呼。
「醫生也說過，最重要的是妳得相信自己。」

「我上次受審時也承諾過不會再偷東西，結果還是食言了。」
「既然妳覺得後悔，今後一定沒問題。」
加納背對著我，我看不見他的表情，但還是聽得出他的語氣很溫柔。
「你為什麼對我這麼好？」
「因為我是律師……我很想這麼說，或許只是因為妳讓我想起了妹妹吧。」
「我和你妹妹一定不像。她不可能瘦到像我這樣，也不可能有前科……」
凜的聲音越來越小。
我反手握住門把轉動，發出開門關門的聲音，假裝剛剛從法庭走出來，帶著些微的罪惡感走到他們兩人面前。
「久等了，請進。」
我用門擋卡住門扉，讓輪椅方便進入。
「謝謝。」
加納向我道謝，坐在輪椅上的凜低頭不語。
昨晚我從烏間的櫃子裡偷拿紀錄出來看，強制猥褻案的起訴書裡寫了被害人的名字「染谷凜」。如果光是名字一樣，或許我還不會注意到，但是案發地點也很眼熟，年齡也差不多。
「篠原小姐的身體狀況怎麼樣？」
「這幾天比較穩定了。」加納回答。

「母親也來了嗎？」

「不，她沒來。」

凜申請保釋時，申請書是以母親的名義寫的，她承諾會讓凜住在家裡，會監督凜的生活以及在審理時出庭。

保證書的填寫人姓名欄寫著「篠原佐穗」。在染谷隆久的案件紀錄裡，被害人母親的名字是「染谷佐穗」。

果然沒錯。

篠原凜就是五年前的強制猥褻案的被害人A。

「和上次一樣，請篠原小姐直接到證人臺前。」

上出在開庭兩分鐘前才慌慌張張地走進來，坐在檢察官席。上次只開庭十分鐘就中止了，所以我再次從上出的手中接過調查證據的文件。

「要從頭開始嗎？」上出問道。

「庭長是這麼打算的。」

「了解。」

我本來想先看看文件，但是還沒回到座位，法壇的門就打開了。穿著法袍的烏間和我四目交接。我回到座位，隨著其他人的動作行禮。

「宇久井，紀錄呢？」

「啊，對不起。」

我把紀錄交給烏間，深吸一口氣，努力鎮定下來。

「現在要開庭了，如果妳覺得不舒服，隨時都可以說。」

「……是。」

「我記得上次進行到朗讀起訴書，但是因為妳身體不適而中斷了，所以要重做一次人別訊問。」

我一邊記下審判流程，一邊望向手邊的文件。

開審陳述的摘要提到篠原凜的簡歷，她出生於南陽市，高中畢業後沒有就業，和母親住在一起，二十歲之後屢次行竊，去年九月在法庭上被判有罪，現在還在緩刑期間。

如我所料，裡面完全沒提到她的父親。

染谷隆久被逮捕之後，家裡只剩她和母親兩個人。染谷隆久被逮捕之後就遭到羈押，接著被關進刑務所，被迫離開了自己的家。

染谷隆久被判有罪已經五年了。凜是如何走上歪路的呢？

上出讀完起訴書，回到座位。

烏間告知被告緘默權，然後問：

「起訴書寫著篠原小姐在 SUNNY 藥妝店偷了價值一萬四千圓的化妝水等商品。剛才檢察官所朗讀的事實，妳覺得有哪裡錯誤，或是有哪些地方想要訂正嗎？」

「沒有錯。」

凜的聲音很小，我幾乎聽不見。

「辯護人的意見呢？」

「我對起訴書所記載的犯罪行為沒有異議，但被告可能有進食障礙併發竊盜癖，是否具有責任能力還有待商議。」

我用鍵盤輸入了加納律師流暢說明的意見。

他們剛才在走廊上說話，想必就是在商量要不要在法庭上提出這項主張。竊盜癖會讓人無法壓抑偷竊的衝動，以致一再犯下同樣的罪行，如果凜的偷竊行為也是精神疾病所引起，就不能要求她承擔全部罪責。加納律師的計畫應該是這樣。

「我知道了。接下來開始調查證據。」

上出照著先前呈交的文件做了開審陳述。

依照檢察官的看法，凜的偷竊動機是暴食症惡化使得飲食花費暴增，她偷化妝品是要拿去轉賣、補貼飯錢。比起偷竊大量食材，化妝品的單價更高，也比較容易藏在包包裡。

為了轉賣而偷竊會被視為動機惡劣的牟利行為，比起偷食物自己吃更可能受到重罰。

凜盯著放在腿上的雙手。

偷竊型態很普通，是作案時當場被便服警衛抓到，所以開審陳述很快就結束了。接著上出又一次念出相同的證據清單，諸如報案申請書、案發現場調查報告等等，然後說「就是這些」，抬頭看著烏間。

「檢察官對於今後的流程有什麼意見？」

「我準備再追加起訴幾件案子。」

「是同類型的案件嗎？」

「是的，所以我希望另定期日。」

店員和便服警衛不可能發現每一件竊案。竊賊被捕之後，警方和檢方會繼續調查有沒有其他罪行，如果有嫌犯的自白和監視錄影畫面之類的證據，就可以追加起訴，一併審理。

「辯護人的意見呢？」

「我對這個流程沒有異議。被告在保釋後去了專門醫治竊盜癖的醫院接受治療，我打算請主治醫生寫一份意見書，並且賠償各受害店鋪的損失。」

烏間依照雙方的期望指定下次審判期日，然後就宣布閉庭。

加納走到證人臺前，抓住輪椅的握把。

下次開庭大約是一個月後。我該默默地看著篠原凜離開嗎？

寫在強制猥褻案件紀錄上的附註暗示著什麼？我根據有限的資訊發揮想像力。

會不會是身為被害人的女兒故意捏造案件，把父親從家裡趕出去？

附著在乳頭的唾液裡的ＤＮＡ已經不足以作為證據了，但是五年前的案件最重要的關鍵是篠原凜的證詞。

——醒來之後聽見被告的聲音說「早安，抱歉囉」，接著感到T恤被掀開，乳頭被舔，隔著內褲被撫摸陰部。

如果DNA證據是假的，和凜描述的狀況就不相符了。

或許從頭到尾都是篠原凜在自導自演。

「不好意思，可以借過一下嗎？」

加納訝異地皺起眉頭。我站在證人臺和柵欄之間，擋住了他們的路。凜依然低著頭，沒有看任何人。

我想不到該說什麼，只能默默讓開，看著輪椅逐漸遠去。

無憑無據的，我根本沒理由質問人家，而且篠原凜和染谷隆久的關係是未公開的資訊，我是偷看了紀錄才會知道。

「睡眠不足嗎？」烏間站起來，向我問道。

「沒有……」

「我看到你一直在發呆。」

「對不起。」

「在法庭裡不能太散漫喔。」

烏間把紀錄放在桌上，從後方的門走出去。

盤旋在腦海裡的疑問若是沒解開，我就會一直犯同樣的錯誤。

如果我在凜的庭審之後立刻問烏間「我想請教您關於染谷隆久的案件」，他一定沒辦法裝作不知情。

我走上法壇，法袍隨之翻飛。如果在烏間回辦公室之前問他，就不會被別人看見了。

在焦躁的驅使下，我抓住了門把。

啊……

發現的時候已經太遲了。

我沒看見烏間，只看見一片扭曲的黑暗。

跟那個時候一樣。

我反射性地繃緊身體，在一陣飄浮的感覺之後，身體逐漸下沉。

這次我沒聽到任何聲音。

在一片寂靜之中，我失去了意識。

7

我正趴在大學圖書館閱覽室的桌上。

我立刻打開手機的行事曆，確認今天的日期。

平成二十八年五月二十日。沒有提醒事項，只打了個星號。

果然……真的是這一天。

和上次一樣，我在閉庭後打開法壇的門，就回到了五年前的過去。這個現象違反了時間的不可逆性，但我只能接受自己真的穿越了時空。

這不是惡夢，而是如假包換的現實。

打開時空之門的契機並不是提出無罪主張的仁保雅子案件，而是由篠原凜的案件通往染谷隆久的案件。

時空之門連接著父女兩人的案件。

身邊沒有我的熟人。我大概是在這裡打發時間吧。

我穿越的方式不會移動身體，只有意識回到過去的自己身上。有些電影或小說的角色可以回到自己出生之前的過去，看來發生在我身上的穿越規則比較嚴格。

我已經放棄搞清楚原理了。

更重要的是，我得搞清楚自己能做什麼、不能做什麼。

五年前的我在這一天的這個時間來到大學圖書館，我的意識穿越時空來到此處，獲得了身體的掌控權。可見我無法自由選擇開始的地點。

此外，日期時間也有某種規則。

我會回到這個日期，想必是因為今天是強制猥褻案的第二次審判期日。至於時間，我只能依照上次和這次的穿越經驗來推測，可能都是開庭前一個小時吧。

回去的時機有好幾種可能性。上次離開時，我一打開旁聽席的門就被黑暗包圍。所以審判一結束，時空之門就會打開嗎？

這個理論包含了很多不確定的猜測，我只能用實際行動去驗證。

已經過了十分鐘，距離開庭還剩五十分鐘。從大學騎腳踏車去法院大概要花十五分鐘，也就是說，我能自由活動的時間只剩三十分鐘。

我在這麼短的時間裡能做什麼？不對，我得思考自己「該做什麼」。

譬如改變強制猥褻案的判決結果……或許穿越時空就是給我機會去改變這件事。

可是，我還沒完全相信染谷隆久是冤枉的。

假如他沒有嚼過唾液篩檢口香糖，而是嚼過一般的口香糖之後再犯案，也會留下含有聚醋酸乙烯酯的唾液。我只是上網查過一些資料，沒有足夠的知識去分辨不純物質的來源。

工作表上的附註不能直接證明我父親沒有犯案。

如果我輕舉妄動，搞不好會演變成罪犯逃過牢獄之災的未來。

但是，不純物質在五年前的案件中被遺漏了。辯護人直到最後都沒注意到工作表上的附註，也沒提出來作為爭執事項，怎能算是經過充分的審理？

如果我能改寫審理的過程呢？

如果辯護人主張ＤＮＡ是偽造的，也提出了相關證據來證明這一點，檢察官就得設法反駁，控辯雙方將會在問答之中釐清聚醋酸乙烯酯和唾液篩檢口香糖有沒有關聯。

只要檢察官和辯護人完整地提出主張、充分地舉證，法官就會依照真相做出判決。

是不是冤罪，就交由烏間去判斷吧。

我該做的是引導辯護人把不純物質列為爭點，只要引起所有人的注意，就會有專業人士去處理。

雖然我還沒想得很透徹，但我已經找到目標了。接下來……該用什麼方法達成這個目標呢？我能思考的時間並不多。

不，有一個方法能爭取更多時間。

我可以晚點再去法院，從半途開始旁聽。

如果不用趕在開庭時到場，而是在閉庭前到達，我就有更多時間可以運用了。第二次審判期日是辯護人先做開審陳述，接著詰問兩位證人。我不記得準確的時間，若是從內容來判斷，應該會開庭兩個小時。

可是我不能隨便做出和記憶不一樣的行動，因為我已經體驗過改變未來有多危險了。

如果我成功地引導赤間律師，一定會影響到很多相關的人。我光是把我父親的事告訴藍，我的人際關係就整個天翻地覆了，這次說不定也會引發意想不到的狀況……不，可能更加嚴重。

還有另一個問題：我搞不好會回不去。

時空之門將在閉庭之後開啟——這只是我的猜測，搞不好它在辯護人的開審陳述之後、警員E和法醫研究員F接受詢問之前就開啟了，也有可能是其他時候。

如果到時我不在法庭裡，會有什麼結果？

或許我得等到第三次審判期日才能回去，又或許我得永遠留在過去的時間軸。這樣我還敢晚一點再去法院嗎？

開庭的時間逐漸逼近，現在立刻騎腳踏車出發還來得及。

我有兩個選擇：第一，從開庭到閉庭一直坐在旁聽席，靜待回去的時刻到來。第二，為了和我沒有共同回憶也沒說過話、可恨到我不想叫他父親的男人而冒險。

我不知道這麼做會造成什麼後果，搞不好會毀了自己的未來。

問題很簡單。

我要不要為了父親賭上自己的未來？

我跟他只是有血緣關係，但我從來不覺得他是我的家人。得知案件內容後，我一直背負著家屬是性侵犯的恐懼。

我對他的卑劣罪行非常憤慨，從來沒懷疑過他可能被冤枉了。

我根本沒把他在證人臺上的辯解聽進去，我認定他在說謊，他拒絕認罪的不誠實態度讓我氣憤不已。

聽到判決結果後，我就決定跟他訣別了。

但我發現，我只是把這個人塞進記憶的角落，看了烏間櫃子裡的紀錄後，我再也無法對他視而不見。

工作單上的附註會不會是正確的？

他坐牢會不會是因為冤罪？

光是坐在旁聽席看著他的背影不可能改變判決結果。我若是不行動，無罪主張會被駁回，他會被蓋上性侵犯的烙印。

如果我什麼都不做，就這麼回到未來，我會不會後悔得要命？

在這個時間軸，只有我一個人對工作表的記載抱持著疑慮。

沒有其他人可以引發改變的契機。

當然，我知道還有申請再審這一條路，如果案件判決有罪之後又找到了可以證明其無罪的新證據，就能重新審理。烏間把紀錄留在身邊，或許也是為了找尋再審的可能性。

可是，再審一向被稱為「打不開的門」，申請的條件非常嚴格，光指出疑點是不可能通過的。

宣告有罪判決是最後期限。

如果沒有在宣判之前提出疑慮，那就太遲了。

再說，我也沒聽過誰穿越時空之後只是一直默默地旁觀。

我想起了烏間對被告的親切態度。法院的職責是判斷有沒有罪，以及決定刑罰。就像烏間必須做出正確的判決，我也必須做自己該做的事。

如果帶著後悔回去，我絕不可能打造出讓自己問心無愧的未來。我得先完成自己的任務，再打開時空之門回去。

至於對未來會造成什麼後果，到時再慢慢思考吧。

我離開閱覽室，走到公用電腦所在的樓層。

我連上了昨晚看過的關於ＤＮＡ鑑定和講解聚醋酸乙烯酯性質的網站。我不知道那些資料是何時上傳的，總之有一部分資料在這個時間點已經存在了。

我把相關資料列印出來，做了標記。開庭的時間應該快到了，但我根本沒空看時鐘。

準備好資料之後，我開始寫信給赤間律師。

我不能告訴他我是從未來回來的。該怎麼解釋才能讓他在法庭上提出這個主張呢？

我有考慮過冒充法醫研究員，不過赤間律師如果去找那人確認，就會露出馬腳。

不如寫出只有相關者知道的資訊吧。

就算是匿名信，只要信中提到案件的內情，一定能吸引到赤間律師。我回想著案件紀錄的內容，跳過開頭寒暄，直接進入正題。

這封信記載了您所不知道的、關於染谷隆久案件的事實。

我是參與偵查過程的其中一人，基於立場的考量不能以真名示人，我知道自己膽小怕事，但還是決定把這些資訊提供給辯護人。

我就直說吧，請你仔細閱讀科搜研的DNA鑑定工作表，13頁紀錄DNA提取結果的附註欄裡提到了「聚醋酸乙烯酯」。

信中一併附上DNA提取方法和聚醋酸乙烯酯性質的參考資料。

更詳細的內容請您再自行調查，我要告訴您的兩個重點是：附著物之中摻雜了聚醋酸乙烯酯，以及膠基含有聚醋酸乙烯酯。

這些事實顯示了DNA證據可能是偽造的。

我應該在法醫研究員出庭作證之前寫這封信給您。因為我遲遲無法下定決心，只來得及提供這點資訊，真是非常抱歉。

聽說結審（註10）之前都可以提出新的主張。

我來不及完成的事，就交給辯護人了。

註10　指控辯雙方的當事人已提出所有主張和證據，被告也做完最終陳述，但判決結果尚未出爐的階段。

祝您馬到成功。

我顧不得檢查錯別字，直接把信列印出來，衝出圖書館。

信件和資料都有了，接下來只要去福利社買個信封裝進去。

問題是，我要怎麼把信交給赤間律師？事務員若是看到郵件沒有署名，可能根本不會交給律師，而是直接丟掉。

啊，對了。這種時候書記官的經驗就派得上用場了。

8

因為回到了夏初，我騎著自行車全速奔馳只是稍微出了一點汗。

我從包包裡拿出信封，走進法院。收件人寫的是赤間律師的事務所「Craft 法律事務所」，沒有寫寄件人姓名，也沒貼郵票。

我從樓梯走上二樓，但不是去法庭，而是走向刑事書記官室。

一進門就能看到門邊的公文櫃，我走過去，仔細地掃視。公文櫃有將近一百個抽屜，每個抽屜都貼著法律事務所的名稱。

我很快就找到了「Craft 法律事務所」。

書記官要給律師的文件做好之後，就放在這個類似租用信箱的公文櫃，法律事務所的人會自己來拿。這個法院沒有很大，經常往來的法律事務所也不多，才能採用這種特別的措施。

只要我不做出異常舉動，就不會惹人起疑。別人只會以為我是來領取文件的事務員。

我留下信封，離開書記官室，之後真正的事務員就會把我的信當成法院文件交給赤間。

接下來我只能祈禱赤間像我信上寫的一樣馬到成功。

我走進法庭時，法醫研究員F已經站在證人臺上接受詰問了。

坐在旁聽席中央的藍轉過頭來。她這次也跑來旁聽？看來我上次穿越時空還影響到了比較近的未來。

藍身邊的位置是空的，但我還是決定坐在門邊，這樣我在閉庭之後就可以立刻穿越時空逃走，免得被她追問我遲到的理由，過去的我接管身體之後自然會去應付她。如果時空之門到時沒有打開，我就麻煩大了，各方面都會很麻煩。

聽著武智檢事的主詰問，我覺得彷彿在看重播的電影。

「依照電泳圖顯示，附著物的DNA型和被告的DNA型有十五個基因座相符，因此附著物很可能是被告的唾液。沒錯吧？」

身材纖瘦又有些神經質的女研究員回答武智檢事：

「是的，正是如此。」

「抱歉，我要問一個很外行的問題：如果被告有個親生兒子，父子二人的DNA型會有區別嗎？」

我想起了以前聽過這個問題。武智檢事只是提出假設問題，但我當時覺得自己好像被當成了嫌犯。

「有的。」

「可以請妳解釋一下原理嗎？」

「人類有二十二對常染色體和一對性染色體，每一對染色體都是從父親那邊繼承一條，從母親那邊繼承一條，所以孩子染色體的組合方式最多會有二的二十三次方再平方。」（註11）

「也就是說，即使是親生父子，DNA型也不會相同。」

「可以這麼說。」

藍似乎聳了一下肩膀，或許是我多心吧。

主詰問結束後，一頭短髮梳得油亮的赤間站了起來。若是我沒有記錯，他的反

註11　精子和卵子的染色體只有半套。每對染色體分裂成兩部分，隨機抽選一條，會有兩種可能的結果。二十三對染色體各抽選一條的結果是二的二十三次方，所以精子和卵子排列組合的數量都是8388608種，兩者相乘即是孩子可能的基因組合，差不多有七十兆種。

詰問一點都不像他的外表那樣俐落，從頭到尾都不得要領。

「請辯護人赤間開始詰問。」

赤間應該在開庭後就陳述了主張。

被告並非本案的真凶，是其他人入侵屋內，綁住被害人的手腳，在作案之後逃離現場，DNA鑑定結果和被害人的證詞不能確切地證明被告是作案之人。

具體來說……

被害人的乳頭附近採集到的唾液不一定是因為本案的犯行而沾上的，或許是剛洗完澡還沒穿上衣服時在客廳或更衣室和被告說話被噴到口水，又或許是被告得知消息跑來關切時噴到口水。不能否認有這些可能性。

被害人被矇住眼睛，沒有親眼看到被告。至於被害人聽見被告說話，可能是她正在驚慌之中，而且地點是在家裡，所以誤認為那是被告的聲音。如果作案之人真的是被告，不可能矇住了被害人的眼睛卻又讓她聽見自己的聲音。

檢察官後來在論告中一一舉出了辯護人主張的不合理之處。

被害人是高中女生，不可能赤身裸體地和身為成年男性的被告說話，而且DNA定量檢查的結果也顯示她身上的唾液遠超出聊天時會噴到的分量。

從母親聽到叫聲而報警，直到警察趕到，被告都沒有進過被害人的房間。關於這一點，被害人和母親的供述是一致的。

也就是說，除了本案犯行的時刻，被告的唾液沒有機會沾附在被害人的乳頭上。

說被害人誤認被告的聲音只是在強辯，正是因為眼睛看不見，只能仰賴聽覺，所以更不可能聽錯熟悉的被告聲音。說矇住被害人眼睛卻又對她說話很矛盾，但無論真凶是誰都一樣矛盾。

最關鍵的一點，是依照被害人證詞所做的ＤＮＡ鑑定不可能碰巧和被告的ＤＮＡ型相符。辯護人主張真凶另有其人，但只提出含糊的可能性，無法解釋外人入侵上鎖民宅的方法以及讓被害人服用安眠藥的方法。

最後烏間接受了檢察官的舉證，宣告有罪判決。我當時聽到理由也很認同。可是我的想法已經改變了，因為看到了工作表的附註。

「ＤＮＡ鑑定連唾液沾附的經過都能看出來嗎？」

赤間艱辛地繼續提問。

「很難看出詳細的經過。」

「也有可能是在說話的時候噴到的吧？」

「我認為這種可能性很低，因為……」

一直聽著缺乏說服力的主張真令人難受。

「辯護人的詰問到此為止。」

根據工作表的記載，赤間的主張該如何修改呢？

不是外人入侵，而是家裡的人做的。

也就是說，我可以假設這個案子是染谷凜自導自演的。只要弄得到安眠藥，她花些時間就能矇住自己的眼睛，捆住自己的手腳。

因為驗出聚醋酸乙烯酯，DNA鑑定結果已經失去了證據能力。

然後……要怎麼解釋她的動機呢？

這一點只能去問染谷凜本人了。

或許她是出自恨意而誣陷父親是性侵犯。不，沒有這麼簡單。她還得以被害人的身分協助偵查、出庭作證，雖然新聞報導不會公開她的姓名住址，左鄰右舍和學校還是有可能傳出閒話。

難道她沒有想到這一點？還是事情的演變比她想像得更嚴重，以致她騎虎難下？她是不是覺得自己罪孽深重，深感懊悔，後來才會瘦成皮包骨、不斷地偷竊？

如果是被害人自導自演，有太多地方解釋不通。

——難道是我想錯了？

我冒出一股不祥的預感，不確定該不該照計畫改變未來。

凜的竊盜案還要追加起訴，下個月的第三次審判期日結束後，應該會發生第三次穿越時空。

或許我不該急著寫信給赤間，最好仔細考慮過再行動。

「下一次開庭會先詢問被害人。」

聽到烏間的聲音，我抬起頭來。如果要暫停計畫，我就得去書記官室拿回信封。

我起身走向旁聽席後方的門。

法庭四面都是紅磚牆壁。穿過那拱形的空間就能到達走廊。

我握住門把時，背後傳來宣告閉庭的聲音。

門後透出紅色光輝。

熱風吹來，彷彿有東西在燃燒。

我的視野像游絲一般扭曲。

昏過去之前，我最後看到的是鮮紅的火花。

*

我回過神來，發現自己又回到了法庭裡。

發生什麼事了？我剛剛感覺已經離開了過去。強光刺痛我的眼皮，黑暗籠罩了我，接著恢復明亮。我回到原本的時空了嗎？

我左右張望，觀察眼前的狀況。

這裡是柵欄內側的書記官席。庭內安靜無聲，在場的都是我熟悉的臉孔。

坐在檢察官席的是上出武志，他的身邊是正檢事楠本真由。

坐在辯護人席的是加納灯。

還有篠原凜，她沒有坐輪椅，而是坐在長椅上。

凜的第三次審判期日開始了嗎？檢察官為什麼多了一個人？下次開庭應該是一個月以後啊？更奇怪的是……旁聽席全都坐滿了人。

我抬頭望向天花板，正上方是彩色玻璃燈，藍綠色的樹葉圖案。

這是新法院的碧藍法庭，但是燈的尺寸比較大。

這裡不是平常使用的二〇二號法庭，而是二〇一號法庭。這個法庭的旁聽席更多，通常用於有很多人旁聽的案件。

就算被告的責任能力有爭議，這只不過是平凡無奇的竊盜案。

沒理由出現這麼多旁聽者。

焦慮和不安同時湧入我的胸中。

我還沒搞清楚狀況，法壇的門就打開了。我反射性地起身，準備跟著其他人行禮，可是遲遲不見大家做出動作。

我回頭一看，頓時大驚失色。烏間、佐佐部、藍，還有其他人，法壇上黑壓壓地站滿了人。

這……這是裁判員審判！

「現在開庭。」

烏間的聲音透過麥克風迴盪在寬敞的法庭裡。

「請被告站到證人臺前。」

現在是什麼情況？竊盜案怎麼可能出現裁判員？裁判員審判都是重大刑案，如果是財產犯罪，至少得是強盜傷人案才有可能出動裁判員。

「妳的名字是？」

「染谷凜。」

凜眼神黯淡地回答。不是「篠原」，而是「染谷」。

「妳的出生年月日是？」

我到底來到哪個時間軸了？

顫抖的手左右移動滑鼠，但我想不起來解鎖的密碼。我左顧右盼，看看四周有沒有月曆。

我發現桌上擺著起訴書的影本，拿起來一看。

「現在開始審理被告的殺人案。」

【起訴事實】

被告於令和二年八月十三日晚間八點十二分左右，在南陽市輕井町三丁目十八番的住處，基於殺意將菜刀刺進繼父染谷隆久（當時五十一歲）的左胸。當天晚間十點二十三分左右，在南陽市猿渡町四丁目十番的南陽大學醫院，染谷隆久因左胸刺傷失血過多而死亡。

【罪名及法條】

殺人罪　刑法第一百九十九條

案發地點和五年前一樣。

但被告和被害人的名字對調了。

而且罪名變成了……

這不是我所知道的未來。

我一直很擔心會引發意料之外的狀況。

就像我上次穿越時空後失去了好友。

可是，現在這個情況……

染谷凜的殺人罪正要進行裁判員審判。

心臟狂跳不已。

我啞然無語。

是因為我改變了未來，所以父親才會死？

第三章　夢幻烏鴉

0

乾燥微溫的空氣緊緊貼在我的身上。

「沒想到你會來看我。」

倦怠灰暗的聲音從厚厚的壓克力板後面傳來。凹陷的眼窩。剃短的頭髮裡摻雜著白髮。

排成圓形的音孔讓我得以和染谷隆久對話。

「謝謝你答應和我會面。」

我雙手握拳放在腿上，低頭鞠躬。

「客套話就免了，你沒有多少時間吧。」

「是的，會面時間只有一個小時。」

「一個小時已經算是優待了。沒有刑務官在場也是給你的特權嗎？」

「這不是我主動要求的……」
我申請會面時被問到職業，所以我就坦白地說了自己是法官。我無法否認刑務所可能是基於某些考量而給了我特別的待遇。
「對了，我還不知道你叫什麼名字。」
「我叫烏間信司。」
「喔……是烏間先生啊。謝謝，這樣我就能用姓名稱呼你了。我好幾次夢見你穿著法袍低頭看我。」
法官必須公平中立，不需要有個人的立場。
在法庭上不會被稱呼姓名，只以法官的身分去審判人。他是否想像過這是怎樣的感覺？
「你兩年前的案子是我審理的。」
「我知道。」
「但我不是為了職務而來見你的。」
「你不是我的朋友或親戚吧？」
「不是。」
空調的聲音從背後傳來。
「你那邊很溫暖吧？」隆久摩擦著雙手說道：「只有訪客那邊會開暖氣。即使是冬天，囚犯這邊冷到手都快凍僵了也不會開暖氣。明明在同一個房間，待遇卻不一樣。你覺得這只是小事嗎？」

「不……」

「這種差別待遇隨處可見，隨時都在提醒囚犯記得自己有罪。我們只能一直待在最底層，不管是在監獄裡，還是出獄以後。」

刑務官和受刑人有階級之分，連受刑人之間也有階級之分。

在審判中被認定的罪名會大大影響到犯人在刑務所中的階級，我聽說過，性侵犯在刑務所裡最受人輕視。

「烏間信司，你來做什麼？」

無緣無故地受到懲罰，無緣無故地被人欺壓。

我無法想像他會有怎樣的感受。

「開玩笑的。」隆久摸了摸自己的短髮。

「啊？」

「你會跑來這種低三下四的地方一定有什麼理由吧？難不成法官有義務去探望自己丟進監獄的受刑人？」

「不，我探望過的只有你。」

「你為什麼來看我？」

「這個……」

我是特地申請了休假，從東京搭新幹線再換電車來到這裡。我早就聽說這裡是冰天雪地，但是走下月臺時感受到的寒冷遠遠超過我的想像。

他身上的工作服看起來不太能禦寒。嚴苛的環境彷彿也是刑罰的一部分。

走進刑務所之前，我試著回想染谷隆久的面容，雖然我能立刻想起案件內容和判決書，坐在證人臺的被告的臉卻是一片模糊。

「你打算一直在這裡跟我大眼瞪小眼嗎？」

我在法庭上沒有自報姓名，甚至不記得被告的長相。

我到底是在面對誰？到底是在審判什麼？

「我一直夢見你是因為我很恨你，不過繼續大眼瞪小眼只是在浪費時間。難得有人來看我，如果你有什麼有趣的話題，就說給我聽吧。」

我決定不繞圈子，直接說出結論。

「我做錯判決了。」

「……」

「應該判你無罪才對。」

「你是認真的嗎？」

「非常抱歉。」

我再次鞠躬，身子彎得比剛才更低。

「我都進來兩年三個月了，你花了這麼多時間才改變結論？」

「我知道現在說這種話已經太遲了。」

隆久的聲音從頭頂傳來。

「把頭抬起來吧。我剛才就說過了，你向我道歉也沒有用。」

「是。」

隆久皺著眉頭，神情嚴峻，雖然他故作平靜，我還是看得出他很震驚。這是當然的，他從被捕那天以來一直在等這句話。

兩年三個月。他一定每天都在數日子，所以才能立刻說出來。

「我遺漏了一項證據。」

「證據？」

「研究員在進行DNA鑑定時寫的工作表。」

「記錄工作過程的那個玩意兒？」

「是的。」

負責鑑定的人非常認真嚴謹，附註欄裡用小字寫了很多內容，有些字小到幾乎看不清楚。

關鍵點只有寥寥幾行。又不像砂金一樣會發光。

如果調查員或辯護人注意到「聚醋酸乙烯酯」那句話，案件或許會有不一樣的結果，但我沒辦法怪罪他們。

「裡面寫了什麼？」

「提取DNA的過程除去了一些不純物質。」

我被調到東京地方法院後，主辦過ＤＮＡ鑑定之證據能力的研討會，我借來以前的案件紀錄作為參考，讀到一半卻注意到某一條附註。

當我意識到那代表著什麼意思，不禁流下冷汗。

只要換個角度解讀，影響判決的這項關鍵證據就會失去效力。我在審理之間明明讀過工作表很多次，卻一直沒注意到。我若推說是辯護人和檢察官沒提出主張，那只是在狡辯，工作表已經被列為證據，是我該向當事人闡明才對。

「說清楚一點。」

「有些部分是出自我個人的猜測，總之……」

我向認識的法醫研究員請教過提取ＤＮＡ的步驟、聚醋酸乙烯酯的性質，以及用唾液篩檢口香糖偽造證據的可能性。我依照時間順序，敘述了這些資訊及自己做的假設。

「唾液篩檢……口香糖……」

「你想到了什麼嗎？」

「我想先問你，你覺得陷害我的人是誰？」

「應該是……你的太太佐穗女士吧。」

隆久喘了一大口氣。

「不是凜？」

「門窗上了鎖，凜小姐被下了安眠藥，可見多半是家裡的人做的。我也懷疑過凜小姐，不過要說是她自導自演又不太合理。」

「我不明白。」

「其中一個理由是她的處境會很難堪，因為她會被看作性侵受害者，被人指指點點。我不覺得她能輕易做出這種決定。」

「或許她不惜毀掉自己的人生都想陷害我。」

隆久的語氣像是在試探我。我點點頭，繼續說下去。

「如果她那麼有決心就不會矇住眼睛，而是會告訴警察她親眼看到侵犯自己的人是父親。」

「……然後？」

「凜小姐會覺得被父親侵犯，是因為聽到父親的聲音。對方刻意矇住了她的眼睛，卻又讓她聽見聲音，這個行為很矛盾。」

辯護人在法庭上也提過這一點，卻做不出合理解釋。

「之所以要矇住她的眼睛，是因為出聲的人不在現場。」

「是的。」

「為了讓凜以為侵犯她的人是我。」

篠原凜沒有說謊。她確實是在手腳被綁住、眼睛也被矇住的狀況下聽見父親的聲音說「早安，抱歉囉」，然後感覺有人在舔她的乳頭，撫摸她的陰部。她的證詞完全出自真實的經歷。

但她所說的實話卻讓父親被送進監獄。

這是誰造成的？壓克力板隱約映出我的臉孔。

「那應該是錄音的吧。」隆久說道。

「早安，抱歉。這些都是日常生活會說的話。」

凜感覺被舔，可能是真凶把某種有彈性的東西用身體焐熱，偽裝成舌頭。凜的眼睛被矇住，只能靠想像去補足聽覺和觸覺。

「除了口香糖，還有其他東西含有聚醋酸乙烯酯嗎？」

「沒辦法全部列舉出來。」

「案發不久之前，佐穗拿了唾液篩檢套組回來，說是醫生建議她定期檢查。裡面也有唾液篩檢用的口香糖。」

隆久說出了符合假設的事實。他語氣平淡，彷彿只是在朗讀日記。

「你也做了篩檢？」

「是啊。」

家庭用的冰箱也能保存唾液一段時間。

「那DNA鑑定結果和凜小姐的證詞都解釋得通了，利用不知情的凜小姐來陷害你的人，應該就是……」

「原來如此。老實說，我也覺得佐穗很可能做出這種事。」

隆久一臉恍惚，視線游移。他的情緒或許正在波濤洶湧。

「你和佐穗女士之間發生了什麼事？」

「為什麼這樣問？」

「她背叛了兩個家人，一定有很重大的理由。」

「我說的不是這個。我兩年多前就被判有罪了，這個案子對你來說早就結束了，你現在再問這些事又有什麼意義？」

「我想請你去申請再審。」

隆久的眼窩深處閃過一道暗光。

「嚇我一跳，法官竟然會建議我申請再審。」

「現在只剩這個方法了。」

「我申請再審對你有什麼好處？我是不了解法官的立場啦，不過審判結果被推翻應該會害你評價變差吧？」

「評價那種事……怎麼比得上你的人生！」

我的聲音拔尖。會面的時間可能所剩不多了。

「冷靜一點。這句話不該由我對你說吧……」

「如果能重新審判，我就能改判你無罪了。案件宣判以後，如果沒有明顯能證明無罪的證據，申請再審不太可能通過。可是……讓沒有犯罪的人繼續待在刑務所服刑太沒道理了。」

為什麼我只能說出這種虛有其表的話呢？

「講得好像跟你無關似的。這個沒道理的局面明明是你造成的。」
「你說得沒錯。」
「你是做好了挨罵的心理準備才來見我的嗎？」
「只靠我一個人的力量，沒辦法讓你獲得釋放。」
我查過法律註釋書，還查了很多判例和文獻，但是無論我怎麼查都找不出方法來改變已經確定的判決主文。
彷彿沒有人想過法官也會犯錯。
「錄音資料和唾液篩檢工具想必早就被佐穗處理掉了，只靠工作表和我的主張有辦法申請再審嗎？」
「我會請經驗豐富的律師來幫忙。」
「如果我是律師，一定會勸你重新考慮。」
「我不會改變主意的。」
「就算你只是自我陶醉，能這麼堅持也很了不起。也是啦，你專程跑來見我已經很有心了。你穿著法袍的時候明明像個機器人呢。」
會面室裡迴盪著他的乾笑。
「我還會再來的，可以請你考慮看看嗎？」
「我已經想好答案了。你不要為了減輕自己的罪孽而把我拖下水。」
「……為什麼？」

「我有必要告訴你理由嗎？」
「你的刑期還剩下將近三年呢。」
「你很清楚嘛。」
隆久在強制猥褻罪的案子裡被判了三年六個月的有期徒刑，不過宣判時他還在緩刑期間，之前他因車禍過失致死罪被判了一年六個月有期徒刑，緩刑三年。因為強制猥褻案被判刑，導致他先前的緩刑被撤銷，所以他總共要服刑五年。他已經服完的刑期還不到一半。
「申請再審對你沒有任何壞處。」
「你說的只是法律方面吧。」
「難道你是在擔心刑務官和其他受刑人的反應嗎？」
「你真的什麼都不懂耶。」
隆久的語氣帶著一絲憤怒，繼續說道：
「你找到工作表的記載就以為是天大的發現？我比任何人都更清楚自己是無辜的。我在睡覺時會有刑警突然闖進來把我叫醒，我說我不記得自己做過那種事，刑警就嘲笑我是在睡夢中舔女兒乳頭的變態狂，他們還說『如果你沒做過，沾在上面的唾液要怎麼解釋？你對被害人不覺得抱歉嗎？乖乖地認罪吧。』每天被他們這樣折磨，我都快被逼瘋了。」
逮捕嫌犯後，最多可以拘留二十三天。

如果嫌犯不認罪，警方就會不分晝夜地持續偵訊。不肯認罪會被視為頑劣惡行，警方會用盡一切方法逼他自白。

「律師也說過無罪主張很難被採信。我接受偵訊越久，越懷疑自己真的做了那件事。刑警拍著桌子大吼，說附著物裡驗出我的唾液，被害人也聽到了父親的聲音，而我只能像跳針一樣不斷地表示自己不記得做過這種事。」

即使如此，隆久到最後都沒有屈服於警方的偵訊。除了和律師會面以外，沒有任何人把他說的話當真，所有人都把他視為卑鄙的罪犯，認定他是在說謊脫罪，這種非人的待遇逐漸磨損了他的自尊心。

「我一直在期待開始審理之後法官就會幫我查清真相，但情況和我想得完全不一樣，審判平淡地進行，彷彿早已寫好了劇本，法官只顧著讀手上的資料，我幾乎沒有說話的機會。不只如此，旁聽者、刑務官、法官，每個人看我的眼神都很不屑。」

「我……」

聽到隆久和辯護人主張無罪時，我是怎麼想的？

「最後我被判了有罪，上訴也遭到駁回，被關進了刑務所。我剛進來時很絕望，但是不到一年就習慣了，只要我不反抗，就能平靜地過日子。相較之下，受審的時候還比較難熬。難道你想叫我再體驗一次那種痛苦嗎？」

就算再審之後得到無罪判決，也沒辦法改變過去。我也很清楚他被剝奪的時間和名譽是無法挽回的，但是聽到他這麼說，我什麼都無法回答。

「而且，這不只是我一個人的問題。」

「……」

「不久之前，我收到了凜的信。那封信是手寫的，皺巴巴的紙上寫著滿滿的『對不起』。」

「凜小姐向你……道歉？」

「或許是佐穗跟她說了實話吧。這個不重要，重要的是凜覺得自己毀了我的人生。這是她的錯嗎？怎麼會呢！她只是誠實地說出發生在自己身上的事，是周遭的大人擅自做了解釋。」

凜今年滿二十歲了。

她得知真相後，是以怎樣的心情寫下了那封信？

「如果我申請再審，會被媒體報出來吧？」

「是的。」

「申請又不一定會通過，可能只會再次炒熱我被宣告有罪的事，說不定還會影響到凜的生活。我申請再審又有什麼好處？恢復名譽嗎？得到賠償金嗎？別開玩笑了。被你宣告有罪的時候我的人生已經完了。」

「非常抱歉。」

我連鞠躬都做不到。我根本沒資格道歉。

「只要凜知道我是無辜的就夠了。」

隆久確信自己沒有罪，他被逮捕之後一定不停思索是誰陷害了他。門窗上了鎖，凜被下了安眠藥，隆久當然會懷疑家裡的人，而且他在服刑期間還收到了女兒的道歉信。

我提到唾液篩檢口香糖及錄音檔案的時候，隆久一點都不驚訝。在勞動的時間以外，他有很多時間可以思考，就算想不到工作表上的記載，他至少想得到陷害他的人是佐穗。

既然他都知道了，還是拒絕我的提議，那我再怎麼說服他都不可能動搖他的決定。

刑務官來通知會面時間結束了。

我起身時，隆久開口說道：

「烏間先生，你不是還有更該做的事嗎？」

「……我不知道。」

「法官的工作是根據真相做出審判。宣判之後再來懊悔也沒辦法回到過去。你應該知道吧，現在才想補救已經太遲了。」

「我究竟該怎麼做才好？」

「你審判的不只是被告，而是一個活生生的人。」

隆久似乎看穿了我的想法……

「如果你真的覺得自己錯了，就不要讓我這種情況再次發生。」

1

【第一次審判期日】

我坐在書記官席聽著烏間進行人別訊問。

無意識地抓著自己的手。

手背出現一條長長的紅色抓痕。痛覺告訴我這不是惡夢。

我看著庭期表的影本，得知今天是令和三年六月十四日。這比我所認知的「現在」早了將近三個月。穿越到五年前的我還來不及拿回書記官室公文櫃裡的信封，就被送回這個時間軸了。

我只是寫了一封信，沒理由造成一個人死亡啊。

這個法庭正在進行殺人案的裁判員審判。既然做了人別訊問，就代表這是第一次審判期日。難道我對審理流程的認知有錯嗎？

不對……是未來被重啟了，從第二次審判期日回到了第一次審判期日。

被告還是同一個人，但竊盜案變成了殺人案。

比上出年輕一輪的楠本正檢事開始朗讀起訴書。

被告於令和二年……基於殺意將菜刀刺進繼父染谷隆久（當時五十一歲）的左胸……因左胸刺傷失血過多而死亡。

她讀出的內容和我剛才看到的一字不差。

染谷隆久死了。

篠原凜是不是凶手，還要等審判結果出爐才會知道，可是，被害人已經確定死亡了。在我改寫未來之前，他還在監獄裡活得好好的。

「檢察官朗讀的事實有哪裡錯誤，或是有哪些地方需要訂正嗎？」

烏間詢問站在證人臺前的凜。

「是我殺的。」

凜承認了罪行。像是在喃喃自語。

「辯護人的意見呢？」

「我對起訴書記載的時間地點，以及被告基於殺意將菜刀刺進被害人左胸的事實沒有異議，但被告做出這種行為是依照被害人的請求，所以成立的不是殺人罪，而是囑託殺人罪。」

「辯護人提出的主張是依照被告的認知嗎？」烏間再次詢問凜。

「……是的。」

旁聽席發出竊竊私語。

囑託殺人罪——如同加納律師所說，該罪的定義是受他人囑託或得其承諾而殺之，法定刑是六個月以上七年以下有期徒刑，比殺人罪的無期徒刑或死刑還要輕。

「我知道了。請被告回到辯護人前方的座位。」

辯護人的認罪答辯更加深了我的疑惑。

殺人是依照被害人的請求？父親拜託女兒殺了自己？

我沒有參與到的過去到底發生了什麼事？

總而言之，我現在得仔細聽法庭裡的發言，不能有半點遺漏。

我再次望向起訴書的影本。這個案子是在令和二年十二月起訴的，從起訴到第一次審判期日隔了半年，可見事前進行過很多次準備程序來整理主張和證據。裁判員審判規定必須進行審判前整理程序，所以在正式開審之前，雙方早就徹底檢討過爭點了。

等我聽完辯護人和檢察官的開審陳述，就能了解案件的詳情。

「請檢察官做開審陳述。」

依照烏間的指示，紮著馬尾的楠本開始發言。

被告人刺殺了攝取過量咖啡因錠而意識不清的隆久先生。

以上就是本案的大綱。

為什麼隆久先生會攝取過量的咖啡因錠？被告又為什麼用菜刀殺死父親隆久先

生？

可以想見裁判員們一定有很多疑問。

接下來我會描述本案的背景以及去年八月十三日發生的事，請各位一邊聆聽檢察官還原的事實一邊想像案發情況。

隆久先生和被告一起住在案發地點的住宅，兩人沒有血緣關係，被告是隆久先生前妻篠原佐穗的女兒。隆久先生和佐穗女士在平成十一年結婚，但是在平成二十八年已經離婚。

之所以要提到隆久先生的婚姻狀況，是因為檢察官認為本案和他離婚當時發生的事情有關。

隆久先生在平成二十五年發生過一起交通事故，他開車追撞前方車輛，導致兩人死亡。

那是一樁慘痛的意外，和本案相關的部分是以下兩點：隆久先生在車禍過失致死案被宣告有罪，以及死者家屬要求賠償導致隆久先生背上了鉅額債務。

隆久先生雖然被判有罪，但是得到了緩刑，所以不需要入獄服刑。

兩年以後，隆久先生因為強制猥褻罪嫌遭到逮捕，被害人就是本案的被告。

起訴事實是舔了繼女的乳頭和撫摸其陰部，結果隆久先生被宣告無罪。

判決書中提到的理由是，無法否定被害人乳頭附近的唾液是在其他情況下沾到的可能性，被害人沒有親眼見到作案者和作案現場，以及無法否定第三者犯案的可能性。

隆久先生被宣告無罪之後，前妻佐穗女士就離家出走了。

雖然隆久先生回到了原本的生活，但債務卻壓得他喘不過氣。

他還不起交通事故的賠償金，積蓄也被佐穗女士拿走了，而且找不到固定工作，同時還受到了暴力討債，巨大的壓力使他必須經常服用安眠藥。

我也要簡單地敘述一下被告的經歷。

先前提到的強制猥褻案是在被告高中三年級時發生的，因為被告報案，使隆久先生被逮捕。被告高中畢業後沒有找正職，而是到處打零工。

這種狀況持續了幾年，時間來到案發當日。

晚上六點左右，隆久先生在住家附近的藥妝店買了一瓶一百粒裝、每粒兩百毫克的咖啡因錠，還有一罐燒酎雞尾酒。

晚上六點三十分左右，隆久先生回到家中，坐在客廳的沙發上，配著雞尾酒服下大約三十粒咖啡因錠。

所以他服用的咖啡因錠約有六千毫克。

咖啡因錠六千毫克尚未到達致死量，但一下子服用大量咖啡因錠還是會引起中毒症狀，包括心跳加速、劇烈嘔吐、肌肉僵硬，以及意識不清。

被告當天下午五點到晚上十點本來要在飲食店打工，但是因為大批預約取消了，所以晚上八點就回到家，在客廳發現了隆久先生全身沾滿嘔吐物倒在地上。

起訴書所寫的起訴事實就是被告隨後採取的行動。

作為凶器的萬用菜刀原本收在廚房的餐具架上，刀身約十八公分。餐具架上還有一把長度約十公分的小型菜刀。

被告去廚房拿了萬用菜刀，刺進隆久先生的左胸。

案件因為被告主動報案而曝光，隆久先生被送到南陽大學醫院，晚間十點二十三分確認死亡。

以上就是檢察官還原的事實。

接下來我要說的是本案的爭點。被告剛才承認自己殺害了隆久先生，但又主張把菜刀刺進隆久先生左胸是基於他本人的要求。

要成立囑託殺人罪不能只靠被告單方面的說詞，檢察官認為隆久先生並沒有出自真心提出囑託，這就是本案的爭執事項。

最後我要提醒各位思考爭點時該注意的地方。

第一，隆久先生是否基於堅定的決心而大量服用咖啡因錠自殺。我要請各位注意的是咖啡因錠的致死量、隆久先生實際攝取的咖啡因錠分量、醫院病歷和診斷書的內容，以及相關人士對他精神狀況所做的證詞。

第二，當被告回到家時，隆久先生的狀態是否有能力囑託別人殺他，以及他提出這種囑託是否合理。我要請各位注意的證據是專科醫生對中毒症狀的描述，以及被告對於隆久先生言行舉止的供述。

我第一次這麼認真地聽檢察官做開審陳述。

在裁判員審判中，為了讓不熟悉法律的裁判員也能聽懂，檢察官在敘述時會解釋得非常詳細，還會加上圖片幫助他們想像畫面。

我已經大概看出案件的全貌了，雖然還不太清晰。

強制猥褻案被判無罪後，染谷隆久的人生轉變了方向。在刑務所生活，或是和女兒共同生活，二者當然有著天壤之別。

然而這條路線的終點卻是……

「辯護人要等到詢問被告之前再做開審陳述嗎？」

烏間問道，加納律師站起來說：

「是的，辯方的具體主張會在那時提出。」

「我知道了。那接下來先調查檢方的證據。」

楠本在開審陳述說過，被害人會想要服用咖啡因錠自殺是因為死亡車禍的高額賠償金。

所以他是被賠償金的重擔逼死的嗎？

可是死亡車禍發生在強制猥褻案之前，就算他被判有罪而坐牢，一樣要賠給死者家屬這筆錢。

坐牢其實能讓他躲過追債，也能防止他自殺。如果他被判無罪而成了自由之身，債權人反而可以順利地找到他，最後把他逼到決定尋死……

這樣推論好像哪裡不太對勁。

我說不上來，總之就是怪怪的。

不……或許我只是不願承認。如果真是如此，無論五年前的判決是有罪還是無罪，無論他走上哪一條路，都會通往不幸的結果。

根本是命運的死胡同嘛。這就是穿越時空的答案嗎？

進行調查證據的檢察官不是楠本，而是換成上出。從調查證據這項流程也能看出裁判員審判的特殊性，為了避免太刺激的證據造成裁判員的心理負擔，沾有血跡的萬能菜刀改成用黑白照片來代替，傷口照片也改成了人體畫像。

本案實質上的爭執事項只有一件。

那就是父親到底有沒有出自真心囑託女兒殺了自己。

雖然檢察官提醒過判斷爭點時必須注意的證據，既然被害人已經身亡，唯一活著的證人——被告——的供述還是占有重大的影響力。

凜低著頭，長長的瀏海遮住了眼睛。

「以上是檢方證據。」

上出讀完文件就坐下了。

「今天到此為止。」

後方傳來闔起紀錄和烏間說話的聲音。

一般的審判通常會把下一次期日訂在一個月之後，不過裁判員審判已經整理完爭點，為了避免把裁判員綁住太久，都會連日開庭。

「明天要進行的是……」

果不其然，第二次審判期日就是明天。

「詰問證人——仁保雅子女士。」

我忍不住回頭。法壇上坐著三位法官和六位裁判員，審判長烏間正在和身邊的藍說悄悄話。

仁保雅子就是從商店裡偷走首飾、卻聲稱偷竊是為了進刑務所而提出無罪主張的被告……不對，她在這個時間點還沒偷首飾。

「閉庭。」

她怎麼會變成裁判員審判的殺人案的證人？

2

我獨自站在法壇的門前。

法官和裁判員回到評議室了，綑著腰繩的凜被刑務官帶出法庭，大批旁聽者也在收拾裁判員審判使用的器材時紛紛走光了。

一個人都不剩。其實我也不該留在這裡。

我深呼吸，盯著眼前的厚重木門。

如果能再穿越時空，我這次會通往哪裡？

我會回到最早出發的三個月後嗎？還是會再次回到五年前？如果回到五年前，會是哪一場庭審？

我要回到過去再次做出改變。至於要用什麼方法，只能慢慢地摸索。

我下定決心，打開了門。

*

我慢慢睜開眼睛，看到的是藍和宗二，還有……油淋雞。

「……傑？」

「油淋雞。YouTuber。」

「對啊，念起來很像……咦？我有跟你說過嗎？」

藍舉著筷子，睜大了眼睛。

「今天是平成二十八年四月十二日嗎？」

「幹麼這樣問？真嚇人。」

一個小時後就是強制猥褻案第一次開庭，我再次得到了改變的機會。和上次不一樣，現在的我更了解狀況。

我沒有多少時間了。

「我把判例整理好了，檔案存在這裡。」

我從口袋掏出隨身碟交給宗二，然後站起來。

「要倒水的話順便幫我……」

「不是，我等一下還有事。」

「啊？你不參加小組討論嗎？而且……你不吃飯嗎？」

「至少吃一些油淋雞嘛。」

藍和宗二互看一眼，然後望向還沒有人動過的油淋雞。

此時最好的選擇或許是什麼都不說，直接衝出學生餐廳，在藍追上來之前趕去法院。如果一直隱瞞父親的案件，我的人際關係很有可能恢復原狀。

可是……

「我父親被起訴了，今天就要開庭審理。」

「開庭？」藍放下筷子問道。

「性犯罪的刑事訴訟。」

「你到底在說什麼啊？」

「在說我父親的事。」

我坦然地看著兩位朋友。

這次我又犯了同樣的錯誤……不對，我的行動比上次更冒失，因為我明知有可能影響未來，卻故意踩下地雷。

「你是在開玩笑嗎？」宗二苦笑著說。

「我沒時間跟你們慢慢解釋，總之他可能是冤枉的。」

沒有回答。他們兩人都啞然無語。

「一直瞞著你們真是抱歉。」

就算我對藍和宗二開誠布公，對父親的未來也沒有幫助，這種事我也明白，但我已經下定決心了，這次我不會袖手旁觀，也不打算走回頭路。

我背起包包，走向門口。

以前的我因父親而感到羞恥，對他懷恨在心。那時我什麼都不知道，所以無可厚非，但我現在知道當年審理時遺漏了某些重要的事實。

他可能是冤枉的？不……他確實是冤枉的。

警員採集到的唾液，是用唾液篩檢口香糖把事先準備好的唾液沾到被害人身上，被矇住眼睛的被害人聽到的聲音也是偽造的，這都是為了誣陷我父親是性侵犯。

是誰陷害了他？在改變未來之前，我懷疑是染谷凜自導自演，因為我覺得她的供述和偽造手法自相矛盾。

可是，說謊的人不一定是她。

說不定是某人布下騙局，讓她以為侵犯她的是父親。

心智尚未成熟的女高中生說謊技巧不夠高明，多半會被檢察官或法官看穿。不過，凜是遵循良心說了實話。

更有可能的是某人欺騙了凜，藉此除掉我父親。

一家三口住在一起，兩個人是受害者，用刪除法就知道誰是加害者了。

「傑！」

我回頭一看，宗二跑了過來。

他一邊喘氣一邊說「我載你去吧」。

「你不是趕時間嗎？騎機車去只需要五分鐘。你是要去法院沒錯吧？」

「為什麼？」

「我也不知道……但我覺得你是認真的。你最近樣子怪怪的，一定也跟這件事有關吧？總之我載你去啦。」

宗二的機車放在停車場。不是小綿羊，而是重型機車。這是他用貸款買的，分成三十期還款，所以他忙著求職之時也得繼續打工。

「拿去。」

我一邊戴安全帽一邊問「你不是說過只有女友可以上你的車嗎？」。

「女生老是抱怨騎車會弄壞髮型又會脫妝。」

「你有載過女生嗎？」

「沒有，這只是我的幻想。」

機車發出轟然巨響，衝了出去。這是我第一次被人載，不知道雙手該抓哪裡，最後決定抓著宗二的腰比較穩。

風聲和引擎聲吵到無法交談，於是我開始思索穿越時空的規則。

時空之門連接著篠原凜的庭審和染谷隆久的庭審。

此外，審判期日的次數也有重要的意義。

我已經整理過穿越的規則，再把這次的異常狀況加進來，就能補足先前沒有完全掌握的規則了。

為什麼我會從強制猥褻案的第二次審判期日跳到殺人案的第一次審判期日？只要搞清楚這一點就行了。

掛著彩色玻璃燈飾的碧藍法庭。

環繞著紅磚牆壁的火紅法庭。

我把這兩棟建築想像成相連的兩座塔，新法院是「藍塔」，舊法院是「紅塔」。新舊法院原本不可能同時存在。我沒辦法自由往來於藍塔和紅塔，只有滿足某些條件的時候，時空之門才會打開。

此外，我在一次次穿越時空的過程中，會逐步接近塔頂。

兩棟建築以走道和階梯相連。連接同一個樓層的走道只能從藍塔通往紅塔——從未來通往過去，連接上下樓層的階梯只能從紅塔通往藍塔——從過去通往未來。

藍塔一樓，紅塔一樓，藍塔二樓，紅塔二樓……

我攀爬這兩座塔的路徑如同把「Z」字的筆畫反過來寫。

樓層不能隨便通過，我必須參與碧藍法庭或火紅法庭裡的庭審才能移向下一站。紅塔和藍塔各自審理著不同的案件，樓層對應的是開庭次數，一樓是第一次審判期日，二樓是第二次審判期日。

上次穿越時空，碧藍法庭審理的是篠原凜的竊盜案，火紅法庭審理的是染谷隆久的強制猥褻案。我從藍塔一樓出發，在途中逐漸了解情況，發現父親可能是冤枉的，然後來到紅塔二樓。

我以為自己找到了該做的事。

但是，我正要前往藍塔三樓時，階梯卻崩塌了，我掉到一個陌生的樓層，直到聽見殺人案的開審陳述，我才明白發生了什麼事。

在紅塔審理的強制猥褻案改變了結果。

赤間律師看到我寫的信之後，一定會重新調查科搜研的工作表，仔細研讀每字每句，在下一次開庭提出有人偽造了DNA證據的主張。

於是烏間最後宣告我父親無罪。

父親重獲自由，回到家裡，和凜一起生活，這也讓凜避開了因自暴自棄而一再行竊的未來。

雖然父親得到自由，卻失去了性命。

紅塔和藍塔都是為了審理各自的案件而存在，因為在碧藍法庭審理的凜的竊盜案消失了，所以藍塔連著階梯一起崩塌了。

第一次穿越時空，我把父親的事告訴朋友，結果改變了我未來的人際關係。不過那個影響是發生在藍塔之外，只要兩座塔裡的案件還存在，即使未來改變，我還是能繼續往上爬。

重點是凜的案件有沒有受到影響。

在紅塔二樓，我離開火紅法庭之前看到了火花，那或許是表示凜的竊盜案消失了。

由於階梯崩塌，所以我又掉到了藍塔一樓。

換句話說，我會從強制猥褻案的「第二次」審判期日跳到殺人案的「第一次」審判期日，是因為碧藍法庭的「竊盜案」變成了「殺人案」，所以樓層也重啟了。

我回到了起點，又得從藍塔一樓通往紅塔一樓，於是我在此刻的時間軸經歷了第三次的「平成二十八年四月十二日」。

如果規則和我想得一樣，那我也能猜到穿越時空的旅程會在何時結束了。

既然遊戲規則是要往上爬，終點當然是位於最頂層。只要我能避免階梯崩塌，到達塔頂，就能結束這個遊戲。

反過來說，等我到達終點之後，未來就會成為定案。在藍塔審理的殺人案只是未來的暫定版本，如果照著這條路走到終點，父親死亡的事就會成為確定版本。

我很快就想到了要怎麼避免這個不幸的結局。

在過去什麼都別做就行了。

只要父親在強制猥褻案被判有罪，就會發展成凜犯下偷竊案的未來。這一點都不難，只是讓一切恢復原狀。

不過，父親會因冤罪而被關進刑務所，凜也會瘦成皮包骨，一再地偷竊。

這真的是最好的未來嗎？

機車來到了法院前。就算尚未想清楚，我還是得行動。就算我穿越了時空，卻沒辦法暫停時間。

「真的很謝謝你。」我把安全帽還給宗二。

「沒什麼啦。」

宗二還騎在機車上，似乎不打算下來。

「你不去旁聽嗎？」

「不用顧慮我。我想藍一定會追過來，我要在這裡等著，把她帶回去。」

「哈哈，你真了解她。」

「如果你哪天願意談這件事，再跟我說吧。」

能交到宗二這種好朋友真是我的福氣。他若是知道了詳情，說不定會讓我失望，但我不想逃避，我會勇敢地面對。

「那我走了，明天見。」

我向宗二道別，走進法院。距離開庭時間還有四十五分。法庭應該還鎖著。櫃檯附近擺著筆談用的紙筆，我撕下一張紙，一邊思考措詞一邊寫字。

就像寫給赤間律師的信，這次我也沒有署名。

『我是從五年後來的。這是我第三次經歷「平成二十八年四月十二日」。開庭之前，我在三角公園等你。』

我把紙張對摺，握在手裡，離開了櫃檯。

雖然我沒有把握，但我必須去確認一件事，所以才得盡早來到法院。我走下樓梯，前往地下室的餐廳。現在是午休時間，如果那人沒有改變習慣，應該正在這裡吃午餐。

進去之前，我先抓了抓抹了髮蠟的瀏海，把頭髮抓亂。

那人正在吃炸麵衣烏龍麵。我低著頭走過去，把剛才那張紙遞出去。對方露出疑惑的表情，幾秒之後才接過去。

我默默離開餐廳。那人沒有開口叫我。

這就像是賭博，我有可能猜錯，所以得先想好應對的方法。如果那人看不懂我的意思，大概只會以為我在惡作劇，不當一回事。

紙上沒提到關於我的任何資訊，像是姓名、職業、關係，所以我不用擔心五年後見面時會被認出來。

南陽地方法院旁邊有一座小公園，大家都叫它三角公園，我坐在長椅上，期待我約的人出現。如果真的只是巧合……到時再看著辦吧。

過了五分鐘左右，我聽見腳步聲，抬頭一看。

「我也正在享受第三次的今天。」

烏間信司對我露出微笑，還不太花白的頭髮在風中飛揚。

3

大學生和法官在中午並肩坐在公園長椅上。

這地方說是公園，卻沒有兒童遊樂設施，只能為聊天的附近居民或散步的人提供一個休息的空間。

這裡只有我和烏間，說話時用不著顧慮。

「庭長也穿越時空了？」

聽到我的問題，烏間眨了好幾次眼睛。

「我可以先問你幾個問題嗎？」

「請便。」

「你的名字是？」
「宇久井傑。」
「你是從哪個時間點來的？」
「令和三年九月九日。」
在電影和小說裡，穿越時空的事曝光之後都會出現類似的對話。
「那天有什麼事嗎？」
「那天是篠原凜的第二次審判期日。」
「竊盜案？」
「是的。」
他大概是在確認我們的認知一致。我該說他這種慎重的地方很有法官的風格嗎？
「我和你的關係是？」他還沒問完。再過不久就要開庭了，我想快點進入正題。「庭長和責任書記官。呃……應該夠了吧？」
「最後一個問題。你和被告的關係是？」
如果藍沒有說出去，烏間絕不可能知道這件事。
「我是染谷隆久的兒子。」
「他和佐穗女士的兒子？」
「不是，我的母親是另一個人。在強制猥褻案發生之前，我根本不知道自己的父親是誰，是刑警來找我母親問話，我才知道的。」

「這樣啊。謝謝你。」

或許我也該說出我為什麼會發現烏間同樣穿越了時空。

「我不確定庭長是否也陷入了和我一樣的狀況，所以才寫了那張含糊的紙條。」

「你應該不是靠著瞎猜到處寫紙條給別人吧？」

「是的，最早令我起疑的是庭長櫃子裡的案件紀錄，重點的部分貼了標籤，還有用鉛筆寫的附註，可是我們明明一直被告誡要慎重地保護案件紀錄。我去查了日誌，發現借出日期是在我第一次穿越時空的兩星期後。」

要說只是巧合，這也未免太巧了。

「你覺得我也回到了過去，所以才會重新調查案件？」

「此外，庭長也有這個資格。」

「資格？」

「穿越時空只有意識會回到過去的自己身上。我們兩人都和染谷隆久的案件有關，我是被告的兒子，您是負責審理的法官。」

「是因為這樣啊？」

「從血緣來看，我和他的關係更緊密，可是大學生能做的事很少，您是負責這個案件的法官，只要您想要就能改寫未來。」

烏間應該也是在凜的竊盜案的第一次審判期日閉庭後，從法壇的門回到了五年前，他恢復意識的時間也是在開庭的一個小時前，地點多半是在法院裡。接著他到處蒐集資訊，逐漸搞懂自己昏倒之後發生了什麼事。

我和烏間回到過去進入法庭見到被告的經過想必是大同小異，但我們的處境卻大大不同。

我只要當個旁觀者就好，但是烏間必須做出判決。

「宇久井，你做了和過去不同的行動嗎？」

「是的，我在第二次審判期日向辯護人提供了資訊。」

「你是怎麼做的？」

我簡單地向烏間說明，我把提醒赤間律師注意工作表記載的信件放進書記官室的公文櫃。烏間點點頭說：

「原來如此。只有書記官才想得出這個方法。」

「我應該更慎重一點的。對不起。」

「你覺得未來改變是自己的錯？」

「聽到檢察官的開審陳述，我不禁這樣想。」

「差了四年喔。」

「啊？」

「從隆久先生被判無罪到起訴書記載的殺人時間，中間隔了四年。大概是穿越時空讓你忽略了時間的距離吧，就算你的行動造成了影響，那也只是用四年蓋成的房子裡的一小塊磚頭。」

我知道烏間的意思，但我沒辦法如此輕鬆地撇開責任。

「可能是因為我經歷過兩種未來吧。」

「你又沒有為了促成無罪判決而扭曲事實。辯護人是根據工作表的記載而修正主張，檢察官也盡力反駁過了，我敢保證其中沒有任何不公正之處。」

「庭長……打算再次宣告無罪嗎？」

我們必須決定要在這個時間軸選擇怎樣的行動。

「再走同一條路，也沒辦法改變未來。」

「接下來不能再失敗了。」

「我也覺得不會再經歷第四次的今天了。」

烏間對穿越規則的認知大概和我差不多吧。如果不改變染谷凜因殺人罪被起訴的未來，到達塔的最上層之後，父親的死亡就會成為定案。

「該怎麼做才好呢？」

「我也覺得現在不是悠哉地吃烏龍麵的時候，但最讓我困擾的就是只有一個小時的自由活動時間，因為法官要是不在場就沒辦法開庭了。」

「我只要閉庭時坐在旁聽席上就行了，能活動的時間比較多。」

根據第二次審判期日的經驗，我已經摸清時間限制了。

「嗯，這麼一來能選擇的行動就更多了。我會在法庭裡引導當事人，法庭外的工作就交給你了。」

「好的。」

「接下來應該討論具體的行動方向，不過我已經沒時間了。」

距離開庭還有十五分鐘，但烏間必須早點回去準備。

「今天就先按兵不動。可以吧？」

「就這麼辦吧。其他事等回到未來再商量。」

聽到烏間沉著的語氣，我好像連穿越時空的事都能輕鬆面對了。烏間起身，拍了拍西裝上的灰塵。

「那我也要去旁聽席了。」

「我會在第一會客室等你。」

我有一點渴，去自動販賣機買了碳酸飲料，一口喝光。雖然還沒想出解決方法，但是能和烏間商量，已經讓我安心了不少。

這是因為我不用再孤軍奮鬥嗎？還是因為烏間的精明能幹？

不能逃避責任。空罐被我捏得凹下去。

不能什麼都依靠烏間，我自己也得思考。我要分析現狀，思索如何改變未來，既要維持無罪判決，又要避免染谷隆久死亡。

「說起來容易，做起來難……」

我在這個時間軸能做的事不多。

染谷凜在證人臺上承認用菜刀刺殺了父親。說得極端一點，我只要能勸凜打消念頭就行了，但是去拜託一位遭到性侵而深受打擊的高中女生「請妳不要殺掉父親」根本無濟於事。

說到底，只要父親還貼著性侵犯的標籤，不管我做什麼都沒用；若是為他洗刷嫌疑，無罪判決的結果又會導致他的死亡。

我到底該怎麼做？這個死局裡還有任何的活路嗎？

開庭前五分鐘，我走進法庭，看了看旁聽席，沒看到藍。不知道她是沒追來，還是被宗二帶回去了。

戴著手銬的被告坐在長椅上，左右各有一位刑務官。

看到父親面無表情的側臉，我沒有像以前那樣感到羞恥或氣憤。他是因為不白之冤，被剝奪了自由和尊嚴。

我非得救他不可。不只是救他的命，還要挽救他的名譽。

烏間進入法庭，庭審開始。第三次人別訊問。第三次朗讀起訴書。

「我沒做過那種事。我真的什麼都不知道。」

第三次否認罪狀。

從先前的對話看來，烏間原本沒發現我穿越了時空。如果他聽藍說過我和染谷隆久的關係，或許還有可能猜到。就算他還記得當年坐在旁聽席上的大學生，多半也不會想到那人正是他現在的書記官。
從詰問法醫研究員的紀錄和工作表的附註，可以看出烏間懷疑DNA證據是偽造的。
我一邊聽著武智檢事的開審陳述，一邊思索。
烏間穿越到第二次審判期日時——到達紅塔二樓時——已經掌握了和我差不多的資訊，至少我看起來是這樣。
只有法官發現了無罪的證據，辯護人和檢察官都沒注意到。
照理來說，不太可能會發生這種情況。如果當事人沒有提出主張，法官就不能宣告無罪，為判決提供依據是當事人的責任。
即使穿越了時空，烏間還是受到法官身分的限制。
閉庭之後，我們就會回到五年後，我們必須在下次開庭前分享資訊，找出解開死局的方法。若是在凜犯下竊盜案的未來，我們會有三週以上的時間，如今變成了裁判員審判，所以是連日開庭。
明天閉庭後，我們又會穿越時空。再過短短幾天，凜的殺人案就會宣告判決。剩下的時間不多了。
「下次開庭將會詰問證人——警察和科搜研法醫研究員。」
預定的流程結束後，烏間就宣布了閉庭。

4

第六次穿越。我已經習慣了那種像在坐不刺激的雲霄飛車的感覺。還好我天生不容易暈車。

我遵照幾十分鐘前訂下的五年之約，去第一會客室等待烏間。

可是烏間過了一陣子就走進來說「我要回答裁判員的問題，暫時抽不開身」，又回去評議室了。

在緊鑼密鼓的裁判員審判中，有很多事項需要庭長來判斷，如果沒有妥善處理，可能會造成審判無法順利進行。就算是為了維持穿越的穩定性，也得盡量避免發生這種情況。

我看了一下行事曆，發現要到傍晚之後才能和烏間說到話，本來想先處理工作一個小時左右，卻一直沒辦法集中精神。

現在我應該做的是……思索幾分鐘以後，我把有薪假的申請書交給了大黑主任。

「今天？從現在？」

「我有些事要處理。」

院。

「唔……沒關係，放有薪假是職員的權利。」

「您這句回答真是所有主管的楷模。」

主任邊拿出印章，邊提醒我「裁判員審判的準備工作可別鬆懈囉」。

「我知道。」

春子姊疑惑地歪著頭，所以我趕在她跑來打聽之前迅速收好東西，離開了法院。

從大黑主任和春子姊的反應來看，大家還不知道裁判員審判的被害人是我父親。只有藍知道這件事，她大概是為了避免引起閒言閒語，所以沒有告訴別人。

案件紀錄附上的調查證據清單記載了當事人申請提調的證人的住址。我打開手機APP，輸入「春日居會」，螢幕顯示出目的地。

那是更生保護機構。

明天的第二次審判期日，仁保雅子將會出庭作證。烏間在閉庭前說出這個名字時，我還以為自己聽錯了。我不知道幾個月後成為常習累犯竊盜案被告的仁保和殺人案之間有什麼關聯。

仁保兩個月前才剛刑滿出獄，直到她再次偷竊首飾而遭到逮捕的這三個月之間，都是住在更生保護機構過著團體生活。

我回想她在回答律師的詰問時所說的內容，終於發現了端倪。

——為了向出軌的亡夫復仇。

仁保惠一死於交通事故。烏間在仁保雅子竊盜案第一次開庭時問過她丈夫何時過世，她回答是八年前。檢察官在開審陳述時提過，我父親發生交通事故使兩個人喪命也是八年前的事。

兩件事發生在相同時期。我因強烈的困惑而有些暈眩。

身為書記官的我負責的這些案件為什麼會像拼圖一樣彼此相嵌呢？難道和穿越時空一樣，只能解釋成神明的惡作劇嗎？

這些事明明沒有我干涉的餘地。

到了明天，我自然會在法庭上聽到仁保的證詞，但到時說不定會出現意料之外的問題。如果我想充分把握次數有限的穿越機會，最好盡量多蒐集一些情報。

公務員一年有二十天的有薪假，沒用完的還可以留到隔年，但是最多不能超過四十天。現在正是消化年假的最好時機。

我走進掛著「春日居會」木雕牌匾的建築物。

這是我第一次造訪更生保護機構，大廳擺著色調柔和的沙發和觀葉植物，看起來開敞又明亮，一點都沒有「更生保護」那種沉重的氣氛。

即使因為犯罪而入獄服刑，出獄之後還是會被鼓勵能順利地回歸社會。可是，有不少受刑人沒有家也沒有棲身之所，不知道是因為沒地方住才犯罪，還是因為犯罪才沒地方住，可能每個人的情況都不一樣，也有可能是雞生蛋或蛋生雞一般的因果關係。

如果讓這些人流落街頭，或許他們又會開始做壞事，所以更生保護機構的其中一項任務就是提供暫時的庇護，作為他們回歸社會的橋梁。

我在櫃檯申請會面，等了大約十分鐘之後被帶到一個房間。

那是有四張半榻榻米（註12）的日式房間。角落堆著摺疊整齊的棉被，中央擺了個小矮桌，此外只有一個放著小電視的櫃子靠在牆邊。

如同單人刑房一樣單調。

我因為房間和共用空間相差太大而感到訝異，一邊向坐在坐墊上的仁保雅子打招呼。

「妳好，仁保女士。」

「你是哪位？」穿著白襯衫的仁保歪著頭問道。

「我是法院書記官宇久井。為了明天的審判，有些事要先向妳確認一下。」

「喔，這樣啊……辛苦你專程跑一趟。」

我從沒聽過有書記官會在詰問之前去見證人，如果有事要確認，去問辯護人或檢察官就行了。要是上司知道了，我鐵定會被痛罵一頓。

「可以耽誤妳一些時間嗎？」

「當然可以。」

註12　大約兩坪。

端正跪坐的仁保和我在法院裡見到的她簡直不像同一個人。眼尾的皺紋和紮起的花白頭髮都在透露她已經不年輕了，但她看起來至少是個符合年齡的端莊女性。就算是常常打刑事官司的仁保，經歷了逮捕拘留而站上證人臺時也會變得死氣沉沉嗎？

「剛才有人來過嗎？」

我看到小矮桌上有兩個茶杯，忍不住問道。

「是啊，加納律師來找我討論明天的事。」

「原來是這樣。」

他大概是來做最後確認吧。還好我沒有被他撞見。

「妳會緊張嗎？」

「不會，只是去講一下以前的事，而且我早就去慣法院了。」

「妳以前也以證人的身分出庭過嗎？」

「……是以被告的身分。看到我被關在這種狹小的地方，你應該明白吧？」

「失禮了。」

她認為自己的現狀是被人不講理地剝奪了自由，這和更生保護機構為無家可歸的人提供庇護的理念截然相反。

「那你想要問我什麼？」

「在裁判員審判中，為了讓沒有法律知識的裁判員理解流程，必須多費一些工夫，所以希望妳在容許的範圍內先告訴我，明天的詰問會提到哪些事？」

我說得振振有詞，其實全是騙人的。

這是利用書記官頭銜去蒐集情報的逾矩行為，若是事情曝光，我不但會挨罵，甚至有可能受到懲戒。

我試著說服自己，這事關係到我父親的性命，做得超過一點也是應該的。

「律師要問我關於以前的交通事故。」

「交通事故？」

「我丈夫……仁保惠一是因為染谷先生造成的車禍而死的。」

交集果然是這件事。

「要妳回想悲傷的往事，一定很不好受吧。」

「都已經過了八年……」仁保露出思索的模樣，然後加上一句：「老實說，我的確不太想再提起那件事。」

「我了解妳的心情。」

「其實我本來已經拒絕了。」

「那妳後來為什麼又會答應呢？」

仁保自然地微笑了。

「因為加納律師一直拜託我。看到這麼誠懇的律師，我都想要請他幫我辯護了，但他聽了之後苦笑地說最好還是不要遭到逮捕。加納律師也有家人死於交通事故，聽他這麼說，我也不好再拒絕了。」
「喔？我看加納律師在辯護時總是很冷靜，沒想到他還有這一面。」
「這樣才是真正的熱血男兒啦。」
看來仁保非常信任加納。
的確，刑事訴訟的辯護人有沒有幹勁會產生完全不同的審判結果，仁保至今遇到的律師可能都不怎麼樣。
「他事前討論一定也做得很徹底吧？」
「我已經記住全部的問題了。」
我還想打聽詳細內容，卻被仁保拒絕。「我不能說得更多了。律師吩咐過我，就算別人問我也不能說。」
加納會這樣吩咐她，大概是怕檢察官事先得到消息吧。話雖如此，我也不敢跟她說「我是法院的人，妳可以放心地告訴我」。要是惹她起疑就不妙了。
「惠一先生是怎樣的人呢？」我試著向她套話。
「他喔……是個差勁的外遇丈夫。」
仁保似乎很想找人聊天，光是和別人說說話就能稍微減輕孤獨感和封閉感。在刑務所裡待得越久，和社會的聯繫會變得越稀薄，或許是因為這樣，更生保護機構的團體生活才會令她感到不自在吧。
「啊？妳先生外遇了？」

「我還是在那場車禍之後才發現的。很過分吧？我還來不及罵他，他就先死了。我連驚訝的力氣都沒有了，只能感到無奈。」
「他外遇的對象是怎樣的人？」
「是受刑人喔。真不敢相信。啊，我丈夫以前是刑務官……」
我一邊附和，一邊仔細聽她的話中是否夾帶了有用的資訊。
「做完丈夫一週年忌日的法事之後，有一天我在整理房間，找到一大堆信件，內容簡直像是學生寫的情書。我到現在還是很後悔，早知道就不看了。」
現代的學生應該都沒在寫情書了。
「謝謝妳和我分享這麼私人的事情。」
因為仁保離題越來越遠，我打算先告辭了。
「等一下，我把信拿給你看。」
「呃，這……」
仁保站起來，打開壁櫥，拿出一個紙袋。
她明明說「早知道就不看了」，卻把信件收在這麼容易拿的地方。或許是因為感情太強烈，所以經過很久也不會變淡。
「你看，有這麼多呢。」
「我可以打開看嗎？」
得到她的許可後，我將摺疊整齊的信紙打開。

『每當想起你，我晚上睡都睡不著。你還記得那個滿月的夜晚嗎？還記得我們仰望著小小的鐵窗互訴衷情的那一天嗎？每次看到滿月，我都好想見你，想聽見你的聲音，想碰觸你的手指，我滿心想的都是這些事。下週一又能見到滿月了，在日出之前，三點三十分左右。請你帶著三株月見草來看我。我會等你的。』

信件的內容怪怪的。不只是因為用詞很老套。

我又繼續看了好幾封信。

『……聽說下週二會下雨呢。早上五點十分左右。請你帶一對晴天娃娃來看我。我會等你的。』

『……這個星期三天氣很好。深夜一點十五分左右。我的頭痛在晴天會變得很嚴重，請帶兩顆藥來看我。我會等你的。』

『為什麼不來見我呢？我們不是發過誓了嗎？是因為身分的隔閡嗎？你跟我說的那些話都是假的嗎？請你再重新考慮一下。星期四會有暴風雨，請你千萬要小心。』

我把信件還給仁保，並向她道謝。

（那些信真的是情書嗎？）

我把心中的疑惑吞了回去，離開了房間。

5

我從大馬路走進小巷，一邊戴上耳機一邊走下坡。

手機隨機播出前陣子很紅的音樂團體的歌曲。五年前還聽不到這首歌，如果我回到過去把清唱版的錄音檔寄給大唱片公司，是不是就能領先時代潮流了？

快到副歌的時候，音樂中斷了，口袋裡的手機發出震動。

「喂？」是藍打來的。

「喔喔，接聽了。庭長要找你，你在哪裡？」

「我正要回法院，大概再五分鐘就到了。」

藍的聲音變遠了，可能是正在跟身邊的烏間報告情況。我和烏間沒有交換過聯絡方式，所以他才會請藍幫忙聯絡吧。我在三角公園時應該給他我的手機號碼。

「他在第一會客室等你。」

「知道了。」

「你請了有薪假？」

「嗯，我想放鬆一下身心。」

「你們兩個偷偷摸摸的到底是在做什麼？」

「妳這句話會被庭長聽到喔。」
「我就是故意說給他聽的。」
原來如此。心機真重。
「我不能告訴妳。」
「為什麼啊？」
「我是要找他商量法官和書記官的戀愛問題。」
「你白痴喔。」電話掛斷了。
光聽剛才的對話，我判斷不出我和藍是不是還保持著男女朋友的關係。我本來想打開手機裡的相簿，但突然停下動作。我正準備改變未來，知道我們現在關係如何又有什麼意義？我現在更想知道的是我跟庭長還有多少時間可以說話。
我正準備傳訊息給藍，但拇指再次停住。
行政法專題研究的群組又回來了，宗二的帳號也是。
我拋開了前一秒鐘的決心，點開群組，看見熟悉的對話、飲酒會的資訊、是否出席的問卷、宗二和藍舉著啤酒杯的照片。我也在其中。
我停下來等紅燈，看著黑白相間的斑馬線。
因為我想隱藏父親被起訴的事而失去的友誼又恢復了。我上次在旁聽席把這件事告訴藍一個人，這次則是平白無故地告訴了藍及宗二，如果出現更糟糕的後果我也不覺得意外，可是……現在到底是什麼情況？

宗二追出來時一臉認真地說要騎車載我去法院，還讓我自己決定要不要告訴他詳情。藍批評道歉記者會的記者們，憤慨地表示就算要究責也得用公平的手段。他們兩人從大學時代就充滿了光明磊落的正義感。

原來不是他們捨棄我，而是我自己逃跑了？

上一次我沒想清楚就輕率地說出祕密，卻又擔心藍會洩漏出去。與其被別人排擠，自己主動疏遠別人還比較不會受傷。這確實像是我會做的事。

可是，這次我斷了自己逃跑的後路，宗二和藍也留住了我。

我這樣做並沒有經過深思熟慮。該說是歪打正著嗎？不對……該說是抽刀斷水水更流嗎？藍若是聽到了一定會冷眼看著我說：「你是想要賣弄文采嗎？」

我走進第一會客室，烏間正在翻閱紀錄。

「讓您久等了。」

「你出去散心了嗎？」

「不，我去更生保護機構找仁保雅子聊天。」

「這一招還真大膽。」

我早就做好挨罵的心理準備，烏間卻沒有多說什麼。

「明天她出庭作證要談的是丈夫死亡的那一場交通事故，但我問不出詳細的內容。」

「沒關係，反正法官也不能搶在當事人之前訊問證人。」

「但我得到了一些旁枝末節的情報。」

「我還不知道哪裡是主幹呢。」

「在避免造成偏見影響法官心證的範圍內，我可以跟您分享這些事嗎？」

「事態緊急，也只能這樣了。」

於是我說出了仁保雅子答應加納律師出庭作證的經過，以及她提到仁保惠一外遇時給我看的奇怪信件。烏間沒有回應，只是默默地聆聽。

「您不覺得那些信件很詭異嗎？」

「你沒有全部看完吧？」

「可是我隨便看了四封，其中就有三封內容很相似，尤其是最後都提到了天氣、星期幾、時間、攜帶物品，說不定這些內容是用來傳達某些事。」

「某些事是指什麼？」

烏間的反應很平淡。是我想太多了嗎？

「譬如說，星期幾代表日期時間，天氣代表哪棟建築物，時間代表房號，攜帶物品代表藥物。換句話說，那些信件可能是用來指示如何運送違禁藥物。」

「誰指示誰？」

「受刑人指示外面的人。」

「我很想說你電視劇看太多了，但確實發生過實際案例。為了維持秩序，受刑人寫信收信都要先經過刑務官檢查。」

「您說的實際案例，是指有刑務官被收買了？」

烏間點頭。

「只要能躲過規定的檢查，就算被關在刑務所牆內，也能指揮外面的人。某些受刑人覺得這種做法的好處相當於縮短刑期，但重點是要能找到聽話的刑務官來當信鴿。」

「信鴿……」原來還有這種黑話。

「他們會花時間慢慢篩選，用各種手段引誘刑務官入夥。只要刑務官答應了一次，就再也沒辦法脫身了。請求變成了威脅，只能繼續幫他們做事。」

「您還真清楚。」

「我審理過刑務官收賄的案件。會曝光的只有一小部分，所以那些信件如果真的像你說的一樣，我也不覺得意外。」

從仁保惠一的年齡來看，他的層級應該不低，在刑務所裡有一定的發言權，可能也是因為這樣，所以他有機會接觸到受刑人中的幫派分子。

「如果仁保惠一是信鴿……」

「你覺得他和隆久先生被逼債的事有關？」

「……我不知道。」

「我看不出這兩件事有什麼關聯。」
「我會再想清楚一點。」
仁保雅子認為那些信件代表丈夫外遇了，她為了和刑務官談戀愛來報復丈夫，所以才會不斷犯罪。如果我把自己的推測告訴她，是否能幫助她洗心革面呢？外遇丈夫或瀆職刑務官……我不知道她會覺得哪一種比較好，得問她本人才會知道。
「宇久井，你覺得強制猥褻案的真相是什麼？」
「多虧庭長留下的附註讓我發現證據有可能是偽造的，我先前猜測是染谷凜自導自演，所以把寫給赤間律師的信放進公文櫃。」
「你現在還是這麼想嗎？」
「不，我父親被判無罪之後，染谷凜還是和他住在一起。如果是她陷害了我父親，應該不會選擇這樣生活。」
「不過她的母親篠原佐穗卻離開了。」
「那個案件多半是家裡的人做的，用刪除法來看，最可疑的就是母親。可是……母親怎麼會讓女兒遭到性侵，還把罪名賴給父親？」
「我知道這個結論讓人很難接受。」
烏間的語氣彷彿在表示他很確定篠原佐穗就是真凶。
「您還有其他證據嗎？」

「嚴格說來，那不算是證據。我也是靠刪除法發現母親很可疑，但又不能確定，所以我去見了隆久先生。」

「您去了刑務所？什麼時候的事？」

「在他入獄兩年以後，當時我已經在懷疑這個案件可能是冤罪。你身為他的兒子，一定也受了不少苦。真的很抱歉。」

我一下子還反應不過來。

「呃……您不需要向我道歉。在穿越時空之後，我已經明白這不是一個人的錯，連以前的我也不相信父親，所以……道歉的話就別再說了。唔……您跟他說了偽造證據的事嗎？」

「是啊，他說篠原佐穗拿了唾液篩檢套組回家，聲稱是醫生勸她定期檢查。時間也大致符合。」

「……動機呢？」

「不知道。不過隆久先生說『佐穗很可能做出這種事』。」

「很可能做出這種事？」

「隆久先生不肯說得更詳細。我去見他是為了勸他申請再審，因為在那個時間點唯一的方法就是再審。我以為只要說出真相，他就會為了重獲自由和恢復名譽而奮鬥……現在我才知道自己的想法太天真了。」

法官去勸人對自己審理的案件申請再審，一定需要很大的決心。

「他怎麼回答？」

「隆久先生說就算申請通過，也沒辦法抹消他被宣告有罪的過去，一切都太遲了。他還叫我不要為了減輕自己的罪孽把他拖下水。」

電視新聞和報章雜誌對重大犯罪的報導，是在案發後以及逮捕嫌犯後最熱烈。在無罪推定原則仍然適用的時期，網路上已經開始流傳嫌犯的個人資料，出現毀謗中傷的留言，等到嫌犯被宣告有罪以後，熱度反而退燒了。

如果申請再審，已經熄滅的火苗或許又會被點燃。

「話雖如此，但是比起冤獄……」

「隆久先生不想讓凜小姐受到波及。聽說她寄了道歉信去刑務所，想必她已經得知真相了。如果案件再次引起關注，她又要被迫面對那些傷心事。」

申請再審是被判有罪者的權利，不是義務，如果他本人認為申請再審得不償失，別人也不能逼他答應。

「我父親已經知道了一切，卻還是決定服完刑期嗎？」

「聽到隆久先生說他比任何人都更清楚自己是無辜的，我才意識到，因為我們的誤判，讓他永遠都要面對相同的處境。他已經被凜小姐以外的所有人捨棄了，就算能夠再審，也不能為他帶來任何希望。」

後來父親沒再接受過會面的申請，烏間寫信給他也得不到回覆。

他在那個封閉的空間裡都在想些什麼呢？

「聽了您這番話，我不覺得染谷凜憎恨我父親。她還寫了道歉信給他，怎麼可能會殺他……」

「她寫道歉信，還有我去刑務所見隆久先生，都是發生在強制猥褻案被判有罪的未來。」

我還來不及反駁，烏間又繼續說：

「你也聽見楠本檢事的開審陳述了吧？該案的爭點是隆久先生有沒有拜託凜小姐殺他，但檢方並沒有主張凜小姐是出自憎恨而殺人。愛和殺意是可以並存的。」

父親因過度攝取咖啡因錠而倒在客廳地板上。為什麼凜會用菜刀刺殺他？她親手奪走父親的性命到底能達成什麼目的？

不是出於恨，而是出於愛。我想像不出這種情況，腦袋都快要打結了。

「要怎麼做才能避免我父親的死亡呢？」

「凜小姐殺人的契機是因為隆久先生自殺未遂，所以我們必須阻止他自殺。」

凜是看到父親過度攝取咖啡因錠而倒地，才會把刀刺進他的胸口。

「他是被討債的人逼上絕路的吧？那我們又能做什麼……」

「隆久先生是會拋下女兒而自殺的人嗎？」

「這……」

我不知道該怎麼回答，我跟父親根本沒說過話。

「每年死於交通事故的人超過三千人。如果肇事者沒有保任意險，就得承擔超過強制險保險金的高額賠償義務。說得難聽點，這種事很常見，若是真的負擔不起，也可以選擇宣告破產。」
「您覺得除了錢以外還有其他原因？」
「或許這只是我的希望吧。」
既然無法防止交通事故，就得承擔賠償義務。如果真的像烏間所說，會逼死我父親的還有其他原因，只要我們能除去那個原因就能阻止他自殺了。
「我想要找出這個可能性。」
「那就得去找篠原佐穗談一談了。」
「她一定能回答偽造強制猥褻案的動機，還有我父親與染谷凜之間的關係。」
把父親逼上絕路的理由或許是家庭的崩壞。
「聽說重要參考人目前下落不明。」
烏間一邊說，一邊遞給我一張紙。

【強制猥褻案】

第一次（結束） 開審程序、調查證據
第二次 辯護人開審陳述、詰問證人（警察E、法醫研究員F）
第三次 詰問被害人A、詰問被告
第四次 論告、辯論

第五次　宣告判決

【殺人案】
第一次（結束）　開審程序、調查證據
第二次　詰問證人（仁保雅子、精神科醫生）
第三次　辯護人開審陳述、詰問被告
第四次　論告、辯論
第五次　宣告判決

這是審判期日的預定流程。看了紙上記載的頭銜和人名，我注意到……
「……篠原佐穗沒有被列為證人。」
烏間點頭，補充說：
「殺人案的辯護人聲請過傳喚她出庭作證，可是查不到她的住址。這些事情紀錄裡都有寫。」
「檢察官一定找得到她吧？」
楠本檢事的開審陳述提到了她和我父親離婚，以及她拿走他積蓄的事。
「五年前的案子要審理的是隆久先生有沒有做案，而不是為了揪出真凶。篠原佐穗當時沒有遭到逮捕，但檢方一定懷疑過她，如果現在讓她出庭作證，辯護人可能會問到隆久先生被錯誤起訴的事，這等於是挖開檢方的舊傷。」

「怎能光是為了自己的顏面……」

「她和隆久先生已經登記離婚了，對檢察官來說，她並不是必要的證人。」

裁判員審判的行程表是幾個月前就訂好的，即使加納律師找到佐穗，追加申請證人，多半不會被批准。

「所以我們只能靠自己把她找出來嗎？」

「你我都知道要上哪找她。」

烏間翻開案件紀錄，指著起訴書上寫的犯罪地點。

「五年前的染谷佐穗還沒有離家出走。」

6

【第二次審判期日】

仁保雅子打扮得比昨天正式多了。灰色襯衫，百褶裙。珍珠項鍊可能是仿造的。

身材高䠷的加納律師向她問：

「妳的配偶仁保惠一是在八年前的交通事故中過世的？」

「是的。」

「造成那件事故的人是誰？」

「染谷隆久先生。」

「請妳簡單說明一下那件交通事故的情況。」

「我丈夫當時在沒有分隔島的四線道上開車，他看到紅燈而減速時，被開車不專心的染谷先生從後方追撞，偏離了道路，他本來應該踩煞車……卻因為驚慌過度，一邊轉方向盤一邊踩油門，結果和逆向車輛相撞。」

我一邊聽著仁保的說明，一邊想像車輛行駛的軌跡，並畫在手邊的筆記紙上。沒注意到紅燈而追撞前方車輛不算是特殊的交通事故，是被追撞的駕駛人操作失誤才導致了死亡的結果。

「妳當時也在惠一先生的車上嗎？」

「沒有，車上只有我丈夫一人。」

「那麼妳剛才描述的事故經過是誰告訴妳的？」

「是去調查現場的警察跟我說的。」

加納以流暢的詰問逐一確認前提事實。

「在那場交通事故中喪生的只有惠一先生嗎？」

「不，他撞上的那輛車的女駕駛也死了。」

「是行駛在對向車道的駕駛人嗎？」

「是的，她叫園川瑠理，還很年輕……」

「那位死者和本案沒有直接關係，妳只需要談交通事故的情況。」

加納阻止了仁保繼續談論他人的個人資料。

「啊……抱歉。」

殺人、傷害致死、義務保護者遺棄致死、車禍過失致死……在法院工作會碰到很多的死亡，不像醫生那麼多就是了。光是靠著起訴書和證據記載的片段死亡場面，也無法理解被害人經歷過的人生。

「事故發生的原因查出來了嗎？」

「調查結果說我丈夫把油門當成煞車，而且不當地操縱方向盤，所以他也有過失。」

「這起交通事故造成兩人死亡，染谷隆久先生卻平安無事？」

「是的，他在追撞之前踩煞車減速了，聽說只受到輕傷。」

我父親因為這起交通事故被判有罪，但是得到了緩刑。

引發車禍造成兩人死亡，本來不該判緩刑，而是要直接坐牢，或許是因為駕駛失誤的仁保惠一也要為這場重大傷亡負擔一部分責任吧。

「妳向染谷先生求償了嗎？」

「當然。」

「那妳得到了滿意的賠償嗎？」

「完全沒有。染谷先生沒有保任意險。」

昨天烏間已經向我簡單提過了保險制度的規定。

汽車保險可分成兩層構造，基礎的部分是自賠責保險（註13），所有汽車都有義務投保，如果發生了交通事故，就算肇事者財力不足，受害者還是可以得到若干賠償。

「損失超過了自賠責保險的理賠額度嗎？」

「只有三千萬圓，當然不夠。」

交通事故造成死亡時，自賠責保險的最高理賠額度是三千萬圓。聽起來已經很多了，但是正如仁保所說，這些錢還補貼不了失去家中支柱所造成的損失。

從仁保雅子的年齡反推回去，惠一發生事故時的年齡是四十歲左右，把他從這年齡到退休的工作收入、精神賠償、其他損害全部加起來，恐怕是理賠額度的兩倍……說不定是三倍以上。

「自賠責保險支付妳三千萬圓，那不夠的部分要怎麼辦？」

「我向染谷先生求償了。」

「用什麼方法？」

「我跟他打官司，爭執了很多細節，像是過失相抵什麼的……最後法官判我有

註13　全名是「自動車損害賠償責任保險」，也就是強制險。

權利向他求償兩千萬圓。」
法官會估計雙方的過失責任，賠償金額也是照這個比例來計算。
事故造成的損害共計七千萬圓，減掉仁保惠一應負擔百分之三十的過失責任，再減掉自賠責保險已經支付的三千萬圓，所以我父親還得再賠她將近兩千萬圓。
「判決結果要求染谷先生付給妳這筆錢？」
「嗯嗯，是的。」
如果保了任意險，即使損害超過自賠責保險的理賠額度，還是可以要求保險公司支付。不過，如同名稱所示，任意險不會強制每位車主投保。在八年前的那起交通事故中，也沒有任意險可以支付超過自賠責保險理賠額度的部分。
保險公司不理賠的部分可以向加害人求償，仁保為了讓我父親支付其餘的錢而打官司，結果她勝訴了。
可是，勝訴不代表一定能拿到錢。
「染谷先生付錢給妳了嗎？」
「不，完全沒有。」
「那妳是怎麼處理的？」
「我找律師商量過，但律師說沒有辦法。」
「因為染谷先生的財力不足以支付吧？」
「是啊，真過分。」

民事訴訟的判決一向被稱為「畫餅」，因為就算打贏官司，錢也不會自動匯入債權人的帳戶。

除非找出債務人所有的銀行帳戶和不動產，另行回收債權，否則不可能吃到真實的餅。

「妳知道無法拿到這筆錢之後，又是怎麼處理的？」

「我把債權賣掉了。」

「賣給誰？」

「專門回收債權的公司。」

「賣了多少錢？」

「好像是……一百萬圓吧。」

確定不能成真的「畫餅」根本沒有餅的價值。

但還是有人認為這幅畫值一百萬圓。

「妳賣掉債權的過程是怎樣的？」

「我發現錢討不回來，本來打算放棄了，但是那間公司的人主動跑來找我。為什麼他們會知道我有一筆債收不回來呢？」

「妳自己沒有去他們公司詢問過？」

「沒有。」

聽起來很可疑。坐在檢察官席的楠本摸著下巴，上出皺緊眉頭。

「轉讓債權是怎麼進行的？」

「我當場跟他們簽了契約，他們直接給我現金，我把判決書交給他們。」

「只有這樣？」

「是的。」

「對方自稱是回收債權公司？」

「大概吧……」

「他們向妳出示過證明身分的文件嗎？」

「沒有，我只想盡快脫手，所以沒有要求他們解釋清楚。」

確實有專門回收債權的資產管理公司，可是申請營業許可的條件非常嚴苛。泡沫經濟崩壞後，有很多反社會勢力用底價收購無法回收的不良債權，用高壓的討債方式從債務人的身上榨取利益。債權管理法就是在這種社會問題之中誕生的，所以設立了嚴苛的條件來排除反社會勢力。

「回收債權業者基本上不會向個人收購債權。」

「是這樣嗎？」

仁保歪著頭說。這些對話之中有多少是他們事前商量好的呢？

「妳沒有想過他們可能是黑道分子或高利貸嗎？」

「我當時完全沒想到。」

「那妳現在覺得呢？」

「我不太清楚。」

債權管理法開始實施後，反社會勢力就沒辦法用合法手段從事回收債權的行業了，不過這些人會被稱為反社會勢力就表示他們不遵守社會規則，合不合法對他們來說當然不重要。

「妳知道向妳收購債權的公司是怎麼討債的嗎？」

「不知道。我後來跟他們完全沒有聯絡。」

加納會問到轉讓債權的經過，大概是要營造出凶惡討債的印象吧。電視劇和漫畫經常加油添醋地描寫黑道分子和高利貸業者不擇手段地逼債務人還錢的情節。沒有保任意險的父親在肇事之後背上了高額債務，而這些債務又被賣給了來路可疑的資產管理公司……

「最後我想問妳對染谷隆久先生抱持著怎樣的想法。」

「他害死了我丈夫，也沒有負起賠償責任，我當然很恨他。可是，如果他是因為欠錢而想要自殺，那就太可憐了。」

「如果染谷先生因車禍過失致死案而坐牢，妳覺得死者家屬的心情能得到安慰嗎？」

「這個嘛……」

看到仁保的遲疑，加納又補充說道：

「車禍過失致死罪的法定刑比殺人罪輕多了，而且經常能得到緩刑。可是，車禍過失致死的受害者通常是遵守交通規則的人，可說是死得莫名其妙。若是因為金錢糾紛或人際關係摩擦之類的私怨而引發殺人，還有辦法事前預防，但交通事故卻沒辦法事前預防。妳也是不能接受刑事訴訟的結果，才會提出民事訴訟向他求償吧？」

仁保歪著頭回答：

「是這樣沒錯，但我沒想那麼多，我光是考慮今後要怎麼生活就夠累了。」

「我知道了。」

我總覺得他們兩人的焦點有些分歧。仁保最在意的是丈夫出軌的事，對我父親的恨意反而沒有那麼強烈。

「……辯護人的詰問到此為止。」

加納問完以後，上出從檢察官席站起來，開始反詰問。

「關於收不回兩千萬圓債權的事，染谷隆久先生是否宣告破產了？」

「我不知道。」

「妳沒聽說過這件事吧？」

「沒有。」

「辯護人問了很多關於轉讓債權的事，不過妳當時認為對方是普通的資產管理公司吧？」

「是的，他們也是這樣說的。」

「妳沒有懷疑過他們是黑道分子和高利貸業者？」
「沒有。」
「聽到辯護人剛剛的說法，妳才想到他們可能是反社會勢力。沒錯吧？」
「大概吧。」
檢察官的提問像是在推翻加納的論點，但是加納沒有提出異議。
反詰問很快就結束了，接下來由法院進行補充訊問。裁判員問了幾個問題後，烏間的聲音從揚聲器中傳出。
「仁保女士，妳說那些自稱回收債權業者的人是在妳快要死心時主動來訪的，具體的時間是什麼時候？」
「是平成二十九年的夏天。」
「交通事故是發生在平成二十五年，就算妳過了一年才取得向染谷隆久先生求償的權利，還是隔了很久吧？」
中間存在著三年左右的空白。
「因為我後來進了刑務所，又發生了很多事……喔喔，我想起來了，我是在第二次進刑務所的不久前賣掉債權的。」
根據仁保的竊盜案所提出的證據來看，她是在平成二十八年八月刑滿出獄，隔年十一月第二次入獄服刑。
自稱是回收債權業者的人，就是在這段期間去找仁保的。

「辯護人剛開始詰問時，妳對惠一先生撞上對向車輛的事似乎有話想說，是不是還有什麼要補充的？」

仁保露出回想的神情，說道：

「我丈夫在那場車禍中也有過失，我是他的繼承人，所以我得幫他支付賠償金。從自賠責保險拿到的三千萬圓有一半都是用在這裡。」

「惠一先生也沒有保任意險嗎？」

「他有保任意險，但是忘了續約，在車禍的幾個月前過期了。為什麼會這麼不巧呢？唉。」

麥克風也接收到她的嘆息聲。

仁保在三個月後因竊盜案受審時提到，她拿到的保險金還剩下一百萬圓左右。如果我父親或仁保惠一擁有尚未過期的任意險，她的生活應該可以過得更寬裕。話說回來，她一再偷竊的動機也不是因為缺錢。

「染谷隆久先生也要負擔那一件交通事故的賠償義務嗎？」

「嗯嗯，應該吧，畢竟是他追撞我丈夫的車子才會變成這樣。」

賠償金額全部加起來不知道有多少。

我父親沒有選擇宣告破產，難道他覺得自己還得完債務嗎？

仁保本來還想繼續抱怨外遇的丈夫，但是被烏間制止，詰問就此結束。

7

問完仁保雅子之後，輪到精神科診所的醫生站上證人臺。

濃密的鬍子，圓滾滾的眼睛。這位醫生看起來像隻熊，但他簽在宣誓書上的「櫻井瞬」三個字寫得非常漂亮，說話的語氣也很溫和，和外表落差頗大。

「我和染谷先生第一次見面是在案發的三個月前，我還記得當時凜小姐也陪他一起來了。我只幫他看診過幾次，跟他沒說過多少話……」

這位醫生以專家的身分出庭，是立場中立的證人，所以詰問進行得很順暢。

楠本向他確認了幾件事，包括我父親只去看診過三次、他是被診斷為抑鬱狀態而不是憂鬱症、他沒有表示過自殺念頭等等。

從提問的內容可以看出，楠本認為我父親如果已經走投無路決定自殺，應該會長期持續看診，也會被診斷出重度憂鬱症。

楠本一邊觀察裁判員的反應，一邊提出和爭點相關的問題。

「藥物攝取過剩……也就是用藥過量，這是罕見的自殺行為嗎？」

「要看情況。如果是過量服用感冒藥或咖啡因錠，說得直接一點，這是最流行的自傷行為，因為這類藥物容易取得，而且感覺好像不會太痛苦，實行的門檻比較低。不過這些藥物必須大量服用才能到達致死量，所以死亡案例反而不多。」

「從服用的分量可以推測出自殺的決心有多強嗎？」

「照理來說應該可以。」

檢察官提出的證據裡提到，咖啡因錠的致死量因人而異，平均大約是一萬毫克。我父親攝取的分量是六千毫克，只有致死量的一半左右。

楠本確認過用藥過量的副作用之後，就結束了主詰問。

「辯護人加納開始詰問。」

加納最先確認的事是憂鬱症的診斷有很多不同的指標，為了慎重起見，在初期通常只會被診斷為抑鬱狀態。

「所以要經過多次診斷，病名才會從抑鬱狀態改成憂鬱症？」

「是的，如果抑鬱狀態一直維持下去，就會被診斷為憂鬱症。」

接著加納又問到了我父親在第三次看診時要求增加安眠藥劑量被醫生拒絕的事。關於被害人停止就醫的理由，加納和檢察官的看法不一樣。

「你拒絕他的理由是什麼？」

「染谷先生說自己沒辦法常來診所，希望我多開一點藥給他，但我根據經驗懷疑他有用藥過量的企圖。」

「後來染谷先生就沒再去診所了？」

「他有預約，但是沒有來。」

「染谷先生去診所不是為了治療精神狀況，而是為了得到大量安眠藥吧？」
加納才剛說完，楠本立刻開口：
「我有異議。這是誘導詰問，而且是在要求證人發表個人意見。」
「辯護人的意見如何？」烏間問道。
「我換一個問題。」加納沒有繼續爭執，他應該不是真的想聽醫生回答，而是為了灌輸裁判員這種想法。
「染谷先生購買的咖啡因錠要服用五十五粒才會到達致死量，這麼多的藥有辦法一次服用嗎？」
「那種藥片很大顆，必須分成好幾次，或是搗碎加入飲料之中，才有辦法一次吃完。」
「如果分成幾次服用，每次吞十粒……會不會吃到一半就覺得不舒服，導致身體承受不住？」
「是的，咖啡因會促進胃酸分泌，服用過多會讓人產生強烈的嘔吐感。」
「應該也有因為身體排斥反應而放棄自殺的案例吧？」
「喔喔，我覺得很有可能。」
服用量和自殺決心不見得成正比。加納的詰問使得這兩者的關係產生了質疑的空間。
「今天的審理到此結束。」

仁保雅子和精神科醫生被找來作證，都是為了釐清我父親的精神狀態。雙方各自陳述了主張，檢察官認為他還有自殺以外的選擇，辯護人認為他已經被逼到不得不自殺的地步。

他們都提出了某些證據，裁判員們的心證想必也出現了分歧。不過我父親確實欠下鉅額債務，也確實過量服用藥物，就算把服用量一併考慮進來，大部分的裁判員應該還是會覺得他打算自殺吧。

檢察官在預測案件的發展時，一定也考慮過這個情況。

我父親用藥過量尚未致死，凜用菜刀刺殺了他，這兩件事實之間有一段空白。也就是說，他服用咖啡因錠時是否決心自殺，只不過是填補空白的其中一種方式。

如果自殺失敗的父親拜託凜殺了他，那就是辯護人主張的囑託殺人罪。

如果他是在沒辦法表達意願的狀態下被殺死，那就是檢察官主張的殺人罪。

控辯雙方都同意被告懷著殺意奪走了被害人的性命，差別只在於被害人是否想死，以及他是否要求女兒幫他實現願望。

囑託殺人介於殺人和自殺的中間。

殺人是奪走別人性命的重罪，但自殺不會受到刑法處罰，這是根據「自己的人生可以自己決定」的自決權而導出的結論。不過，自殺若是有其他人參與，那人就會觸犯幫助自殺罪和囑託殺人罪。

自殺或許不會給別人造成麻煩，不過既然有囑託殺人罪這條法律存在，拜託別人殺死自己等於是陷害別人觸犯法律。

會答應對方殺死他，究竟是基於怎樣的心態？是出自恨意而殺死憎恨之人？還是出自愛情而殺死深愛之人？我覺得兩者都有可能，如果是我自己走投無路了，我會比較容易想到後者。

那父親的情況又是如何？烏間建議他申請再審時，他為了不讓凜被追究責任而拒絕了。既然他如此疼愛女兒，怎麼會讓她背上殺人罪名？

最關鍵的還是染谷凜如何描述案發當天見到的情況，以及她的供述是否可信。下一次審判期日的開頭就能聽到加納發表完整的主張，在那之前我只能憑空想像。

不管怎樣，我都不能讓父親選擇自殺。

為此我又打開了通往過去的門。

8

我坐在老家的客廳裡。

薑汁燒肉的味道。盛滿滑菇味噌湯的湯碗、塗漆的木筷……不是學生餐廳的塑膠餐具。桌上擺著我熟悉的媽媽午餐菜色。

媽媽半張著嘴巴，直勾勾地盯著我，表情十分驚慌，和這幅溫馨的餐桌景象很不搭調。

難道我這次穿越時空是帶著五年後的容貌？

我望向玻璃窗上的倒影，我戴著黑框眼鏡，身上穿的不是法袍而是格子襯衫。沒問題，這是再尋常不過的大學生打扮。

「怎麼了？」

我向頭髮黑到不自然的媽媽問道。她大概才剛染過頭髮，不過她的表情為什麼驚恐得像是見鬼了？

「你……真的跟小藍和宗二說了？」

「說什麼？」

「你不是跟他們說了那個人受審的事嗎？」

看來我這次接棒的時機很不妙，簡直就像在班級接力賽鳴炮起跑前突然被推上去當第一棒。

「瞞著他們也沒有意義嘛。」

「怎麼會沒有？」

「薑汁燒肉很好吃耶。」

「不要轉移話題。」

我是出社會後才搬出去的，大學的時候還住在家裡。

從我的老家到法院大約要走二十分鐘，而且我還得先去一個地方，現在根本沒時間慢慢地喝味噌湯。

「如果一直瞞著他們，我一定會後悔的。」

「那件事跟你又沒有關係。」

「但他終究是我的父親。」

「那又怎樣？」媽媽用銳利的眼神瞪著我。

「不要生氣啦。」

「我是在問你原因。」

五年前的我本來打算瞞著所有人偷偷去旁聽父親的庭審，卻在第一次審判期日毫無預兆地被奪走身體的主導權，祕密也被洩漏給朋友，即使在閉庭之後重新操控身體也沒辦法補救了，在不知所措之中來到了第二次審判期日，上午蹺課在家吃午餐時好不容易鼓起勇氣告訴媽媽這件事，結果意識又被調換……

細節姑且不論，大概的情況應該是這樣。雖說我就是罪魁禍首，但時機真的太不巧了。

「偷偷摸摸地跑去旁聽反而像是在做壞事。」

「說是這樣說……」

「我是在這裡出生長大的，出社會以後也不打算離開，不過我畢業後會搬出去就是了。審判時不會公開被告的姓名住址，但還是有可能被人散布在網路上，搞不好連他前一個家庭都會被爆出來。」

「你擔心得太多了，只要我們不說，就沒人會知道。」

「要是真的想隱瞞的話，或許可以一直瞞下去，但我不想要每天提心吊膽地過日子。」

「你是想在小藍他們對你失望之前先主動告知嗎？」

「不能這樣說。」

「那件事不是你該背負的。」

就算我說出父親是被冤枉的，也只會讓事情變得更複雜。

看到媽媽的眼睛變得溼潤，我暗叫不妙。我是不是該提議晚點再談，立刻出門呢？不行，如果現在離開，我和媽媽之間恐怕會產生裂痕。

「我也沒打算背負。」

「我真不明白你在想什麼。」

「如果警察沒有來問話，我永遠都不會知道父親是誰。妳給我的生活什麼都不缺，所以我不會想要知道父親是誰，也沒打算見他。」

警察來訪的那一夜，我一回家就看到媽媽坐在沙發上哭泣。我連父親長什麼樣子都不知道，所以可以毫無顧忌地恨他，但是媽媽不一樣。

他們必定有過很深的關係，所以才會生下我。我不知道他們是因什麼理由而分開的，但是就算我父親因性侵嫌疑遭到逮捕，他們之間的感情和回憶也不可能完全抹消。

話雖如此，媽媽在我面前從來沒有抱怨過一句。

「我真後悔告訴你他的事。」

「我自己遲早都會查出來的。」

「我希望你忘掉他，好好地去過自己的人生。」

我喝著冷掉的味噌湯，滑菇的黏稠感殘留在舌頭上。

「這種事不可能說忘就忘，我會忍不住去追蹤案件的消息，調查犯人的身分是不是確定了，還會在網路上搜尋自己的名字。把這些事默默藏在心底太痛苦了，所以我才決定勇敢地面對。」

媽媽攏起頭髮。她的頭髮才剛染過，但根部還是白的。

「小藍和宗二說了什麼嗎？」

「等一下。」

上次庭審結束後，或是下一次見面時，我一定跟他們兩人解釋過，我也想像得出他們會有什麼反應，但我不想用不確定的猜想來回答媽媽。

我將手機解鎖，點進聊天群組，不禁露出笑容。

「他們是這樣說的。」

我把群組的對話拿給媽媽看。

宗二留言「代簽和筆記就包在我身上」。

我回覆「第一、二堂課我會出席」。

藍接著留言「准許你為了屏除雜念而自主休課。還有，要跟媽媽好好談一談。不准拖延，絕對不行」。

這樣就能明白為什麼我上次穿越到這一天是在大學圖書館，這次卻是在家裡了。

「代簽是請人代替自己點名的造假行為。自主休課如同字面所示，就是自動放假不去上課。」

媽媽瞇起眼睛，說「……你的朋友真體貼」。

「他們兩人的反應不只這些啦，說不定他們今後還是會遠離我，但我現在並不後悔。」

媽媽將面紙盒移到面前。結果我還是惹她哭了。

「你想起那個人的事了嗎？」

「啊？」

「你會對他的事如此積極是因為這樣嗎？」

我一個月前在法庭的旁聽席上才第一次見到父親。

媽媽卻說「想起那個人的事」。

「我跟他見過面嗎？」

「嗯。」

由於穿越時空，我好幾次體驗過跟別人認知不同的情況，不過我跟父親如果真的有過交集，一定是在案發之前。
「那是什麼時候的事？」
「如果你真的想知道……我可以告訴你。」
距離開庭還有四十分鐘。
我只要和上次一樣，在閉庭之前到達旁聽席就好了，所以還有一些時間可以自由行動，但我還得處理烏間交代的任務，必須盡早出門。
「請盡量長話短說。」
「你很忙的話就下次再說吧。」
「不行，我現在就想聽。」
媽媽嘆了一口氣，一副「這個兒子實在太任性了」的無奈表情。我懷著愧疚的心情，幫媽媽多倒了一些麥茶。
媽媽依照我的要求，單刀直入地說：
「你直到五歲都跟他一起生活。」
「一……起？」
「我和你，還有那個人。我們三人原本是住在一起的。」
「……我一點都不記得了。」
五歲已經是讀幼稚園的年齡了。
我怎麼會不記得當時的事？

「你好像失去了一部分的記憶。不是失憶症那麼嚴重的情況，聽說這種事還挺常見的。」

「真的嗎？我第一次聽說。」

「說得更正確點，如果小時候遭遇過創傷，很容易出現這種情況。因為你很黏那個人嘛，他離開以後，你好一陣子都不肯跟我說話。」

「我很黏那個人……」

「你應該多少還記得一點吧？」

真的……嗎？我還在搜索記憶，媽媽就先回答了：

「你至少記得你一問我『爸爸去哪裡了？』我就會哭。我也不確定這樣算是體貼還是殘忍。」

「啊啊，我以前確實很想知道自己的父親是誰。」

不對，我想知道的是父親離家之後去哪了。

「因為我始終不回答，你後來就不再提那個人的事了，到了國中左右，你連他都不記得了。我覺得這樣也好，所以把家人的合照全都丟了，假裝這個家裡只有我們兩人。對不起。」

「不會啦，我知道妳這樣做都是為了我。」

媽媽拿著面紙摀住眼睛。為什麼這時要哭呢？

「我一直擔心，你如果去法院旁聽，失去的回憶或許又會恢復。雖然也有不少快樂的回憶，但我很擔心你會受到打擊。」

「原來如此，所以妳才會反對我去旁聽啊……」

媽媽的擔心是多餘的，我即使聽完判決，又過了五年，還是沒有想起跟父親一起生活的回憶。

「聽到你剛剛說的話我才注意到，你很努力地正視現實，我卻只想逃避。真的很對不起……」

「別再道歉啦。」

「因為我真的做錯了。」

「瞞著我應該更難受吧。謝謝妳。」

「你好像突然長大了。」

我又遞了一張面紙給媽媽，說道「或許真是這樣」。

「真奇怪。感覺你好像變了一個人。」

「是嗎？」

真不愧是我的母親。我在心中默默讚許，她是第一個看出我穿越時空的人。

「說出來以後，我的心裡也比較輕鬆了。」

「啊，那戶籍呢？父親那一欄是空著的吧？」

未婚生子可能不確定孩子父親是誰，也有可能是父親拒絕承認，總之孩子在法律上會被視為沒有父親，所以父親一欄是空白的。

「你是在哪裡看到戶籍的？」

「呃……」

我不小心說溜嘴了。我第一次看見自己的戶籍是在進法院工作的時候。

「在打工面試的時候。那間公司的規定很嚴格。」

「就是那間家庭餐廳？」

「是啊，還有前輩會對我使用催眠術。」

媽媽沒有繼續追問，尷尬地低著頭說「我大學畢業不久就生下你了」。

「嗯，妳那時還很年輕吧。」

「我們從大學時代就在一起了，所以自然而然地就……啊，我可不是懷著隨隨便便的心態把你生下來的喔。」

「總之就是不顧一切地生下來了吧。」

要正經八百地聽父母的愛情故事還真尷尬。

「我們沒有登記結婚，也沒有立刻讓你認父親。」

所以他們一直都是事實婚姻？（註14）我真希望他們在這方面能慎重一點，但他

註14　男女住在一起並且認定彼此是夫妻，但是沒有登記結婚。因此不需要改姓或遷戶籍，結束關係後可要求贍養費；但報稅時沒有配偶扣除額的福利，不會自動成為彼此的法定繼承人，生下孩子會成為非婚生子女。

們一定不希望被孩子抱怨這種事。

「不過他還是會寄錢回來吧？」

警方就是循著父親的轉帳紀錄才找上門的。我還是不太了解他們之間的關係。

「那是有原因的……」

「我真的得出門了，說重點就好。」

媽媽抬起頭來，臉頰上的淚痕閃閃發光。

「他大學時代的好友因為還不起債務而自殺了，他是那位朋友的保證人，朋友的太太威脅他離開我們。」

這句話的資訊量太大了，我一時之間根本消化不了。

但我還是立刻想到了該問的事。

「那件性侵案的被害人就是他那位好友和太太的孩子？」

媽媽給我的答案是肯定。

9

錢包裡只有兩千圓，我沒有辦法，只能從藏在書櫃裡的應急積蓄裡拿出一萬圓。根據儒家「法不入家門」的家庭觀念，家庭裡的偷竊得免除其刑，所以我偷過去的自己的錢也沒有關係吧？

我攔了計程車，說出目的地。我得火速趕往染谷家。

從媽媽那裡聽來的事還沒理出頭緒。

那些事顯然很複雜，但我沒時間聽媽媽詳細解釋，我一定要在這個時間軸找到父親被判無罪之後行蹤不明的染谷佐穗。

距離開庭時間還剩二十分鐘。依照我上次的經驗，烏間大約會在兩個小時後宣布閉庭。我用手機查詢了從染谷家去法院所需的時間。如果我幸運地見到了佐穗……大概可以跟她談四十五分鐘。

如果我沒趕上閉庭，烏間應該會想辦法拖延時間，但是再怎麼拖延也有極限。如果佐穗不在家，那就什麼都沒得談了。

昨天討論的時候，烏間提議我們在穿越時空之後分頭行動。

「我會不會白跑一趟啊？」

「她不會來旁聽，在家的可能性很高。」

我一邊想著「她就算不來法院也有可能去其他地方啊」，一邊問烏間「您見過染谷佐穗嗎？」。

「我在法庭上見過她。」烏間若無其事地回答。

「咦？您不是說她不會來旁聽嗎……」

「她在篠原凜的竊盜案當過情狀證人。」

情狀證人的用處不是為了證明被告有沒有罪，而是為了表明有人可以協助被告更生並負責監督指導，以供法官斟酌該判處怎樣的刑罰。

不過我負責的化妝品竊案正在等待檢察官追加起訴篠原凜偷竊其他店鋪的罪名，還沒進行到詰問證人的階段。

「您說的竊盜案應該不是偷化妝品吧？」

「她偷的是熟食。」

遭竊的商品和我所知道的不一樣，這代表……

「她被判緩刑的那件案子也是庭長負責的嗎？」

「啊？我沒說過嗎？」

「我沒聽您說過。」

令和二年，我所在的「現在」的一年前，篠原凜也因竊盜罪被起訴過，當時她把大量熟食藏在包包裡帶走，大概是用來補充暴食嘔吐消耗掉的食物吧。因為她沒有前科，最後得到了緩刑。

那件案子確實發生在烏間回到南陽地方法院擔任庭長之後，我早該注意到的，不過他大可早點告訴我嘛。

「佐穗女士是以住在一起的母親身分出庭作證嗎？」

在凜因竊盜罪被起訴的未來，佐穗並沒有行蹤不明。

「是的，是加納律師請她來作證的。」

我在法庭外的走廊上看過加納鼓勵猶豫的凜主張自己缺乏責任能力，或許是因為他在上一件案子也擔任過凜的辯護人，才會如此大力協助她。

「凜小姐不是知道強制猥褻案的真相嗎？」

既然她寫了道歉信給父親，那她至少知道部分事實，應該猜得到陷害他們的人就是母親。

「你覺得她繼續和母親住在一起很不合理？」

「是啊，她們之間究竟是怎樣的關係？」

「你見到佐穗女士就知道了。」

「她在法庭上是什麼樣子？」

「只顧著說自己的事，完全沒有發揮出情狀證人的效用。」

「啊啊……我大概想像得出來。」

我也看過這種情狀證人。明明應該負責指導監督被告、提供精神上的支撐，卻只顧著感嘆家裡出現了罪犯，一個勁地抱怨社會和被告。

「凜小姐大概是受到她的控制，所以沒辦法離開她。」

「很有可能。」

「你盡量不要帶著成見，客觀地去跟她談。」

「請您幫我祈禱能順利地見到她吧。」

「她沒有正職，所以大部分時間都會待在家裡。」

就是這麼回事。

能不能見到佐穗得靠運氣，能不能問出情報就要靠實力了。

現在的我是個隨處可見的平凡大學生，不能像上次去更生保護機構一樣利用書記官的頭銜。我能利用的頂多只有血緣關係。

媽媽說我直到五歲都和父親一起生活。

我現在還是覺得很不真實，記憶也沒有恢復的跡象，我只知道我五歲那年正是楠本檢事在開審陳述提到我父親和佐穗結婚的那一年。他拋棄妻子和兒子，另外建立了家庭。

媽媽說過我很黏那個人。比起從來都不認識，先熟識了再被拋棄的打擊想必更大。

若是受過社會歷練會比較能承受，但大學時代的「我」也被迫面對這個事實。過去的我得知自己失去了童年記憶，私藏的一萬圓還被拿去當計程車資，會不會變得很消沉啊？或許我該在手心寫下「對不起」……還是算了。

媽媽提到了「自殺」和「威脅」這些聳動的詞彙，可見父親不是因為外遇才離開的。自殺的人是父親大學時代的好友，我的父母也是從大學時代開始交往的。

這不幸的連鎖是從何時開始的呢？

計程車停在一棟老舊的木造砂漿兩層樓建築附近。

「就是這裡。」司機說道。

「好的，謝謝你。」

此處往來的車輛不少，回去時一定可以很快招到計程車。我看到生鏽的鐵製門牌寫著「染谷」二字，便按下門鈴。

只能碰運氣了。會有人回應嗎？還是會一直維持沉寂？

「來了。」不悅的聲音傳來。

「請問是染谷佐穗女士嗎？」

「你是哪位？」

這個家只有凜和佐穗兩個人。那人的聲音聽起來不像年輕女性。

「我會把一張紙放進門上的信箱，請妳看過之後再回應我。」

「啊？」

「我只等五分鐘，如果妳不回應，我就要拿這張紙到該去的地方。」

「等一下……」

我把事先在計程車上寫好的紙條丟進信箱。

『唾液篩檢口香糖、定期檢查、錄音檔』

紙上只寫了這三個詞彙，但染谷佐穗一定看得懂我的用意。

直接用對講機威脅她應該更有效，如果我確定凜不在家，就會毫不猶豫地選擇這種方式。現在是平常日的白天，凜很可能出去打工了，但她也有可能因為案件的閒言閒語而請假在家，正在客廳裡豎耳傾聽。

凜遲早會發現真相，或許我不需要顧慮這麼多，但我還是不想這麼快就讓她知道。

門打開了，一位中年女性探出頭來。

「你是誰？」

及肩的淺褐色頭髮燙得捲捲的，相貌妖豔，眼神尖銳。我坦然地面對佐穗充滿敵意的視線。

既然她問我是誰……

「我是染谷隆久的兒子。」

「咦？」

佐穗睜大眼睛。

「要站在這裡說話也無妨，但是妳不怕左鄰右舍聽見嗎？」

她想了一下，才簡短地說「進來吧」。

「凜小姐在家嗎？」

「……她去打工了。」

佐穗沒有問我為什麼知道她女兒的名字，可能是事發突然，她的腦袋還轉不過來吧。

「那我說話就不需要顧慮了。」
看到堆在混凝土玄關的一大堆鞋子，我有一種不好的預感。
穿過的衣服、一袋袋的垃圾、雜誌、傳單、紙箱……幾乎沒有空間可以走路。
走廊底端的客廳也堆滿了東西。
這裡不像傳說中的垃圾屋那麼髒亂，但怎麼看都不像有在定期打掃。
令人不悅的臭味。看著桌上的菸灰缸，我真想停止呼吸。
「隨便坐吧。」
我沒有選擇，只能假裝沒看見沙發上的茶色汙漬而坐上去。
四年後，這個客廳會變成凶殺案現場。開庭審理時，警方調查現場拍攝的照片
出現在螢幕上，用來說明我父親被刺殺的狀況。
「看到我家一副窮酸的樣子讓你很失望嗎？」
「我不是來要錢的。」
「那你的目的是什麼？」
佐穗用厭惡的表情抽著菸，腿不停抖動。自稱染谷隆久兒子的人跑來找她，還
說出了連警察都不知道的事，她一定很慌張吧。
「我只是想問妳一些問題。」
「我什麼都不知道。」毫無邏輯的推託。
「剛才那張紙只寫了幾個詞彙。妳知道那是什麼意思，心想必須堵住我的嘴，

所以才會請我進來，沒錯吧？」

「才不是，是因為你說了莫名其妙的話……」

「我只說一次，請妳仔細聽。如果妳坦白地回答我的問題，我就不會揭發妳陷害我父親的事，如果妳繼續跟我裝傻，我就要把一切事情告訴警察。對我來說，選哪一種都沒差。」

在重啟之前的那次穿越，我只告訴赤間律師我父親可能是被「某人」誣陷的。找出真凶是警察的工作，就算我在這個時間軸再次揭穿真相，也不算違反我現在對她說的提議。

其實我也沒必要遵守約定就是了。

「你有證據嗎？」

她會這樣問，等於是承認了自己的罪行。

「妳是用定期檢查唾液的口香糖來偽造證據的，警方只要調出妳的就醫紀錄就能證明這一點。此外，DNA鑑定的過程中也從附著物驗出了和唾液不同的成分，因為使用了唾液篩檢口香糖才會出現那種成分。」

「為什麼你連這件事都知道？」

「我不打算告訴妳我的情報來源。妳可能也知道，還沒宣判之前都可以取消起訴。如果檢方發現真凶另有其人，一定會取消對我父親的起訴，重新展開偵查。要是妳以為自己已經安全，那就大錯特錯了。」

「……」

和寫信給赤間律師那次不一樣，這次我表明了身分。明知會有危險，我還敢對佐穗說這些話，這是因為我知道她不可能找人商量。

如果佐穗說出我威脅她的事，她自己也會惹禍上身。再說，就算她告訴警方有個大學生得知偵查內容，警方也不會相信的。

「妳有結論了嗎？」

「口說無憑，要我怎麼相信你？」

「妳非得相信我不可。請搞清楚自己的立場。」

「……我只要回答你的問題就行了吧？」

佐穗點燃不知道是第幾根菸。桌子附近的壁紙被燻得都泛黃了，桌上還擺著沒吃完的麵包和泡麵，我真不敢相信有人能在這個地方吃飯。

「我父親是無辜的嗎？」

「是啊。」

「妳給凜小姐服用了安眠藥，綁住她的手腳，在她的乳頭沾了唾液，錄下我父親的聲音放給她聽……讓她以為這是我父親做的？」

「對啦，就是這樣啦。」

她沒有表現出絲毫的愧疚。

「妳害凜小姐以為自己被父親侵犯了耶。」

「這是問題嗎？」
「妳為什麼要這樣做？」
我怎麼想都想不通。她毀掉兩個人的人生，而且兩人都不是陌生人，而是她的家人，任何理由都不能正當化她的行為。
她不惜捨棄尊嚴和未來，到底是為了什麼？
「都是那個人不好，誰叫他不肯放棄凜。」
「什麼意思？」
佐穗吐出一口煙，歪著頭說：
「難道不是嗎？要是他沒有欠債，我也沒必要離婚。」
「妳是說交通事故的受害者家屬要求的賠償嗎？」
我才剛聽過仁保雅子出庭作證時說的話。我父親沒有保任意險，只能自行承擔超過自賠責保險理賠額度的錢——高達幾千萬圓的賠償義務。
「你什麼都不知道呢。算了，無所謂啦。我本來以為已經解脫了，可是那場車禍又毀了一切。我已經受夠欠債的折磨了。」
不是交通事故的賠償金，而是其他債務？對了，媽媽說過凜的生父是因為欠債而自殺的。我不確定該不該追問下去，我恐怕沒有那麼多時間。
「所以妳想要離婚，但是我父親不答應？」
「早在車禍發生之前，我們的關係已經變得很差了。是他想要跟我離婚，但他害怕失去凜，所以才一直沒有提出來。」
「……所以妳跟他在爭奪親權？」
夫妻原本共同擁有親權，但離婚之後親權會指定給夫妻的其中一方，以免孩子處於不穩定的環境中。
「真噁心，凜又不是他的孩子。」
「他一定覺得妳沒有能力照顧好凜小姐。」
「說得真難聽。」
客廳亂七八糟，到處丟著穿過的衣服和吃剩的食物，這些我還可以勉強接受，但是化妝品、空啤酒罐、沾著口紅的菸蒂……這根本不是家庭的空間，而是佐穗獨自占用的空間。
佐穗露出冷笑，繼續說道：
「他自己欠了那麼多錢，還說如果我要把凜帶走，他就不答應離婚。」
「然後呢？」
「因為他堅持不讓步，所以我開始調查離婚的方法。你知道嗎？我不能只因為他欠很多錢而訴請離婚喔，除非他還會賭博或亂花錢。真奇怪，欠錢就是欠錢啊。」
只要夫妻雙方都同意離婚，無論理由是什麼都無所謂。如果有一方反對，事情就比較麻煩了。若非雙方都同意，就得要有民法規定的離婚事由才能准許離婚。如同佐穗所說，欠錢並不包含在離婚事由之中。

「你們爭執的是親權吧？」

「如果離婚的過錯在對方身上，爭取親權時就會對我比較有利。我去請教過律師該怎麼做，你知道他怎麼說嗎？」

「我不知道。」

「他建議我捏造性侵案。」

「啊？」我忍不住叫道。

「律師評估我們的情況，說不能只用欠錢的理由訴請離婚，而且離婚事由的規定很嚴格，就算我擅自分居，如果搬出去不夠久，也不能當成理由。」

光看這些分析，律師的建議並沒有不當之處。但佐穗繼續說：

「律師還說，如果有DV的情況，就能保證我一定會得到親權。」

「呃，可是……」

DV就是domestic violence，意思是家庭暴力。家暴分成很多種，春子姊那件丈夫毆打妻子的案子的肢體暴力也是其中一種。

此外還有精神虐待、經濟虐待，以及……

「性虐待也包含在DV之中。律師問我他有沒有這種行為。」

「……一定沒有吧？」

「就算沒有也可以捏造。我本來不知道有假的家暴案。」

「這也是律師告訴妳的嗎？」

在家暴案件中，被控訴的一方多半會聲稱自己沒有做過。

我想起了家事法庭的書記官跟我說過的話：被告的辯解通常會被當成用來脫罪的說詞，但還是有少數案例會被懷疑是假的。

家暴受害者在打離婚官司時處於絕對有利的地位，包括爭取親權和贍養費。這些資訊在網路上都能找到，本來只是提供給受到家暴的人，若是遭到濫用，就會出現新的受害者。

「你不覺得這個建議很有用嗎？」

我不該只聽佐穗的一面之詞，不過那位律師的說法或許真的有問題，才讓佐穗誤以為這是在勸她捏造家暴。

「這律師真糟糕。」

他是為了接她的案子賺取酬勞才會給出這種建議嗎？

「我還需要解釋得更詳細嗎？」

我已經得到答案了。我父親為了爭取凜的親權不肯離婚，但佐穗找到了有益於談判的殺手鐧。

她把最壞的建議做了最壞的解釋。

「妳是為了在離婚官司中占上風而捏造了這件強制猥褻案？」

「答對了。我可是花了不少時間準備呢。」

我湧出一股和同理截然相反的情緒。她的動機竟然是這樣？

佐穗起身走到冰箱前，拿出一罐啤酒。

「如果繼續跟他當夫妻，說不定連我都會被討債的人纏上，我一定要盡快和他斷絕關係，他若是肯放棄凜的親權、乖乖簽下離婚協議書，就沒有任何人會遭到不幸了。」

「這根本算不上理由。」

我只想得出否定的發言。

「你生氣了嗎？他早就拋棄你了，他變成怎樣都跟你無關吧？難道你還把那個人當成父親嗎？你剛剛也叫過他父親好幾次呢。」

她拉開拉環，灌了好幾口啤酒。

「妳為什麼把凜小姐拖下水？」

「喔喔，你說她啊。」

「既然是妳想要離婚，妳可以自己去演受害者，可以去跟警察說是妳被施暴，可以假裝是妳被性侵而躲進庇護機構。這樣不是也能結束你們的夫妻關係嗎？」

如果法院認定丈夫對妻子施暴，就不太可能把親權判給丈夫了。

「凜是我生的，是我養大的，可是她……竟然選了另一邊。」

「妳在說什麼？」

「凜對我說，如果我們離婚了，她會跟著父親。她竟然要拋棄有血緣關係的母親，跟著沒有血緣關係的父親。你能想像被親生女兒背叛會有多傷心嗎？」

凜當時已經高三了，法官一定會重視她本人的意願。

她選擇和父親一起生活。

我在電視劇裡看過，父母在爭奪親權時，都會在家裡問孩子「你想跟著爸爸還是媽媽？」。

他們一家三口共同生活了超過十五年，凜對繼父的感情比對生母的感情更深。這哪算是背叛？會有這種結果不都是母親自己造成的嗎？

「因為凜不想跟妳一起生活，妳就為了洩憤而傷害她？」

「才不是。你別把我想得那麼卑鄙。」

對了，在父親被判有罪的未來，凜和佐穗依然住在一起，佐穗出庭當凜的情狀證人，還幫她付了幾百萬圓的保釋金。

她對女兒一定很有愛……不對，應該說是占有慾。

「那妳是為了破壞她和父親的關係嗎？」

就算佐穗捏造家暴案逼丈夫離婚，多半騙不過長期和他們兩人朝夕相處的凜。

可是，如果凜成了受害者，以為侵犯自己的人是父親……

「凜跟著那個人一定會不幸的。」

「妳……」

「我比任何人都愛凜。」

瀰漫著菸味和酒味，堆滿雜物的客廳。

這個家庭已經扭曲到無可救藥了。

10

計程車開往南陽地方法院。

向媽媽和佐穗問過話之後，我更清楚強制猥褻案的背景了。

讓佐穗決定離婚的原因是奪走兩條人命的交通事故。雖然動機是父親造成的負債，害家庭破碎的人卻是佐穗，她為了在離婚官司得到優勢而捏造了家暴案，還為了挑撥父女之間的關係而讓女兒扮演受害者。

我光是想到這件事，就會冒出一股無處發洩的怒火。

這個家庭會落入這種局面，不是各種不幸的巧合所導致，而是出自佐穗的作為。

我已經找到真凶了，如果能回到半年前阻止佐穗瘋狂的行為，就能避免父親和凜未來的悲劇。我有足夠的談判條件，只要告訴她我知道她的計畫，威脅她若不停手就要去報警，應該會有勝算。

可是，我沒辦法移動到那個時間點。

佐穗捏造強制猥褻案已經成了既定事實。

現在還有機會改寫的，只有審判的結果……以及染谷家的未來。

其實我本來不該插手別人的家務事，應該讓他們一家人自己來決定，可是這件事關係到我父親的性命，我無法坐視不管。

我本來期待，就算維持無罪判決，若是佐穗誠懇地道歉，而父親和凜都原諒了她，說不定這個家庭的裂痕還能修復。可是，見過佐穗之後，我就知道不可能了。對這種只顧自己、把女兒當成私人物品的母親，根本沒什麼好期待的。

宣告無罪之後，父親會回到那個家，佐穗會離家出走。

佐穗說她提離婚時，凜表示想和父親一起生活。我想父親應該不知道凜的想法，如果他知道自己能獲得親權，早就答應離婚了，父親大概誤會他一旦離婚就得和凜分開吧。

父親是不是覺得無論佐穗再怎麼惡劣，凜和她畢竟是血濃於水？還是凜故意不告訴父親她的想法，為了讓父親沒辦法下定決心離婚？說不定凜面對父母日漸惡化的關係還是想要撐住這個家庭，所以刻意藏起了自己的真心。

這個家庭維持著搖搖欲墜的平衡，居於中心位置的就是凜。

不管怎樣，父親被判無罪之後，家裡就只剩下他們父女二人。

這不是最好的方式，但父親和凜期望的生活終究是實現了。

可是，凜在四年之後卻殺死了父親。他們之間明明有著比血緣更緊密的感情。當凜把菜刀刺進父親的胸口時，她到底在想什麼？

我也很在意媽媽和佐穗都提過的債務。

凜的生父因為還不了債務而自殺。

她的第二個父親——染谷隆久——試圖自殺的動機也和債務脫不了關係。

當然，有很多人因為債務而自殺，我不認為這是微不足道的煩惱，但是正如烏間所說，明明還有宣告破產這一條路，為什麼他們兩人卻都選擇自殺？這可以解釋為巧合嗎？

這件事不見得代表著什麼，說不定還是有挖掘的價值。

關於凜生父自殺的事，媽媽似乎知道很多詳情。我來不及仔細問她就急著出門了，她今晚一定會接著說下去，但聽眾是大學時代的我。

記憶空白的困擾再次浮現。

現在的我沒有參與到的過去，回到未來之後也不會出現在我的記憶中。

所以我不知道為何同學會消失了，為何和宗二斷了聯繫，為何和藍變成了情侶。

此外，我也不知道為何父親會死亡。

在改寫的未來中，我只能自己蒐集情報、填補空白。

有沒有辦法能向大學時代的我打聽媽媽今晚說的話呢？

看著車窗時，我想出了能和過去的自己交流的辦法。

我拿出手機，啟動ＡＰＰ，檢查功能。太好了，這個時候已經安裝了。再來是時間設定……也沒有問題。

其實不需要用這麼麻煩的方法，我只要回到未來以後打電話給媽媽，請她再跟我說一次就好了。我本來是這麼想的。

可是，到時父親已經死了，這麼敏感的案件一定會受到社會大眾的關注，媽媽當然也會知道。就算父親捨棄了我們，畢竟我們共同生活過好幾年，媽媽得知他的死訊一定會大受打擊。

如果我去問她父親離家的理由，不是又會揭開她的傷口嗎？我不久之前才看過媽媽流淚，真不想再惹她傷心。

而且，為了避免遺漏細微的線索，得到的訊息越詳細越好，今晚母子面對面的談話一定能聽到更多細節。

沒有更好的方法了。我寄信給一個小時以後的我。

信件一開頭，我先為偷拿私房錢的事道歉。

然後我請求自己幫忙。只有大學時代的我能做到這件事。

我跳下計程車，快步跑向法庭。路上遇到塞車，我好不容易才趕上，烏間差不多快要宣布閉庭了。

重啟之前的那次穿越，我在這一天改寫了未來。如果不經過深思又再重複相同的行為，就會通往一樣的路線。

我和烏間討論過，這次先按兵不動。
如果指出ＤＮＡ證據是偽造的，有罪判決就會變成無罪判決。下次開庭會結束實質上的審理，到時就是最終期限了。我現在不能輕舉妄動，卻又得在明天穿越之前想出方法。
我的時間不夠，資訊也不夠。回到未來之後，我得趕快和烏間分享資訊。
打開門，進入旁聽席時，我看見辯護人和檢察官都站著，而且都望向法壇。
這罕見的情景讓我頓時發覺不對勁。發言時起立是法庭裡的共識，但是雙方當事人同時發言的情況非常少見。
「請法官再說一次。」
赤間律師站在辯護人席，攤開筆記本準備抄寫。
「我剛才是在問，辯護人是否考慮將『工作表的記載』納入主張。」
烏間低沉穩重的聲音迴盪在法庭裡。
「呃……能請您說清楚一點嗎？」
「就是我剛剛在訊問證人時提到的事項。」
我努力搞清楚現況。證人臺前沒有人，詰問證人已經結束了。現在應該是閉庭前的溝通，烏間正在和辯護人確認今後的答辯方向。
烏間提到了「工作表的記載」。
武智檢事插嘴說：「辯護人至今所提的主張都沒有涉及該事項，為什麼法官要對這一點做出闡明……」

「如果檢察官覺得這是違法的闡明，請提出異議。」

烏間的語氣雖有禮貌，卻很冰冷。

「這……」

「工作表是檢察官聲請而採用的證據，我對其中一段記載有疑惑，所以向法醫研究員確認該記載的用意，要不要因此修改主張是由當事人決定的。」

烏間盯著辯護人，加上一句「麻煩你了」。

不會吧……難道烏間在法庭上指出了「聚醋酸乙烯酯」的記載嗎？那樣等於是在宣布ＤＮＡ證據是偽造的。

這和我們說好的不一樣。法庭上到底發生了什麼事？

難道法醫研究員在證人詰問時說了出人意料的發言嗎？還是烏間早就決定要在這個時機做出這個行動？理由是什麼？

赤間律師一臉困惑，武智檢事面露怒容，兩人都坐下了。

烏間說出的話沒辦法收回了。赤間律師明白了闡明的用意之後就會主張證據是假的，檢察官的反駁會被推翻，案件最後會宣告無罪判決。

我和烏間短暫地對上了視線。

「閉庭。」

我父親死亡的結局在此時此刻已經拍板定案了嗎？

第四章 純白烏鴉

1

寫給未來的我：

我雖然照吩咐寫信給你，但我還沒搞懂這是怎麼回事。

你應該先跟我解釋清楚吧？

一個月前，第一次開庭的那天，我就覺得奇怪了。我在學生餐廳突然失去意識，回過神來已經在法院的走廊上，中間發生的事我完全不記得。

不只是這樣。

藍傳訊息問我旁聽的情況，我才發現自己跟她說了父親的事。我明明決定不告訴任何人的，怎麼可能會主動說出去？我還懷疑自己有夢遊症或多重人格，上網查了好久。

我也費了不少工夫收拾爛攤子。我把真相告訴了藍和宗二，好不容易才讓他們接受。

我本來打算在審判結束後忘掉父親的事，好好地過自己的生活，可是第二次開庭前又再次不省人事，恢復意識之後竟然發現手機裡有自己信箱寄來的神祕信件。

搞什麼鬼？這也太嚇人了吧。

未來的我占據了我的身體？

沒想到我會得到比多重人格更誇張的答案。這種事我連想都沒想過，怎麼可能嘛，又不是在拍科幻片。不過，穿越時空總是好過腦袋壞掉，我只能勉強相信了。

請你下次來的時候留下詳細的解釋，最好再留下更有用的資訊，像是彩券的中獎號碼、天災的預告，或是我將來的太太的名字。

抱怨到此為止，接著進入正題。

你想知道那個人離家的理由吧？媽媽已經告訴我了。

雖然我不知道你問這些事是要做什麼。

故事裡有四個角色：媽媽、父親、搶走父親的染谷佐穗、自殺的X。

請仔細閱讀以下敘述。

包括媽媽在內，這四個角色讀的是同一所大學，四人都是經濟系，還修了同一個專題研究，簡單地說，就像我和藍與宗二的關係。媽媽和父親、染谷佐穗和X，都是從大學時代就開始交往了。他們比我更懂得享受青春呢。

這個就先不提了。

他們四人是在九〇年代初期畢業的，那時正是泡沫經濟崩壞之際，工作很不好找。父親通過了公務員考試，在市公所上班，媽媽和染谷佐穗當上了非正規員工（註15），X一直沒有找到工作，後來自己創立了公司。

媽媽也不知道他創立的是什麼公司，只知道主要是在籌辦活動，安排人力之類的。X向來交遊廣闊，他把自己的人脈運用在工作上，依照客戶的委託辦活動，也負責準備場地和賣票。

很可惜，X沒有經營公司的才能。

聽說他一開始確實賺得到錢，就像有些俱樂部在泡沫經濟崩壞之後依然存活下來，也可能是因為他的朋友很多。

可能就是因為事業上了軌道，才導致他錯失了收手的時機。

活動的規模越辦越大，費用越花越凶，但是景氣卻不斷惡化，他的朋友一個接一個離開，人手越來越不足。

X開始負債經營，靠著估計下次售票收益另行投資，籌辦活動的本職越做越艱難。

註15　指非正職員工，包括打工、派遣員工、簽約員工等等。

在這絕望的局面之中，公司承辦了一場足以作為轉機的大活動。不過只有X覺得這是轉機，其他人都覺得這場活動相對於公司的嚴重虧損只是杯水車薪。

要辦這場活動得借幾百萬圓，為此X的一大群朋友幾乎全跑光了。在景氣這麼差的時候，根本沒人願意借錢給一個正奔向毀滅的空頭社長。

在這個危急關頭，只有我父親對X伸出援手。

父親才剛出社會幾年，沒有多少積蓄，但是在前途未明的日本經濟之中，公務員擁有寶貴的「信用」。

法律系學生在學習民法時經常聽到「絕對不能幫人作保」，聽到耳朵都快長繭了。所謂的「保證人」是講好聽的，這樣只是讓自己也淪為債務人，因為債權人去找債務人要錢之前會先來找保證人。

可是父親不顧媽媽反對，還是在契約書上蓋了章。不用說，媽媽才是對的。朋友之間不管交情再好，扯到金錢就是另一回事了。

假如藍或宗二來拜託我，我也會拒絕他們……大概吧。

果不其然，活動徹底失敗了。過去的朋友、財務公司、高利貸……討債的人不斷上門，X被逼得走投無路，於是他拋下妻女，在家裡上吊身亡。

聽到後來發生的事，我簡直不敢相信，但媽媽一臉認真地說那個人就是這種個性。

染谷佐穗威脅了幫X作保的父親。

我不知道五年後的自己是不是已經把法律知識忘光了，總之還是先跟你解釋一下。

即使債務人死亡，保證人也要背負還債的義務。所謂的「作保」就是為了應付這種事態，當然要幫忙還錢。

可是債務人的繼承人卻可以選擇要不要還錢。

繼承人會繼承的不只是遺產，也包括債務。不能只挑喜歡的來吃，要嘛就全部繼承，要嘛就全部放棄。

所以大部分的人會根據財產和債務的總額來判斷，如果財產比較多就選擇繼承，並且還清債務，如果債務比較多就放棄繼承。

可是染谷佐穗不一樣，她把我父親找出去，威脅他說：

「如果你拋棄家庭和我結婚，我就幫你還債。」

你相信嗎？父親會負債是為了幫X作保耶。

染谷佐穗竟把丈夫的死拿來當談判條件。

既然丈夫欠了那麼多錢，染谷佐穗怎麼可能有錢還債？換成是我應該會這麼想，不過她還有一張王牌。

身無分文的X死了，卻讓染谷佐穗得到了一大筆錢。

聽起來像在猜謎，答案就是死亡保險金。

X雖然欠下鉅額債務，卻沒有解除保險，有很多保險公司規定只要投保超過一定期間，就算是自殺也能領到死亡保險金。X的情況符合規定，所以染谷佐穗立刻去申請了理賠。

繼承人可以選擇放棄繼承，但保證人一定要承擔還錢義務，立場更沒保障。靠那筆保險金就可以一口氣還清所有債務，父親如果答應染谷佐穗的要求，立刻就能擺脫幾百萬圓的債務。

結果如你所知，父親離開了家，從我的眼前消失，加入了另一個家庭，媽媽只能獨力把我撫養成人。

拋家棄子當然是不可原諒的事，可是父親若還不起債務，說不定會連累到我們……我是不是太偏袒他了呢？

令人不解的是染谷佐穗的行為。

她為什麼想和我父親結婚？不是因為她從大學時代就喜歡他，也不是因為她和我媽媽之間有什麼恩怨。

「公務員不用擔心失業，而且薪水會穩定增加。如果要我幫忙還債，還是結婚比較划算。」

染谷佐穗還特地跑來找我媽媽，笑著對她這麼說。

結果她沒有遵守約定，還是讓我父親繼續背負債務。

她覺得要是馬上還清債務，就沒辦法綁住他了，說不定他會跑回原來的家庭。為了不讓釣上的魚溜走，她一直刻意拖延，連每個月要還的部分都不肯付。

這種情形持續了好幾年，他們的夫妻關係漸漸成了既定事實。
父親離家以後，我忘了他這個人，宇久井家沒有他的立足之地了。媽媽去找他商量過他該對我採取什麼態度。
結論是只要我的記憶還沒恢復，而且沒有主動要求見他，他就不能出現在我面前，也不能向我透露他的身分。他們一定是極力避免傷害到我，怕我若是突然見到父親說不定會情緒崩潰。我可以理解他們想要維持現狀的心情。
他給我的養育費和生日禮物都是由媽媽代收。電子字典、耳機、粗呢大衣……你對這些東西也有印象吧。媽媽去見他時，都會帶著我的照片，向他報告我的近況。
我一直沒有想起父親，也沒意識到禮物是誰送的。多年以後，警察找上門來，我才以最壞的方式得知了他的事。
只有我一直被蒙在鼓裡。
我的腦袋至今還反應不過來，光是寫到這裡就花了一個星期。比起收到未來自己的信，媽媽說的話更讓我大受震撼。
我越來越不明白自己對父親的想法。我該繼續恨他嗎？還是該原諒他？如果我不能原諒他，是因為他拋棄了我，還是因為他犯下性侵案？那個人真的犯罪了嗎？
為了幫自殺朋友還債而離家的父親，怎麼會成為侵犯女兒的犯人？
我不停思考，想了很久很久，還是想不出答案。

總之我還是會繼續去旁聽，我能做的也只有坐在旁聽席上看著他。

這場審判只會決定父親有沒有犯罪，不會解決我們家的問題，但我還是覺得有必要看到最後。

如果他被判無罪，或許我也會有所改變吧。

正題到此為止，下面是我的疑問。

父親他……還有你，到底惹上了什麼麻煩？

2

過去的我提出了不少疑問。

發生了什麼事？你打算做什麼？我該怎麼做才好？

他不知道父親被殺害的未來，當然不知道我想做什麼。

過去的我果然沒有接收到我穿越時空經歷的記憶，我在公園和烏間的對話，在染谷家和佐穗的對話，庭審之中的發展，他全都不知道。

我看著手機裡的長信。

使用ＡＰＰ的預約寄信功能，就能寫信給五年後的自己。

如果在凌晨寫信，寫完直接寄出，或許會惹人不愉快，若是不立刻寄出，又有可能睡到中午都還沒醒，這種時候只要設定預約寄信功能，就能安穩地去睡了。預約寄信功能原本是為了這種用途，沒想到還能把時間設定成五年後。

如果把時空膠囊埋在空地，藏在裡面的回憶或許哪天會因為開發工程而毀掉。預約寄信也一樣，如果收件人後來換了信箱，信件就無法寄達了。

只要能預知未來的開發計畫，就能選擇安全的空地。

我出社會之後仍會繼續使用大學時代申請的信箱，不用擔心信箱網址改變的問題，所以能實行這個時空膠囊計畫。

我設定預約寄信，寫信給一個小時後的自己。

我先為擅自行動而道歉，接著拜託過去的自己把媽媽分享的父親的事寫在信中，設定在令和三年六月十五日凌晨零點寄出。

我沒有提到任何關於穿越時空的事，因為我只有五分鐘能在計程車搖搖晃晃的後座打字，與其講得不清不楚害自己徒增困擾，還不如讓過去的我自行解釋。

過去的我會怎麼想，未來的我是最清楚的。

只要有相符的經驗作為依據，我就可以接受超現實的結論。我第一次穿越時空也是當天就接受這個事實了。

總而言之，計畫進行順利真是太好了。

我得到了詳盡的資訊，包括凜的生父自殺的理由，還有父親離家的理由。如同過去的我不能理解，我也想不到佐穗竟然會用威脅的手段搶走父親，不過，依照我親自和她接觸過的印象，那個女人確實做得出那種事。

父親答應佐穗的要求而離家時是怎麼想的呢？要拋下妻子和五歲的兒子，他一定會很猶豫、很不捨吧？

我逼大學時代的自己面對這麼痛苦的現實，真該向他表達歉意和謝意，但預約寄信功能沒辦法寄信到過去，如果我想再和過去的自己交流，只能趁穿越時空的時候。

我該告訴他多少，該拜託他做什麼？他可以不受時間限制自由行動，要是沒拿捏好分寸，說不定會把未來搞得天翻地覆。如果能當面跟他說明是最好的，只靠信件交流很難掌握正確性和細微的語意。

不管怎麼說，我都得先和烏間商量過才能決定。

可是他……唉。

回到未來之後，我身穿法袍，坐在書記官席。寬敞的法庭裡只有我一個人。我拿出手機看日期，今天是令和三年六月十五日，凜的殺人案的第二次審判期日，時間大約是閉庭的二十分鐘之後。我一直沒有離開位置。

案件紀錄的封面上印著一行「染谷凜殺人案」。

在重啟前的那次穿越，我寫信給赤間律師，使得凜的竊盜案變成了殺人案，時間還提前了三個月。比起匿名的詭異信件，法官在法庭上的闡明一定更有影響力。

烏間在法庭上揭露了藏在工作表裡的祕密，辯護人一旦注意到聚醋酸乙烯酯的記載，就會想到證據是偽造的。在那四年後就會發生殺人的悲劇，我已經在法庭裡親眼目睹過了。

強制猥褻案一旦確定會演變成無罪判決，就會引發無法預期的未來嗎？我在閉庭之後滿懷恐懼地打開旁聽席的門，心想不知道未來會變成什麼情況。

結果我沒有到達新的時間軸，還是回到了原本的未來。

或許是這次穿越沒有發生和凜的案件矛盾的事吧。冷靜想想，這和我先前假設的穿越理論並沒有衝突。

我再次想到了代表舊法院的「紅塔」和代表新法院的「藍塔」。

在重啟之後，紅塔審理的是父親的強制猥褻案，藍塔審理的是凜的殺人案。只有藍塔的凜殺人案出現變化，連接過去和未來的階梯才會崩塌。

由於烏間剛剛在法庭上的闡明，強制猥褻案再次傾向無罪，如果最後宣告無罪判決，就會發展成凜刺殺父親的未來。烏間的行動和目前暫定的未來是一致的，所以階梯沒有崩塌。

終點已經近在眼前。

紅塔和藍塔都有五層樓，但是實際的審理在三樓就結束了——在下一個樓層就結束了。四樓只是用來讓檢察官和辯護人發表最後的意見，這只是在回顧一樓至三樓的審理過程，到了五樓就會直接依照先前的審理結果宣告判決。

再這樣下去，就沒辦法扭轉父親死亡的未來了。

烏間違反計畫的行動補強了紅塔，讓我們順利地繼續向上爬。如果紅塔不穩固，在危急的時候還可以故意弄塌階梯、引發重啟。我們明明早就說好，為了保留重啟的機會，這次要先按兵不動的。

那件意外狀況讓我非常困惑。

我不明白烏間為何不照計畫行事，對他起疑之後，我才發現他還有其他令人不解的行動。

之前看見他那些行動，我都能想到合理的解釋說服自己接受，但是得知某些事實之後再回頭檢視，我早已放下的疑惑又浮上了檯面。

該從哪裡說起呢……

我會發現父親可能被冤枉，是因為看到了他的案件紀錄。

當時我是要拿仁保雅子的案件紀錄，卻在烏間的櫃子裡看見那本紀錄。我趁法官們舉行飲酒會時擅自借走那本紀錄，看見貼著標籤的證人詰問筆錄和工作表裡的鉛筆附註，因此開始調查偽造ＤＮＡ證據的方法。

沒有一丁點多餘的記載，我輕輕鬆鬆就能看出冤罪的痕跡，真難想像那本紀錄在檢察廳的紀錄庫裡沉眠多年。

為什麼烏間的櫃子裡會有我父親的案件紀錄？

我本來以為是因為烏間和我一樣穿越時空回到五年前的法庭，所以才會向檢察廳借來紀錄重新調查，因此發現了「聚醋酸乙烯酯」的記載，標籤貼紙和鉛筆附註大概是他在思考時留下的。

真正令我起疑的，是我去更生保護機構見過仁保雅子之後和烏間談話的時候，我們在那次談話裡分享了各自掌握的資訊。

烏間告訴我，他會認為捏造強制猥褻案的人是染谷佐穗，是因為他去刑務所見過我父親。烏間是在我父親入獄「兩年後」去見他的，他當時已經發現這案子可能是冤罪了。

時間對不上。

我父親被宣告有罪是「五年前」的事。就算把上訴的時間也算進去，在父親入獄兩年後，也就是穿越時空的好幾年前，烏間已經懷疑強制猥褻案是捏造的了。

但烏間在穿越時空之後又借了案件紀錄。

或許他是為了回想細節，需要重新查閱案件內容和證據，但是標籤貼紙和鉛筆附註又該怎麼解釋？紀錄一向受到嚴格保護，不太可能是多年前留下的。

重要的記載都畫了線，還特地寫出了唾液篩檢口香糖。

與其說他是在整理思路，更像是讀到一半突然發現……

又或許是為了「引導後來閱讀的人」。

烏間故意把我父親的案件紀錄和仁保雅子的紀錄放在一起讓我看見，還在厚厚的紀錄裡標出該注意的地方，寫下揭露偽造證據的關鍵字。

烏間自己用不著這本紀錄。

他真正的目的是要讓我看到那些記載。

不對……如此說來，烏間早就發現我穿越時空的事了？是因為藍為了擔擔那件事去找他商量嗎？還是因為我舉止太可疑，露出了馬腳？這兩種理由都有可能。

無論烏間的想像力再怎麼豐富，如果他自己沒有經歷過，絕不可能想到穿越時空這麼荒謬的事。再說，如果他自己也穿越了時空，根本不需要用這麼迂迴的方法引導我，自己就能以法官的身分改變未來。

但他卻得依靠別人……

難道有什麼理由讓烏間在穿越時空時無法自由行動？不是因為受到法官的立場所限制，而是更根本的理由。有某些原因令他無法介入染谷隆久過去的案件。

原本擱置在每個樓層的疑問，像緊急照明燈一般發出昏暗的亮光。

在藍塔一樓，我第一次穿越，是在篠原凜的案件閉庭之後發生的。當時烏間本來要離開法庭，不知為何他卻開著門停留在原地。

我本來以為他是因為門很難開而感到驚訝，可是法壇的門在發生穿越以外的時候都能正常打開。烏間會愣住是為了其他原因。

不是因為發生了什麼，而是因為他預期的事沒有發生。

如果沒有經歷過，絕不可能會想到。

所以烏間那時已經有穿越時空的經驗了？

重啟後的紅塔一樓，我在法院的餐廳把烏間約到三角公園，問他「庭長也穿越時空了？」。

烏間卻詳細詢問了我的名字、從哪個時間軸來的、我和他的關係，以及我和染谷隆久的關係。

我本來以為他是要確認我們的認知一致，會不會是我猜錯了，其實他根本不知道這些事？或許烏間根本不認識眼前這位大學生，也不明白對方為何叫自己庭長，但是對方知道他穿越時空的事，所以他必須確認對方的身分。

從未來回來的烏間竟然不認識宇久井傑？

怎麼會有這種事？

我只能想到一個可能性。

時空之門連接了凜的庭審和我父親的庭審。我很早就知道這一點了，沒必要推翻這個假設，我該注意的是案件的內容。

在重啟後的時間軸，我才注意到有一件我沒參與過的竊盜案。

如果是強烈的期望打開了時空之門，烏間是從何時開始期望改變過去的審判結果呢？他去刑務所見我父親，拜託我父親申請再審，結果遭到拒絕。

就算烏間願意承認自己判錯了，也沒辦法自己申請再審。

他在法律上完全無計可施。

等到凜的竊盜案開庭審理後，有資格的人出現在法庭上，因此滿足了穿越時空的條件？

我第一次在法庭看到凜是因為她偷化妝品的案子，不過早在我當上書記官之前，南陽地方法院就審理過凜偷竊熟食的案子。

凜在偷竊化妝品的案子第一次開庭時慌張地不斷道歉，她是在向誰道歉呢？遭竊商店的相關人士和她的母親佐穗都沒來旁聽，但她深切反省的態度不像是在演戲。

或許是因為她明明發誓不會再犯，卻又以被告的身分來到法庭。或許是她在上一次受審時承諾過的對象就坐在法壇上。

春子姊告訴過我，烏間大約在一年前改變了訴訟指揮的態度，對被告變得更加親切。

烏間也承認過，凜偷熟食被判緩刑的那件案子是他審理的。

原來是這樣……烏間在審理凜的前一次偷竊案時打開了時空之門，在我還沒穿越時空之前，他就回到了過去，為了糾正自己的審判結果，他重新審理了我父親的強制猥褻案。

過了一年，凜再次因竊盜罪被起訴，但是第二次的機會沒有落到烏間手中，只有我回到了五年前。

或許只有一個人能進入時空之門。

一年前被送回過去的是烏間，這次被送回過去的是我。

這麼說來，和我一起摸索如何避免我父親死亡的烏間……

……其實是沒有成功改變未來的「過去的幽靈」。

3

「原來你躲在法庭裡啊。」

烏間從旁聽席的門走進來，我還沒想好要怎麼回應，他已經走到我面前，坐在證人臺的椅子上。我第一次看到法官坐在那個位置。

「你一定有很多事想問我吧？」

「是的，非常多。」

他一邊捲起藏藍色細條紋襯衫的袖子一邊說：

「你可以把我當成被告，盡情地發問。」

「庭長會行使緘默權嗎？」

「看情況吧。」

烏間把場面交給我處理。我可沒辦法像法官一樣指揮全局。

要檢驗他是否缺少某些記憶的最快方法就是……

「……今天開庭時，仁保雅子就坐在那裡。」

「感覺已經是很久以前的事了。」

「她因為偷竊而進過好幾次刑務所，不過她這次受審時辯解說自己缺乏不法領得之意圖，您記得她的理由是什麼嗎？」

烏間想了一下，回答「因為生活困苦所以想進刑務所」。

「答錯了。」

她是想要和刑務官談戀愛，藉此報復丈夫。烏間若是參與過那次被告詢問，絕不可能忘記這麼驚世駭俗的答案。

我只靠一個問題就確認了真相。

「仁保雅子的常習累犯竊盜案一個月後才會開始審理，我是從更遙遠的未來穿越時空回來的。庭長是從什麼時候穿越的呢？」

「看來是瞞不過你了。是一年前。」

「篠原凜因為偷竊熟食而被起訴過，那件案子是庭長負責審理的，您是在閉庭之後被送回過去的吧？」

烏間點頭。「那是你上任之前的事。聽到你叫我庭長時，我還嚇了一跳。是不是我稱呼你的方式或說話方式太不自然了？」他邊說邊搔頭。

「很自然，所以我一直沒有發現。」

「可能是因為我常常和新手書記官搭檔，所以經驗比較豐富吧。」

烏間穿越時空的時候，我還在參加書記官就任前的研習。時空之門在滿足了條件的烏間面前敞開了。

「您回到了過去，再次審理強制猥褻案。您去刑務所見過我父親之後就確定他是冤枉的了。」

烏間不像我認定父親有罪，而是誠懇地聆聽他的無罪主張。

「我剛回去時完全搞不清楚狀況，第一次審判期日還忘了進行人別訊問，還好有書記官從旁協助，好不容易才結束了那天的審理。」

我第一次審判期日去旁聽時，烏間從頭到尾都表現得很淡定。

「您回到原本的時間軸，然後又參與了下一次開庭？」

「是的，中間隔了一個月左右，所以我可以慢慢思考發生了什麼事，最後得出的結論就是很不真實的穿越時空。」

他大概和我一樣是從意外改寫的未來發現了端倪吧。

烏間繼續解釋：

「第二次穿越時，我才意識到自己有機會糾正過錯，所以我在法庭上向辯護人闡明，引導他重新調查工作表的記載。」

「您說的是第二次審判期日嗎？」

「嗯，在你經驗的過去之中沒有發生嗎？」

在重啟前的那次穿越，我先在大學圖書館裡寫好信才去法院，所以第二次審判期日只參與了後半場，不過烏間若要闡明應該是在閉庭之前、依照這天詢問結果確認今後流程的時候。

「您描述的第一次期日和第二次期日都和我經驗到的不一樣。」

「原來如此。」

「……過去出現了分歧呢。」

是因為我們兩人穿越的軌跡互相交會，才導致了這種現象嗎？

我和烏間從不同的時間軸來到同一個法庭，根據當時的行動，說不定會讓我們各自該回去的未來消失。

過去的審判會出現分歧，是為了不影響到彼此的未來嗎？

「你回去的應該是『已經定下來的過去』吧。」

我正在百思不得其解時，烏間說出了自己的想法。

「什麼意思？」

「過去本來只有一種。如果回想昨天的晚餐，腦海中卻同時浮現烤肉和壽司，只要不是大胃王，那一定是其中一種記錯了。」

「這……嗯，我懂了。」

「可是我們有兩種過去。好比說，我在三角公園和你談話的第一次審判期日，以及驚慌到忘記人別訊問的第一次審判期日。這不是記錯了，而是真的經歷過兩種過去。」

「是因為重啟的緣故。」

我才剛經歷過的第二次審判期日也一樣，我起初是在圖書館醒來，重啟後卻是在家裡醒來。因為穿越時空，所以產生了不同的過去。

「不過，這些過去都是暫定的，穿越結束之後，會定下來的只有一種過去。簡單地說，最後隆久先生不是被判有罪就是被判無罪，兩種結果不可能並存。」

到了塔的最上層，法庭裡的審判就會出現結果。沒被選擇的判決結果在之後的時間軸等於不存在。

「也就是說，過去遲早會只剩下唯一的版本。」

「你比我晚一年穿越時空，你所見到的強制猥褻案審判應該是我一年前的最終選擇版本。」

烏間的選擇題已經做完了。

「我在法庭上看到的庭長很冷靜。」

「你知道這代表什麼意思嗎？」

我們的結論果然是相同的。

一年前的穿越全是烏間一個人進行的，我並沒有參與。

從烏間剛剛說的話聽來，他把強制猥褻案的判決從有罪改成了無罪，結果凜的竊盜案變成了殺人案。

他一年前的穿越，除了凜偷竊的東西從化妝品變成熟食以外，其餘都和我所經歷的一樣，往上的階梯崩塌，他回到了第一次審判期日。

不同的是後續的發展。

「在那次重啟之後，您在審理強制猥褻案時判了我父親有罪。」

烏間到達塔的最上層，結束了穿越。我從未來的結果反推回去就知道他選擇了怎樣的過去。

我開始穿越時空，是因為凜的竊盜案開庭審理。

凜會犯下竊盜罪而被起訴，是因為父親的強制猥褻案被判有罪。

父親的有罪判決之所以維持原狀……是因為烏間「沒有改變過去」。

「這和我第一次審理時不一樣，第一次我沒有看出DNA證據是偽造的，但這次我明知他是無辜的，卻還是判他有罪。是我奪走了隆久先生五年的人生。」

烏間在證人臺上坦承自己的罪過。

「不把過去恢復原狀，就無法避免我父親的死亡。您做出這個決定一定很痛苦吧。」

裁判員審判都是連日開庭，烏間有太多事情忙著處理，開庭時還得待在法庭裡，他受到的限制比我嚴格多了。

看著終點逐漸逼近，他明白若是維持無罪判決就避免不了我父親的死亡。

「我做出了不可饒恕的判決，卻還是繼續當法官。」

把坐牢和死亡放在天秤的兩端衡量，後者當然更嚴重。如果一直找不到解決的方法，我也寧願烏間把我父親送進監獄。

「您認識春子姊吧？」

烏間皺著眉頭，默默點頭。

「春子姊告訴過我，您從一年前……從審理了篠原凜的竊盜案之後就改變了訴訟指揮的態度。」

「你覺得我已經自暴自棄了？」

我搖頭。

「我不知道您之前的訴訟指揮是什麼樣子，但是我第一次以書記官的身分看到您對被告的態度，真的非常驚訝。您沒有稱那人為『被告』，而是稱呼他的名字，而且盡量不使用專有名詞，改成簡單易懂的說法，每個流程都會詳細解釋，讓被告能進入狀況，而不是把他丟在一旁。」

「我一定給書記官添了不少麻煩吧。」

烏間的庭審確實有很多常態之外的狀況。

「是啊，要記錄的事情太多，非常辛苦，檢察官也覺得很困擾。可是，刑事訴訟的主體是被告，我不覺得您的做法是錯的。」

「就算洗心革面了，我毀掉隆久先生人生的事實也不會改變。」

「難道您不當法官才算是負責嗎？說不定是因為您一直堅持至今，才會出現第二次機會。」

「機會……」

一年前，烏間沒有改變過去就結束了穿越，並且在凜的竊盜案判了她緩刑。凜不需入獄服刑，不久之後我父親就出獄了。

可是，凜再次因竊盜罪被起訴。她一直帶著罪惡感過日子，因為太自責而導致精神不穩定，不斷地偷竊。

在緩刑期間再犯，很可能要進刑務所。

如果烏間判我父親無罪，凜或許就不會犯下竊盜罪了，他一定覺得是自己害了凜。

在他的心底深處，一定很希望有機會重來。

「一年後的審判也是您負責的，條件都湊齊了，不過這次打開時空之門的不是您，而是我。」

「被選上的不是失敗過的我，而是隆久先生的兒子，會有這種結果也很合理。」

「您早就知道染谷隆久和我是父子？」

「我是在三角公園聽你說了才知道的。」

我和父親的關係沒有登記在戶籍上。

所以一年後的烏間當然不知道我也有穿越時空的資格，他以為時間之門只會打開一次，只能死心了。

可是我在第一次穿越時告訴了藍我和父親的關係，導致我的未來改變了，因為我怕藍把我的事說出去，漸漸疏遠了宗二那群大學朋友。我或許已經放棄隱瞞，也對搭檔的法官烏間說了這件事。

「我覺得一年後的庭長應該知道。」

烏間從檢察廳借出我父親的案件紀錄是在我第一次穿越時空的兩週後。如果他知道我和父親的關係，就會想到我也有開啟時空之門的資格。

於是他開始思索影響過去的方法。

「因為我誘導了你嗎？」

「是的，您在我父親的案件紀錄裡寫下提示，讓我發覺證據可能是偽造的。因為您沒辦法再回到過去，只能託付給我。」

烏間用沉著的語氣問：

「你知道我為什麼不直接告訴你，而是要用這麼迂迴的方法？」

「您覺得我一定……不會相信？」

我說出臨時想到的答案，自己都覺得很沒說服力。

「可能和我不告訴你我是從其他時間軸來的理由一樣吧。」

「咦？」

我在三角公園對烏間說過自己是從什麼時間軸來的，他一定發現了那是比殺人案更遠的未來，但他還是順著我的話說，沒有直接點破。

「我需要花點時間整理狀況，所以在三角公園暫時敷衍過去。回到五年後，我還藉口說要回答裁判員的提問，關在評議室裡思考了很久。」

「就是在我去更生保護機構的時候吧。」

他想了那麼久，最後卻決定繼續瞞著我？

「你要笑我自戀也行，我猜你一定很信任我，因為法官總是被人高估。」

「無論身為法官或上司，您都很值得信任。」

「謝謝，你要是知道我穿越過時空，一定會很認真地聆聽我的經歷，可是我已經失敗了。」

「……是的。」

「我或許是擔心你會因為太信任我而受到蒙蔽吧。」

當我發現烏間也穿越時空了，確實鬆了一口氣。雖然我知道不能過度依賴烏間，迷惘的時候還是會想請教他的意見。

「您是為了避免讓我產生成見？」

「是啊，排除預斷和偏見是審判的基本要求。只能根據事實做出結論，無論是審判或穿越時空都一樣。」烏間露出苦笑，補上一句「不過我在這兩方面都被你看穿了」。

烏間只提示我案件的著眼點，讓我自己判斷在過去要選擇什麼行動。如果讓我知道無罪判決會把未來改寫成什麼樣子，我可能會因為害怕導致父親死亡而不敢寫信給赤間律師。

「但是我沒有滿足庭長的期待。」

「現在才進行到一半呢。」

「您不就是覺得我不值得託付，才會自己行動嗎？」

我直勾勾地注視著烏間的眼睛。

「你是說最後的闡明？」

「是的。」

「我是臨時決定的，一定嚇到你了吧？我沒有時間找你商量。」

「那是怎麼回事？」

「你在法醫研究員的詰問結束後才進入法庭。我當時只問了檢體摻雜不純物質的一般情況，沒有提到聚醋酸乙烯酯和唾液篩檢口香糖的事。」

我還以為他會問得更具體，足以讓辯護人懷疑證據是偽造的。只說「摻雜不純物質」並沒有點出關鍵的成分。

「那您為什麼要求辯護人重新考慮把工作表納入主張？」

「我是在播種。」

我轉開視線，想了一下。

「……那些話是說給誰聽的？」

「法庭上有個我很在意的人物，我想要引起那人的注意。」

「染谷佐穗沒來旁聽吧？」

不久之前我才在她家和她說話，而且她要是來了我一定會發現的。

「嗯，那只是我毫無根據的猜測，猜錯的機率很高，等我更確定之後再告訴你。」

「猜錯也無所謂，現在就告訴我吧。」

「這也是為了排除預斷和偏見……好吧，我明天會告訴你那個人的名字。」

我一再追問，烏間還是不肯鬆口。

分享完我從媽媽、佐穗、過去的我那裡問出的情報之後，我們就離開了法庭。

4

回到家以後，迎接我的是花椒的香味和熟悉的聲音。

「歡迎回家～」

穿著短袖上衣的藍和打著紅色領帶的宗二放鬆地坐在我家客廳看電視，一點都不像屋主不在家時會有的景象。

桌上擺滿了四川料理：擔擔餃子、擔擔炒麵、擔擔飯、擔擔豆腐……除了都很香以外，最突出的就是花椒的味道。

「嗨。」

比大學時代瘦了一圈的宗二抬手說道。

「中華料理派對？」我選擇了最保險的回應方式。

「我們沒時間自己煮，所以是直接去擔擔買的。」

拿著罐裝啤酒的藍回答。

一定是藍使用備用鑰匙帶宗二進來的。我至今還沒有時間檢查手機內容，不確定他們跟我是不是事先約好的……我父親被害的殺人案正在審理中，我應該不會主動約他們來家裡吧。

「讓你擔心了，抱歉。」

「我是自己想來的啦。」

宗二一邊說，一邊把罐裝啤酒遞給我。

現在才晚上六點半，當法官的藍和老是加班的宗二此時應該還要工作。明天開庭時，凜會以被告的身分接受詢問，到時一定會觸及案件的核心。或許他們就是因為這樣才跑來看我吧。

「乾杯！」

我曾經向他們徹底隱瞞父親的存在，也曾隨口洩漏祕密又單方面地逃避。

這次不一樣，我對藍和宗二坦然以告，保住了我們的關係。真要感謝過去的我努力扛下了我的爛攤子，讓我出社會以後依然能對他們兩人敞開心扉。

「妳和裁判員的評議怎麼樣啊？」

「我才不會告訴你。」藍瞪著我說。

在審理過程中，法官有很多機會和裁判員對話，確認他們對辯護人和檢察官的說明是否有不明白的地方、是否理解證據的內容、是否還有其他問題想問證人，像這樣彼此分享資訊和感想，逐步討論出判決。

評議的內容不能向其他人透露，就算是負責本案的書記官也不例外。

「我是相關者，應該有特別待遇吧。」

「那就更不行啦。」

譬如說，誰支持判被告有罪，誰支持判處死刑——這些評議內容如果不能保密，就沒人敢放心地參與審判了。

「聽到是你負責這件案子時，我真的很擔心耶。」藍夾起餃子放進嘴裡。「雖說這件事只有我和庭長知道，還不至於惹出麻煩。」

「不能參與親屬的案件嗎？」

「我都說過多少次了，刑訴法要求法官必須迴避被害人是親屬的案件，這條規定對書記官也是準用的。雖然別人不知道你是被害人的兒子，考慮到公平性的問題，我也很難同意。主任和首席如果知道了一定會阻止，是因為庭長理解你想要目睹審判的心情才答應的。」

是我主動要求參與這件案子的？看到新聞時、看到起訴書時，我的心中作何感想？我對凜抱持著怎樣的心情？

「我一直很想問你。」宗二拉鬆了領帶。

「什麼？」

「五年前那件案子，你為什麼覺得你父親是冤枉的？從結果來看，你的看法確實沒錯，但你在第一次開庭之前就說他可能是冤枉的。在辯護人翻盤之前，所有人都覺得他一定有罪呢。」

「你也是嗎？」藍露出了壞心眼的笑容。

宗二還記得我在學生餐廳說過的話，他一定覺得很奇怪吧。

「我只是半信半疑啦。就連我這種混水摸魚的法律系學生也知道有罪率多高。」

「看到親屬被逮捕，當然會希望是冤枉的嘛。」

藍在一旁幫腔，我也順著她的話說：

「父親被起訴後，媽媽跟我說過他的事，聽說他是個老好人，還因為幫朋友作保而背了一屁股債，所以我不覺得他是會侵犯女兒的那種人。」

至於我在案件紀錄裡發現冤罪痕跡的事，還是別提為妙。

「原來如此，多年的謎題總算解開了。」

「難得他獲得了無罪判決……結果還是沒有好下場啊。」

聽到藍的感嘆，宗二又默默遞給她一罐啤酒。

吃著擔擔餃子和擔擔豆腐，花椒和辣椒的刺激讓我的嘴又燙又麻，我只能靠啤酒來恢復味覺，漸漸地有了醉意。

宗二已經把襯衫開到第二顆扣子，用搞笑的方式分享他工作上的失誤和怨言。我試著引導藍分享審判的內容，但她始終不肯說出違反保密義務的事。他們提到畢業旅行和出社會後的話題，偶爾會摻雜一些我不記得的內容，要想像當時的情景隨口附和並不困難，反而還挺有趣的。

時間一下子就溜走了，料理和下酒菜都吃完了。明天的庭審又是一場漫長的戰役，藍應該差不多要宣布散會了。

我突然很想問他們一件事。

「我父親被判無罪之後，我跟你們說過他的事嗎？」

「幹麼問我們，你自己不記得嗎？」

「我想不起來我父親被放出來以後我們是怎麼相處的。我沒跟你們說過嗎？我五歲之前的事也全都忘光了。」

我借酒裝瘋地哈哈大笑，等待藍的回應。

「你真的不記得了？」

「嗯，就像直接跳過了一大段時間。」

「……你幾乎沒跟我們提過父親的事。」

宗二點頭回答「我也不好意思主動問你」，喝了一口啤酒。

如同大學時代的我寄來的信所描述，我和媽媽促膝長談之後得知了父親離家的理由，心中因此充滿了糾葛，不知道該繼續恨他還是該原諒他。我本來以為父親被判無罪以後，那些糾葛就會消失了。

「你似乎很猶豫。」藍喃喃說道。

「猶豫什麼？」

「不知道該不該去見他。」

和父親被關在刑務所的時間軸不一樣，這次我們之間沒有物理上的屏障，我大可向媽媽詢問他的住址，親自去見他。

明明有這個選項，過去的我卻沒有這樣做，理由是……

「我們的視線沒有交會過。」

「啊？」藍發出疑問。

「我是說五年前的審判。我從第一次開庭就去旁聽，一直坐在旁聽席上看著父親，可是他連一眼都沒看過我。」

「你五歲之後就沒見過他了嘛，就算他認不出你也很正常。」

「媽媽說給他看過我的照片。」

每年我生日快到的時候，媽媽都會帶我的照片去找他，他卻不記得我。

「你覺得被父親忽視了？」

「就像我抹消了父親的記憶一樣，他也不記得兒子的長相了，雖然他會給我養育費和禮物，但他只關心女兒的幸福。得知了案件背景，我才發現沒人能介入他們兩人之間。」

「傑……」

我簡直像個得不到父親疼愛就鬧脾氣的孩子。我雖是他的親生兒子，畢竟只共同生活了五年，他當然會更疼愛一直陪伴在身邊的繼女。我自己不也很厭惡用血緣關係壓迫女兒的佐穗嗎？

「如果我能更勇敢地面對他，或許殺人案就不會發生了。」

「怎麼能這樣說呢？」宗二把空罐放在桌上。

「我畢竟是他的兒子啊。」

「這又不是你的錯。不管你父親有什麼理由，他拋家棄子都是事實。換成是我，如果他不先向我道歉，我絕對不會原諒他。」

「是這樣嗎？」

我想像不出正常的父子關係是什麼模樣。

「聽好了，你千萬不要覺得他的事情是你害的。」

「嗯，我知道了。」

「不過呢，我多少可以理解你老爸的心情啦，都分開超過十五年了，他一定不敢去見你。」

「如果不是因為那件強制猥褻案，我根本沒機會見到他。」

「你都已經長大成人了，他可能覺得現在才裝出一副父親的樣子只是在自我滿足。換句話說，你們都太在意對方的心情了。」
只要我兒時的記憶還沒恢復，而且沒有主動要求見父親，他就不能出現在我面前，也不能向我透露他的身分……
我知道父母做過這種約定，所以我明白父親為什麼不和我接觸。
「可是，他連我在旁聽席都沒發現。」
「是不是你誤會了？」
「哪有什麼誤會……」
「你剛才說你一直坐在旁聽席看著他，如果他轉頭看你一定會和你對上視線，不過他就算不抬頭，也會注意到有人在看他。」
我不明白宗二想說什麼。
「父親以被告的身分在法庭受審，多年沒見的兒子坐在旁聽席上。他一定覺得自己很丟臉，很可悲，所以才不敢看你。」
「可是……」
「真相只有問他本人才知道啦。如果你在五年前撞見他轉開視線的一剎那，或許就能解開誤會了。」
「誤會……」
「假設的話題就到此為止吧。」
聽到父親被判無罪時，我想必放下了心中的大石。父親的人生又能回到原本的軌道，像我這種局外人不該再去找他談過去的事，就像從前一樣各自過各自的生活吧……

後來我出了社會，開始一個人住，經歷了一件件的審判，父親的案件也在我的記憶中逐漸淡化了。在我快要忘記父親時，卻得知他的死訊，我一定很後悔吧。

當我穿越時空、干涉過去時，我一直在找尋改變別人的方法，因為我認定了還在讀大學的自己什麼都做不到。

可是，身為兒子的我或許還是能做些什麼。

或許我能阻止凜揮出菜刀。說不定真的存在著這種未來。

我要怎麼找出這條路呢？

收拾餐具和垃圾時，我看見藍昏昏欲睡地抱著天鵝絨抱枕，維持著坐姿，不停地點頭。我拿來一條毛毯，輕輕幫她蓋上，小心不要吵醒她。

「虧她有辦法坐著睡覺。」宗二苦笑著低聲說道。

「大概是應付裁判員太辛苦了。」

我檢查過房間了，牙刷和枕頭都有兩個。藍大概一開始就打算住下來吧。和重啟前一樣，我和藍依然有著男女朋友的關係。

「我差不多該走了。」

「明天還要上班呢。」

詢問被告時，凜會說什麼呢？到時我不能漏聽任何一句話，絕不能容許睡眠不足導致注意力渙散這種藉口。

宗二拿起公事包，對我說「我們去外面聊聊吧」。

「喔，好啊。我陪你走到車站吧。」

走到室外，吹著晚風，讓我醉醺醺的腦袋清醒了一點。

「我要說的事沒啥大不了的啦。」

「根據我的經驗，這種開場白通常不可信。」

「真敏銳。坦白說，我要結婚了。」

聽到宗二的聲音從背後傳來，我頓時醉意全消。

「啊？真的嗎？」

「幹麼這麼驚訝？」

「簡直就是晴天霹靂。」

我不記得宗二提過自己有女友……不，在我穿越時空之前他明明沒有女友。我跟他認識很久了，深知他的個性藏不住心事。

「是那個人吧？」我試著套他的話。

「就是我先前提過的公司後進。」他乖乖上鉤了。

「這樣啊。真是恭喜你了。」

我不知道那人的名字及長相，但是宗二挑的人絕對不會錯的。

「雖然交往不到一年，我覺得跟她在一起一定會很順利的。不過啊，從情侶變成夫妻感覺真奇怪。」

宗二有些靦腆地笑了。

「等你們有了孩子又會升級成父母。真是難以想像。」

我們會失去家人，也會增加新的家人。這是理所當然的事，但又有著重要的意義。

「雖然我剛才自以為是地揣測你父親的想法，老實說，我也不太懂為人父母的心情。父母必須不斷供應孩子各種東西，等到我成了父親，真的有辦法無條件地愛孩子嗎……沒有實際經歷過，我實在很難想像，而且我也沒辦法從自己的父母身上學到一切。」

宗二顧慮到我的心情，很小心地選擇措辭。

佐穗因占有慾而控制女兒。凜在法庭上承認殺害了父親。父親拋下妻兒加入別的家庭。

我一直看著這些扭曲的家庭關係，越來越不懂該怎麼看待家庭。

「我一直提審判的事，好像是在潑你冷水，真抱歉。」

「不會啦，我倒希望你多說一點。」宗二一臉認真地說：「你的父親被殺了，你一定很震驚，但我知道你父親拋下家人，也知道五年前的案子，所以我不確定你會怎麼看待這件事，也不敢隨便過問，只能等你主動找我談。」

「所以你今天才會來？」

「藍告訴我明天的庭審很重要，所以我無論如何都要騰出時間來看你。」

父親過世大約一年了，我至今一直把事情藏在心中嗎？我只能從過去的經驗來推測自己是怎麼想的。

「我不知道該從何說起。」

「什麼意思？」

「我和父親的關係疏遠到沒有回憶可以談論，雖然我們有血緣關係，但除此之外什麼都沒有。我連這個案子發生的原因都不知道，與其說憤怒或悲傷，我更覺得後悔。」

「你會這樣想就代表你們確實是親父子呢。」

「聽到見習丈夫這麼說，真是讓我安心。」

「別調侃我了。希望這場審判能讓你知道發生了什麼事。」

「嗯，謝謝你。」

希望明天的庭審不只能幫助我填補空白，還能讓我找出穿越時空的活路。

「等這件事落幕後，你也要好好考慮和藍之間的事了。」

車站已經出現在眼前，宗二如此說道。

「啊？」

「你們都在一起五年了，我本來以為你回來當書記官之後就會結婚呢。」

我今年三月之前都在關東接受書記官就任前的研習，藍一年多前就在南陽地方法院當法官了，看來我們一直維持遠距離戀愛。

在一起五年……所以我們從大學畢業之前就開始交往了？

「還沒到那個階段啦。」

「你不是說過正在認真考慮嗎？」宗二無奈地搔著頭。「不過後來發生了這種事，也只能先緩緩了。」

「我和藍？結婚？」

「幹麼裝得一副不知情的樣子？」

宗二的語氣不像是在開玩笑。的確啦，如果我們真的交往了五年，會考慮結婚也很正常。

「那藍怎麼說？」

「你真的醉了吧？」宗二不太高興，瞪著我說：「她表面上裝作不在意，等著你主動開口。」

「審判還在進行中……我沒那個心思。」

「所以我說等事情落幕再說啊。發生了那種事，我可以理解你的不安，但還是有很多幸福的家庭嘛。好啦，你加油吧。」

宗二拍拍我的肩膀，走進驗票閘門。

我看著顯示運行狀態的電子告示牌好一陣子。在重啟之後，我光是注意凜和父親的審判結果就忙不過來了，根本沒有閒工夫去關心身邊的變化。

真的如同宗二所說，這件案子也耽誤了我和藍的婚事嗎？

我對家庭或許一直懷著隱憂。在五年前的案子和這次的案子中，我都看見了家庭的扭曲所造成的不幸。

看完了凜的審判後，我會選擇怎樣的人生呢？

不……我的將來不是現在的當務之急，等我結束穿越之後再慢慢考慮吧。

我一邊走回公寓，一邊思索剛才和宗二的對話。

在大學的學生餐廳說出父親受審的事之後，我和藍交往了，宗二在公司認識了結婚對象，這些都是原本的時間軸沒發生的事。我想像得出來，一定是因為我不再需要隱瞞心事，所以和藍的關係發展得更順利了。那宗二的改變呢？

是因為我和藍在一起了吧。這是最合理的解釋。

既然如此……

一定是因為我下定決心了。我在大學時代已經稍微注意到了，但我什麼都沒說，因為我害怕破壞我們三人的關係。

若不對照未來，就沒辦法確定。我還是把這件事埋藏在心底吧。

緣分和時機會讓命運產生細微的分歧。我的未來沒有一件事是確定的，我和藍的關係或許也有毀壞的一天。

回到家時，藍已經躺在床上，睡得正香。

5

【第三次審判期日】

我來到了上次沒有到達的藍塔三樓——凜的第三次審判期日。今天就要進行被告詢問了，為了揭開案件全貌，這是不可或缺的環節。

「詢問被告之前，辯護人要先做開審陳述吧？」

聽到烏間的聲音從後方法壇傳來，我就覺得比較安心了。

我回到的過去是烏間在一年前定下的版本。他本來已經放棄無罪判決，為了讓未來恢復原狀，他沒有引導辯護人，而是平淡地進行審判，但我突然闖進來，做出了和他計畫不同的行動。

殺人案本來已經被他扭轉，又因我的行動而重現。

現在這個時刻，從我穿越的起點來看是三個月前的「過去」，從烏間穿越的起點來看是一年後的「未來」。

過去、現在、未來，全都仍然搖曳不定。

最後沒被選擇的過去，在將來的時間軸就會被抹消。

我們一定要抹消這件殺人案的審判。

即使如此，我和烏間現在還是得繼續面對這件殺人案……不，正是因此才更該面對。

加納律師從辯護人席站起來，視線掃過旁聽席、檢察官席以及法壇，他低沉的聲音迴盪在法庭中：

審判剛開始時，凜小姐就承認自己奪走了隆久先生的性命。

接下來檢察官念出不爭執事項的證據，然後是因隆久先生造成的交通事故而身亡的被害人的家屬和精神科醫生依次出庭作證。

該如何評價這些證據，答案將會出現在調查完所有證據之後的最終辯論。

為什麼隆久先生決定自殺？為什麼凜小姐奪走了父親的性命？我現在就會解釋讓裁判員們不解的事情經過和理由，希望各位先聽過這些事，再來聽凜小姐的發言。

在一開始，我必須先傳達一件事。

希望各位能珍視純粹的感情。

我不是要否定公平中立地判斷的重要性，不過若是光講道理，不就像是沒有感情的機器人嗎？

犯罪多半是人對人所做的行為。

如果人總是能做出理性判斷，世上就不會有犯罪了。

各位是否有過這種經驗：明知有可能激怒對方卻還是忍不住多說一句話，因此引發糾紛？是否曾經在減肥時忍不住在半夜吃泡麵或甜食？是否曾經在快要遲到時選擇睡回籠覺？

裁判員制度的用意，就是要在秉持超然立場審理案件的法官之外，加入像各位這樣一般人民的意見，不光是從法律角度探討，也要找出一般人的常識能接受的結論。

我再重複一次。請各位不用害怕，勇敢地去珍視純粹的感情。

好的，以下是辯護人的主張。

在第一次審判期日，檢察官的開審陳述從隆久先生和前妻佐穗離婚一事切入，繼而談起這次的案件。沒錯，他們離婚時發生的那些事確實很重要。

但是，要釐清隆久先生決定自殺的理由，還得再往前推十八年，也就是凜小姐的生父在平成十年過世的事。

那已經是二十幾年前的事了，所以我只會談到比較重要的部分。

隆久先生、佐穗女士、凜小姐的生父——接下來會稱這人為X先生——這三人是大學同學。佐穗女士和X先生結婚，生了凜小姐。X先生在大學畢業之後自行創業，沒過多久就欠了大筆債務。

X先生也和隆久先生一樣，因為還不起債務而走上了絕路。

或許會有很多人覺得，無論欠了多少錢都還有宣告破產這個方法，沒理由非得要自殺。

可是，宣告破產只能消除債務，沒辦法帶來今後生活的保障。很遺憾，確實有不少人是考慮到家人今後的生活，覺得自殺比宣告破產更能帶來希望，因而選擇了自殺。

自殺並沒有被排除在死亡保險金的理賠範圍之外。

X先生正是運用這條規定而投保的。

說到人壽保險，有很多人覺得只有因為癌症等疾病而死亡才能拿到錢。保險法確實提到「被保險人故意自殺者，保險人不負給付保險金額之責任」，光看這條規定，一定會有人以為自殺是領不到保險金的。

可是，有很多保險公司規定只要投保超過一定期間，就算是自殺也能領到保險金，這條規定比法律更優先。

聽起來似乎很複雜，各位只要知道自殺還是有可能領到保險金就行了。

接下來我會具體說明凜小姐的生父X先生的情況。

X先生指定妻子佐穗女士作為死亡保險金的受益人，此外，因事業失敗而走上絕路的X先生只留下了死亡保險金和大量債務，沒有銀行存款等財產。

在X先生自殺後，受益人佐穗女士只要辦妥手續，保險金就會成為她的財產。也就是說，佐穗女士不只可以靠著放棄繼承而擺脫債務，還能拿到保險金。

為了避免誤解，我再說得更清楚一點：這樣不只是沒欠錢，還能再拿到一筆錢。

可是，如果選擇宣告破產，雖然債務沒了，但財產會被拿走一部分，譬如銀行存款或不動產，保險因破產而解約後若有返還的保費，也要算在其中。

我再重複一次，宣告破產只能把欠錢的事抹消，不會增加財產。

據此事實，可以做出這樣的結論：

如果先宣告破產再自殺，保險會被解約，所以受益人拿不到錢。

如果不宣告破產而自殺，只要符合保險公司規定的條件，受益人就能拿到錢。

不同的先後次序會帶來截然不同的結果。

或許有人覺得討論自殺的利弊是不道德的，非常抱歉，我把自殺當成待辦事項來討論確實不太妥當，而且欠錢的人多半都會選擇宣告破產，重新出發。

可是，如果欠債的人已經失去自信，對未來沒有任何展望呢？下次再失敗說不定全家都要流落街頭，現在選擇自殺至少還能為家人留下保險金。

或許真的會有人這樣想。

還債的期限不斷逼近，不能一直猶豫下去。

一般人不會想到「宣告破產或是自殺」這種選擇題，但是在某些情況下，這個選擇題的確提供了實際的解決方法。

沒有人知道X先生決定自殺的真正理由，我們只能從紀錄上得知他投保了人壽保險，佐穗女士也得到了保險理賠。

破產法和保險法不是一般人熟悉的知識，X先生姑且不論，隆久先生想必很久以前就知道了。因為X先生自殺之後不久，他就和領到保險金的佐穗女士結婚了。

再把話題拉回十八年後。

關於造成兩人死亡的交通事故、強制猥褻案的大綱，以及佐穗女士離家出走的經過，檢察官都已經說得很詳細，我就不再提了。

當時凜小姐十八歲，她高中畢業之後沒有繼續升學，而是靠著打工賺取生活費。她兼了好幾份工作，有能力一個人生活，但她還是和隆久先生住在一起，把賺來的錢都交給父親。

這是為了幫他償還交通事故的賠償金。

隆久先生因為沒犯下的罪名被逮捕，長期受到羈押，被貼上性侵犯的標籤。冤罪是由不幸、疏忽、惡意累積而成的，很難指出一個明確的原因。隆久先生的強制猥褻案也是一樣，但凜小姐卻認為是自己害父親遭到逮捕，非常地自責。

他們兩人住在一個屋簷下，對彼此一定多少有些不滿。

即使如此，他們還是互相扶持，共同度過了四年。

隆久先生贏得無罪判決，卻沒辦法回到原來的職場，因為他在羈押期間被解僱了。他另外找了一份清潔工作，拚死拚活地做事，但生活還是很困苦，即使凜小姐的打工收入和隆久先生的薪水全都拿去還債，債務卻沒有減少。

賠償金原本就很高，債權後來還被轉賣給跟反社會勢力有關的公司，隆久先生得支付超出法律規定的高額利息，只能在本金一點都沒減少的狀態下不斷付錢。

雪上加霜的是，網路上還留有他因強制猥褻遭到逮捕的報導，雖然姓名沒公開，公司還是聽到了風聲，他不得不辭職。就算他被判無罪，看到報導的人還是戴著有色眼鏡看他。

他生活越來越拮据，又找不到工作，債務一再拖延，因此受到了暴力討債。

隆久先生擺脫不了這個惡性循環，雖然辛苦支撐，卻逐漸瀕臨極限。

面對「宣告破產或自殺」的選擇題，隆久先生最後做出了和X先生一樣的決定。

他的人壽保險只要投保超過三年，即使死於自殺也會支付保險金，受益人是凜小姐。

所以他一旦自殺，凜小姐就能拿到保險金。

隆久先生企圖拿到安眠藥，但精神科醫生拒絕開處方給他，他只好用咖啡因錠代替。為了用酒精麻痺腦袋，他還一併買了燒酎雞尾酒，回家以後，他在客廳服下了大約三十粒咖啡因錠。

由於身體出現排斥反應，他沒辦法服用更多。

凜小姐一直在隆久先生身邊看著他窮途潦倒的樣子，她為過去的案件深感懊悔，所以拚命工作賺錢，想讓他的生活好過一些。

可是當凜小姐打工結束回到家裡，看見的卻是散落的咖啡因錠和倒在地上的隆久先生。

凜小姐立刻跑過去，發現父親還有意識。

請各位想像一下。

凜小姐是基於怎樣的立場，基於怎樣的考量，才會決定把菜刀刺進動彈不得的父親胸中？

她明知自己會背上刑責，依然親手結束了父親的性命。她很清楚應該叫救護車，也很清楚殺人是絕對不能饒恕的行為。

即使如此，她還是想幫助隆久先生擺脫困苦的生活。

因為隆久先生拜託她殺了自己。

因用藥過量而出現中毒症狀的隆久先生知道服下的咖啡因錠還沒達到致死量，所以拜託凜小姐結束他的生命。

以上就是辯護人主張的案發經過。

6

只有在裁判員審判才聽得到這種開審陳述。

訴諸感情，試圖觸動聽者的同情與共鳴。

辯護人在做開審陳述時，檢察官和法官一直冷冷地看著他。因為負責判斷事實的不是辯護人，而是法官。

加納律師當然也很清楚職責之分，辯護人和檢察官負責準備食材，法官負責料理，但他卻準備了已經調好味道的食材，這當然是為了影響料理的過程。

法官如同專業廚師，不會被他這種小花招影響，但是裁判員就像第一次進廚房的新手，加納認為或許可以影響到他們。

今天的庭審結束後，烏間等人應該會向裁判員們澄清。

辯護人的開審陳述包含了很多沒有證據的猜測，像是凜的生父自殺的理由，以及被害人心中的想法，這些事情必須謹慎地判斷，凜和被害人的關係也得參考客觀的證據。

可是，在那之前凜會先站上證人臺。加納故意延後開審陳述，或許就是為了在最佳時機灌輸裁判員們那些想法。

現場準備齊全，開始詢問被告。

證人臺前的凜只坐了椅子的三分之一，抬起下巴，像是在強迫自己不能低頭，用帶著黑眼圈的眼睛注視著加納，回答他的問題。

「妳知道隆久先生和妳沒有血緣關係嗎？」

「我還不懂事的時候媽媽就再婚了，所以我以為爸爸……我以為繼父是我真正的父親。」
「妳是什麼時候知道自己另外有一位生父的？」
「我是在十五歲生日時才聽說的。」
「妳聽到的解釋是怎樣的？」
「我的生父留下債務而自殺了，身為保證人的繼父一直在幫他還債。」
「妳聽到這件事時有何感想？」
「我連生父的長相都不記得了，所以沒有受到太大的打擊。」
「我明白了。之後妳如果想直接稱呼隆久先生為爸爸也沒關係。接下來我要詢問隆久先生和佐穗女士的關係。」
凜提到媽媽的精神不太穩定，爸爸在家裡會讓她比較安心。媽媽管她管得很嚴，連交友和外出都受到限制。父母老是在吵架，爸爸車禍肇事之後，和媽媽的關係變得更差了。
她的描述和我對佐穗的印象大致符合。
「那時他們還沒離婚嗎？」
「他們兩人都想爭取我的親權。我對媽媽說我想和爸爸一起生活，但媽媽不肯接受。」
「隆久先生遭到逮捕，是在離婚談不攏之後發生的嗎？」
「是的，當時我被蒙住眼睛，但是聽見爸爸的聲音，所以我就如實告訴警察了。我一直很後悔，應該想清楚之後再說的。」

「現在妳覺得案件的真相是什麼？」

坐在檢察官席的楠本和上出都露出銳利的眼神。那個案件對檢方來說是不堪回首的汙點，就算最後宣告無罪判決，他們一定不會繼續調查，就像把惡臭的東西掩埋起來。

「我覺得是媽媽做的。」

「是什麼理由讓妳這樣想？」

「我在審判中聽到證據可能是偽造的，事後去問了媽媽。我說，我看過她跟爸爸說明唾液篩檢套組的事。」

「那件案子的爭點是乳頭附近的唾液是怎麼沾上去的？」

「是的。」

「那佐穗女士怎麼回答？」

「媽媽說她什麼都不知道。我說要把一切都告訴警察，她就質問我是不是『又要』背叛她了。或許是因為我想要和爸爸一起生活，才害我們的人生變得一塌糊塗。」

「她是為了報復你們嗎？」

「我到現在都不清楚媽媽到底在想什麼。」

佐穗對女兒有強烈的占有慾，想把女兒綁在身邊。聽到她捏造案件的動機，凜能夠接受嗎？

「妳告訴警察這些事了嗎？」

「沒有，因為媽媽說我也是共犯，我根本沒辦法反駁，的確是我搞錯了才害爸爸被逮捕。我還在煩惱時，爸爸就被宣告無罪，媽媽還離家出走了……」

加納沒有繼續問強制猥褻案的事，他一定察覺到檢察官準備提出異議了。

「妳不排斥和隆久先生一起生活嗎？」

「爸爸被釋放的那天，我們好好地談過了。我向爸爸道歉說我雖然被蒙住眼睛，聽到他的聲音，但他根本不可能做出這種事，我不該懷疑他的。爸爸只回答一句『不用放在心上』。後來我們再也沒提過那件案子。」

「妳也可以選擇搬出去住吧？」

「我決定不要像媽媽一樣逃避，而是留在爸爸身邊，好好地補償他。」

如她所說，他們父女倆一直生活在一個屋簷下。

「接下來我要詢問隆久先生被宣告無罪之後的情況。」

凜沒有表現出情緒，用平淡的語氣述說著家裡的悲劇。

得知交通事故的賠償金有多高，令她不知所措。她為了幫忙還債，兼了好幾份工作。討債者的手段越來越凶狠。他們不知道自己償還的是本金還是利息，也不知道債務還剩多少，只能照對方的要求不斷付錢。爸爸被公司開除，之後一直找不到工作。

「妳知道隆久先生為什麼不選擇宣告破產嗎？」

「不知道。不過我看到討債的人威脅爸爸說他就算宣告破產，他們也會想辦法拿回所有的錢。」

「那個討債的人傷害過妳嗎？」

加納突然拋出這個問題。

「……有一次爸爸不在家，那人就想要傷害我。」

「妳的意思是性暴力嗎？」

「是的，爸爸及時回到家，趕緊阻止那個人，可是那個人一下子就制伏了他……還叫他再重演一次案件。」

加納沒有立刻發問，沉默延續了幾秒鐘。

「什麼案件？」

「強制猥褻案。」

「那個人的意思是要隆久先生綁住妳的手腳，蒙住妳的眼睛，舔妳的乳頭，摸妳的陰部嗎？」

「是的。」

有些旁聽者皺起眉頭。知道那件案子的人都想像得出那個場景，但法庭上的供述必須用言語仔細描述一切。

「後來怎麼樣了？」

「我第一次看到爸爸那麼生氣，他和那個人打起來，反而被揍了一頓，進了醫院。後來爸爸和我越來越少說話了。」

「他開始去精神科診所也是在那個時期嗎？」

「是的，不過他只去幾次就不去了。」

接著加納問到案發當天的事，像是凜提早下班的理由、當時父親的精神狀況、買完東西回到家的時間，以及……

「請描述一下妳在客廳裡看到的情況。」

「爸爸倒在地上，到處都是嘔吐物。我看見酒精飲料的罐子和散落的藥片，趕緊去把爸爸扶起來，搖他的肩膀。」

「隆久先生有什麼反應？」

「爸爸已經失去意識，沒辦法說話。」

加納原本很流暢地提問，聽到她這句回答卻頓時僵住。因為問答看起來很順利，凜的語氣也很肯定，可能有些裁判員還沒發現異狀。

「然後妳搖晃隆久先生的肩膀，試圖叫醒他？」

「是的，可是爸爸還是昏迷不醒。」

「那……後來呢？」

「我去廚房拿了菜刀。」

凜的回答顯然不符合加納的期待。

加納主張凜是因為受到囑託而殺人，如果凜沒有做出「被害人恢復意識，拜託女兒殺了自己」的供述，他的主張就站不住腳了。

「我再問一次。」

楠本立刻站起來說：

「辯護人提出的問題重複了。」

「這件事關係到爭點，被告有可能做出不符合記憶的供述，請讓我重問一次。」

「被告已經回答得很清楚了。」

「我都說了被告有可能……」

此時烏間叫道「凜小姐」。

站著的加納和楠本同時轉身面向法壇。

「關於案發當天的經過、妳的所見所聞、妳的行動，已經有很多人問過了吧？」

「是的。」

「法院的人沒有看過警察和檢察官向妳問話的筆錄，不管妳在偵查階段做過怎樣的供述，我們都會認定妳在法庭上說的內容才是真話。這一點妳明白嗎？」

「是的。」

在法庭上所說的話，比在偵查時說的話更重要。

因為法庭裡聚集了所有當事人，包括檢察官——追究責任的人、辯護人——維護權利的人，以及法官——負責判斷的人。

「那麼，我也要再向妳確認一次：妳扶起了倒在客廳裡的隆久先生，搖他的肩膀，之後他醒來了嗎？」

背後，側臉，眼睛。眾多視線從法庭的四面八方射向了凜。

「我彷彿聽見爸爸在說……『殺了我』。」

凜稍微停頓，像是在思索接下來要說的話，加納立刻插嘴說「既然如此——」，但烏間嚴厲地制止了他。

「請不要打斷她。」

「……」

「不是辯護人自己要求大家聆聽凜小姐的發言嗎？」

沉默再次降臨。烏間甚至沒說「沒關係，妳慢慢想」。

加納很清楚怎麼回答最有利，所以他現在一定非常焦急，但是現在沒時間讓他和凜對答案了。

「我覺得……那只是我自己的幻想。」

「妳的意思是，隆久先生沒有實際說出那句話？」

「是的。」

「為什麼妳會這樣想？」

「我不知道爸爸保了人壽保險，也不知道他填的受益人是我，但我得知自殺也能領保險金之後，就覺得爸爸確實有可能這樣做。不知道我有沒有誤會，如果我殺了爸爸就拿不到保險金了吧？」

「有這個可能。」

烏間語帶保留，事實上保險公司多半不會理賠。我聽說過，如果受益人故意致被保險人於死，就會喪失受益權，即使不是為了保險金而殺人也一樣。

加納按著桌子，望向證人臺。凜再次開口：

「如果爸爸查過規定，知道自殺可以領到錢，應該也會知道我殺了他就拿不到錢。既然如此……他不可能拜託我殺了他。」

「因為這樣就自相矛盾了？」

「爸爸不是想死，而是想用自己的性命給我留下一筆錢，我卻沒有發現他的用意，造成了他最不希望的結局。」

父親自殺的動機和囑託女兒殺人的行為自相矛盾。我在聽加納的開審陳述時就發現不對勁了，檢察官一定也沒有疏忽，遲早會問到這一點。

可是，凜主動承認了對自己不利的事實。

不是因為誰的指使，而是出於她自己的意志。

「這場審判的爭點在於隆久先生有沒有委託凜小姐殺死他。」

烏間說得很緩慢，像是要確認每一個字。

「得出結論後，殺人罪或囑託殺人罪的其中一條就會成立。不過，這只是表示妳的行為在刑法這個框架之中適用哪一項罪名。」

必須是被害人口頭拜託別人殺死自己，才算是囑託殺人罪。如果凜回家時父親已經昏迷，她還沒等父親醒來就把菜刀刺進他的胸口，根本沒有傳達意見的機會。

更何況父親決定自殺的理由是「為了讓女兒領到死亡保險金」，他不可能希望自己被殺死。

不……這種說法不夠準確。如果被保險人在自殺失敗之後被人殺死，只要殺人的不是受益人，保險公司還是會支付保險金。

不管是被陌生人殺死，或是被討債的人殺死，對他來說都無所謂。

只有凜不行。殺他的人絕不能是凜。

「殺人罪的法定刑是死刑、無期徒刑或五年以上有期徒刑。囑託殺人罪的法定刑是六個月以上七年以下的有期徒刑。光從數字來看，殺人罪的懲罰似乎比較重，不過殺人若有值得憫恕的情狀，最多可以減至兩年六個月的有期徒刑。殺人罪的法定刑會有這麼大的差異，是因為每件殺人案的發生緣由、犯罪型態、被告應負的責任都不一樣。」

烏間吐出一口氣，稍微停頓一下。

「我們要面對的不是法律，而是案件和被告。這件案子究竟是殺人罪還是囑託殺人罪，沒辦法簡單地得出結論，我們必須聽到妳用自己的話語描述妳所見的隆久先生的死亡經過，這也是為了衡量適當的刑罰。」

凜沒有轉移視線，筆直凝視著法壇。

「爸爸當時已經昏迷了，是我自己想要讓他脫離痛苦……所以去廚房拿了菜刀……刺進他的胸口。」

「我明白了。辯護人，請繼續詢問被告。」

烏間把場面交給加納之後，麥克風收到了他喘氣的聲音。

基於「人不會做出不利自己的供述」這條經驗法則，認定事實被視為審判的根基，所以警方和檢方才會那麼重視認罪自白的筆錄。

加納和烏間各自問了兩次，凜每次都回答父親當時失去了意識。

這份供述已成定局，看來她的殺人罪鐵定會成立了。

父親之所以自殺，是為了在凜的未來留下希望，他一定不希望凜因殺人罪受到懲罰。為什麼要懲罰她？為了誰而懲罰她？我明白刑罰的目的也是為了維護社會秩序，但是……

加納還在嘗試多問出一些有利的事實，但我全都沒聽進去。

該怎麼做才好？為什麼沒能阻止？原因到底在哪裡？

我的腦海盤旋著這些沒有答案的問題。

就算凜叫了救護車，救了父親的命，他還是會再次自殺。為了避免再次失敗，他下次一定會服用超過致死量的咖啡因錠或其他藥物。

如果他不用讓凜犯下重罪就能順利死去，雖然他一樣會死，但凜可以領到保險金。

這樣殺人案就不會發生了，自殺也不會有刑責。
如果沒有比這個更好的未來，那我……

7

我屢次穿越時空，緊追著父親和凜走過的人生。

第一次是為了揭露父親的冤罪。

第二次是為了迴避父親的死亡。

兩種命運有著巨大的分歧，但是無論命運走向哪一邊，父親和凜都是全心為對方著想，一邊在不幸的深淵中掙扎，一邊等待救贖的到來。

因為我知道他們父女間的情誼，所以我更不敢相信父親會拋下凜而自殺。

我本來覺得除了金錢之外，一定還有其他事情在壓迫父親，只要除去那個原因，就能讓他們走出命運的死胡同。

為了找到活路，我一直在挖掘過去、挖掘事實。

和烏間會合之後，我不只在法庭蒐集資訊，還運用有限的時間到處蒐集過去的片段，包括仁保雅子、媽媽、染谷佐穗、過去的我……

缺失的環節一一被我找了出來。

媽媽和佐穗都提到了凜的生父自殺的事。

過去的我寄來的信解釋了那件事的發生經過，但我還是不明白凜的生父和繼父為什麼面對債務時都選擇了自殺，而非宣告破產。

加納的開審陳述回答了這個問題。

因為他們都認為宣告破產只能把負債歸零，用自殺的方式留下財產更能帶給家人希望。

我不認為這是正確的判斷，但他們思索到最後都做出了相同的結論。對父親來說，身邊就有一個現成的範本。

因為他知道保險法和破產法的規定，所以他看見了這個殘酷的選擇題。

仁保雅子出庭作證時提到有可疑的人去找她收購債權，我一聽就能猜到父親被判無罪之後發生了什麼事。

暴力討債把父親的經濟狀況和精神狀態都逼到極限，令他陷入了絕望。凜在被告詢問時說的話大致符合我的猜想，但她痛切的表情和語氣還是讓我心如刀割。

父親的心是什麼時候崩壞的？

凜說不出明確的時間，絕望也不是突然到來的。怎麼還都不會減少的債務、在公司遭到不公平的對待、被人要求重演強制猥褻案……

就像內出血一樣，紅黑色的瘀青逐漸擴大，最後終於超出負荷。

我還以為是金錢之外的東西壓垮了父親，這種廉價的猜測根本是生活富足又安穩的人才說得出來的玩笑話。

父親欠下大筆債務，又還不出錢，還是想給女兒留下保險金。不需要其他原因，光是金錢就能逼死一個人。

剛才詢問完被告後，殺人案的實際審理已經結束，辯護人主張的囑託殺人罪被推翻了，法官和裁判員將會討論出適當的刑罰。

我想不到還有什麼問題尚未解開，也想不出接下來還能採取什麼行動。除了取消我父親強制猥褻案的無罪判決。

一年前的烏間也做出了這個結論。只要了解保險法和破產法，不用聽辯護人的開審陳述也猜得到我父親的自殺動機。

我終於明白烏間當時的心情了。沒有其他的方法，只能放棄了。

可是……「現在的」烏間又是怎麼想的？

現在的他既想維持無罪判決，又要阻止我父親死亡。為了避免重演一年前的失敗，他還極力避免造成我的預斷和偏見。

上次穿越時空，烏間在閉庭之前做了闡明。我不認為他會在可能影響過去判決結果的場面毫無理由地做出那種鹵莽行動。

烏間說他只是指出附著物裡摻雜了不純物質，並沒有提到聚醋酸乙烯酯和唾液篩檢口香糖。

反過來看，他應該是想靠這一點說明來傳達某種意圖。

他要傳達給誰？要傳達什麼意圖？烏間回答我「法庭上有個我很在意的人物，我想要引起那人的注意」。

就像我把揭發事實的紙條塞進染谷家的信箱，烏間可能也是故意暗示不純物質的存在，來刺激陷害我父親的人。

可是佐穗沒有來旁聽。烏間要傳達的對象不是她。

難道除了佐穗之外還有其他人和偽造證據有關？還有其他誣陷我父親的共犯？我想不出那人的動機，也不知道那人是以何種方式參與。

說不定烏間猜想赤間律師和武智檢事可能已經注意到工作表的記載，所以想要試探他們？

不過他說「法庭上有個我很在意的人物」，這句話彷彿在表示那人本來不該出現在法庭。

和法官一樣，辯護人和檢察官如果不在場，就沒辦法進行刑事訴訟了。包括書記官在內，柵欄內的每一位當事人都有各自負責的任務，烏間會感到訝異，一定是有個意想不到的人坐在旁聽席，他說出不純物質的事就是為了引誘這個人下次再來旁聽。

當時有哪些人在場呢？

我試著回想當時坐在旁聽席的人，可是我進入法庭時烏間已經開始闡明，我的注意力全集中在柵欄內，根本不記得旁聽席上還有誰。

話說回來，烏間為什麼會注意到那個人？

如果不是我回到過去製造出某些契機，存在於過去的這些人只會重複相同的行動，就像錄下來的電視節目，或是角色扮演遊戲的村民。

就連一年前穿越時空的烏間也是「存在於過去的人」，因為他選擇有罪判決，把過去定下來了，如果沒有其他人來改變軌道，他只會朝著原本設定的目標前進。

烏間在闡明中提到不純物質也是原本設定的目標嗎？不可能，他一定變更過方向，而且能改變過去軌道的人只有我。

從我在重啟後的第一次審判期日去找烏間攤牌，直到他在第二次審判期日做出闡明為止，這段時間之中我對烏間說過什麼？

我很快就想到了答案。

向烏間攤牌後，我在三角公園匆匆地向他報告了我出發的時間點、我和他的關係、從我發現父親案件紀錄到寫信引導辯護人的過程、穿越時空的規則，並且討論了今後的行動方向。

回到未來後，我在第一會客室告訴烏間，我去更生保護機構向仁保雅子打聽到的消息，包括仁保答應出庭作證的經過，以及她丈夫留下的疑似暗號的信件。烏間也告訴了我他在刑務所和我父親談話的內容。

烏間做出闡明時，我還沒告訴他我在家裡向媽媽問到的事，還有我去染谷家向佐穗問到的事。在法庭還能得到其他資訊，不過檢察官的開審陳述和證人詢問都是早就訂好的流程，一年前的烏間早就經歷過了。
如果烏間行進的軌道被我改變了，怎麼想都是因為三角公園或第一會客室裡的對話。那些對話一定藏著另一個偽造證據相關者的線索，只是我沒有注意到。
我一定疏忽了什麼。必須轉換一下思考方式。
相隔一年的穿越時空、契機是凜的庭審、父親的案件紀錄……我從頭開始檢視一切，阻塞的思路漸漸疏通了。
不對，還有一個人。能傳遞資訊給烏間的不只是我。
還有「未來的」烏間。
能影響過去的人只有我，但烏間還是可以「透過我改變過去」。道理很簡單，但只有了解穿越規則的人才想得到這個方法。
重點不是我在過去的作為，而是烏間在未來的作為。
烏間把我父親的案件紀錄畫出重點、放在櫃子裡，引導我發現DNA證據是偽造的。我可以理解，因為他沒辦法再回到過去，所以只能託付給我。
但是他的做法也讓我覺得不太合理。
一年前的烏間取消了無罪判決，讓過去恢復原狀。他明明體會過那種無力感和絕望，為什麼還引導我走上相同的路？
難道是為了找出一線希望嗎？
烏間定下了過去、結束了穿越之後，有很多時間可以慢慢思考，他沒有放棄，依然等著下一次機會的到來，摸索其他的解法。

一年後，我就打開了時空之門。

不對，烏間看到凜再次因竊盜罪被起訴時，一定以為自己能再次穿越。從起訴到開始審理大約要一個月，為了讓這次的穿越反敗為勝，他在這一個月裡想必做了十足的準備。

庭期表的同一天還有仁保雅子的案件，這件事可能也隱含著某種意義。

凜和仁保在同一時期行竊只是巧合，但她們兩人被起訴的時間若是差不多，法官就有機會調整開庭的日期。第一次開庭會由書記官先挑出幾個日期，再讓法官來選擇。

烏間一年前穿越時就見過仁保了，當時仁保不是竊盜案的被告，而是殺人案的證人。那個版本的過去已經被改寫了，所以仁保不記得那些事，只有烏間單方面記得她。

在凜的案子開始審理前，有些事必須先向仁保問清楚。

那時烏鴉啼叫了——烏間在閉庭前問了她仁保惠一死亡的時期。

仁保惠一是死於我父親造成的車禍，烏間在改寫的過去已經知道他死亡的時期，根本沒必要再問仁保。

一如往常，烏間的闡明其實是在引導當事人，不只是為了揭露仁保偷竊的真相，也是為了看清我父親的未來。如果再次發生穿越，一定會跟上次一樣，時空之門兩邊案件的開庭次數是互相對應的。

想要在第二次審判期日的被告詢問時從仁保身上得到資訊，就得引導辯護人詢問她丈夫的事。

結果穿越沒有發生，烏間過了一段時間才發現穿越時空的是我。

所以他只能引導我去修正軌道。

我聽到仁保雅子要在凜的殺人案出庭作證時非常驚訝，心想怎麼會有這麼巧的事。我的直覺是對的，那並不是巧合。

我之所以急著在仁保出庭作證之前先去找她問話，是因為她在竊盜案中提過丈夫車禍身亡的事，我猜那件事和父親造成的死亡車禍有關，特地請了有薪假，跑去更生保護機構拜訪仁保。

烏間可能沒料到我會採取這麼積極的行動，但他確實打算傳達仁保雅子的重要性——透過我傳達給「過去的」烏間。

過去的自己會怎麼想，未來的自己是最清楚的。

我用郵件向大學時代的自己下達指示，也是因為我了解自己會怎麼反應。

我把仁保雅子竊盜案的細節告訴烏間是在第二次審判期日的闡明之後，之前我對他說過的是仁保答應出庭作證的經過，以及她丈夫留下的那些疑似暗號的信件。

這兩件事藏著什麼線索？烏間想引導自己去做什麼？

八年前的交通事故和五年前的強制猥褻案又沒有關聯。

佐穗捏造強制猥褻案是為了離婚和破壞丈夫女兒之間的關係，能得到好處的只有她，其他人又沒有插手的理由……
腦中突然閃過一道靈光。
我還沒看清楚，那個靈感就消失了。
明明只差那麼一點。

8

這裡是熟悉的大學步道，我坐在焦褐色的長椅上沉思。
梅雨季的溼氣緊貼著我的皮膚。
不用晒太陽確實是好事，但天色看起來似乎快下雨了。就算是記憶深刻的日子，大概很少人會記得天氣吧。
只要沒出現破紀錄的豪雨，開庭就不會受到影響。
我抬頭仰望天空，看見越遠的雲越灰暗。如果知道那邊是東方或西方，就能判斷那是未來的天氣或過去的天氣，但我判斷不出方位，只能觀察雲流動的方向，結果發現烏雲正在朝我逼近。
前方是未來，而我是從更遙遠的前方來的。

每次回到過去都是在開庭的一個小時前，我總是把握時間到處奔波，一分一秒都不敢浪費，還曾經在快閉庭時才勉強趕回法庭。

我想不出在這個時間軸還能做什麼。我看著身旁那座像路口廣角鏡的時鐘，回想著凜在法庭上回答的內容。

「你的臉色簡直跟天色一樣灰暗。」

奶油色運動鞋，深紅色長版襯衫，橘色頭髮。

「妳的打扮倒是跟黃昏一樣繽紛。」

「你真的很灰暗耶。」

藍坐在我身邊，指尖懸在半空。

「宗二呢？」我問道。

「誰知道，我們又不會一直泡在一起。唔，他現在大概忙著求職吧，都已經落選十六次了。那些公司真沒眼光。」

「聽說外表在第一印象裡占了很大的比例。」

「哇塞，你太毒了吧。」

「宗二一定沒問題啦，他很快就會找到工作了。」能不能找到優良企業先不管，至少他不會像我這樣一拖再拖。

「那你呢，傑？你根本沒在找吧？」

「我還在摸索。」

因為準備就職的時期和父親的審判撞期，我時而自暴自棄，時而消沉無力，最後突然心血來潮想到要走司法這條路，拖了一年才去報考法院職員的考試。

「你今天也會去旁聽父親的審判吧？」

「嗯，今天要詢問被害人和被告。」

和凜的審判一樣，父親的審判今天也會邁入最關鍵的第三次審判期日。

藍像是在做伸展操，上身後仰，轉動脖子。

夾帶著溼氣的風吹來，她的長版襯衫憂鬱地隨之飄搖。

「這次開庭很重要，你一定要打起精神。」

「我只是在一旁看著。」

「好比說集體訴訟，大批原告坐在旁聽席會造成很大的壓力喔，就算法官表面上裝得若無其事，心裡一定緊張得要命。」

「只靠我一個人要怎麼施壓啊？」

「要我陪你去瞪著法官嗎？」

藍的大眼睛從參差不齊的瀏海下望著我。

「那位法官是妳喜歡的帥氣熟男，妳如果一直瞪著他看，搞不好會迷上他。」

「喔？聽你這麼一說我就更想去了。」

在這個時間軸，藍和烏間還沒見過面。

「藍，我問妳喔……妳想像過自己當上法官的樣子嗎？」

「早就想過無數次了。」

藍大學畢業後，還在就讀法科大學院時就通過了合格率不到一成的司法考試預試（註16），畢業後也順利通過了司法考試。她不但優秀，還一直保持著對法官一職的強烈憧憬。

如果穿越時空的是藍，她會怎麼做呢？

「給妳出個題目。」

「真是天外飛來一筆啊。或許該說法庭飛來木槌。」

我好像在哪聽過這句俏皮話。大概是在已經被改寫的過去吧。

「妳確信被告是無罪的，可是那位被告放話說，他被放出去之後要殺死誣陷他的人。那麼千草法官會怎麼判呢？」

「無罪。」藍不加思索地回答：「十位被告其中有一位是無辜的……那個思想實驗很有名，這個問題的答案比那個實驗更明顯。」

我也聽過藍說的思想實驗。

有十位被告，已知其中有九位是殺人犯，有一位是無辜的。那九人犯下了應當處死的重罪，但最後還是查不出哪一位是無辜的。

註16　預試是用來判定是否具有法科大學院的同等學力，沒讀過法科大學院的人只要通過了預試，也有資格參加司法考試。

這個僵局直到宣判之日都沒有解開，法官不能再繼續審理，必須向站在證人臺前的十位被告宣告判決。

到底該把這十個人全都判死刑，還是該全都判無罪？

「那個問題的正確答案是全都判無罪，沒錯吧？」

就算要放走九個殺人犯，造成更多人受害。

「思想實驗沒有所謂的正確答案。但我相信，沒有一個法官會選擇判十個人有罪。」

藍的這句話不是基於道德，而是基於法官的使命。

在我出的題目裡，法官確信被告無罪，被告放話出去之後要殺人和他被起訴的案件無關，所以沒有任何理由不判他無罪。

「我再換一題。妳確信被告是無罪的，可是原本被視為被害人的那個人在接受證人詢問時放話說，被告如果被判無罪，他就要殺了被告。那妳會怎麼判？」

「絕對是無罪。」藍露出不耐的表情。「這題比剛才那題更沒意義。法官如果因此做出違反心證的判決，那就是屈服於威脅。連總理大臣都沒資格干涉法官的判決，因為司法獨立是法治國家的基本精神。」

藍的語氣裡帶著怒意，她大概以為我想愚弄法官吧。

「因為未來不能確定。」

「啊？」

「就算被告或被害人在證人臺上放話要殺人，妳也不確定他們是不是真的會去做，而且從宣判到殺人之間隔了一段時間。這或許比網路上的殺人預告更有可能成真，但妳還是不確定無罪判決會導致死人。」

「你到底想說什麼？」

烏雲已經近在眼前。我聞到了雨水的味道。

「假如被告被套住脖子，站在絞刑臺上，妳的面前有『無罪』和『有罪』的按鈕，如果按下『無罪』按鈕，被告腳下的地板就會被抽走，而且妳在事前已經聽過說明了。這樣妳還能依照心證判他無罪嗎？」

「這……這已經不是審判了吧？」

執行死刑時，刑務官按下按鈕，犯人腳下的地板就會抽開。若是烏間宣告無罪判決，就會點燃四年後殺人案的導火線。在穿越時空者的眼中，四年一瞬間就過去了。

如果不知道要怎麼把火弄熄，宣告無罪就等於按下執行死刑的按鈕。

「抱歉，問了妳這麼奇怪的問題。」

「我還是不太懂你的意思，但我覺得法官只能遵從自己的良心。」

如果我問五年後的藍，應該也會得到一樣的答案。藍平時很少向人訴苦，聽到她說為了寫判決書擔憂到睡不著時，我覺得這代表她面對判決的態度非常真摯。

有罪或是無罪？若是有罪，該判處怎樣的刑罰？

為了形成心證做出判決，法官必須真誠地面對案件和被告。如果心證是無罪卻判了有罪，等於是放棄職責。

「傑，你不相信法官的判斷嗎？」

「我相信啊。」

雨水落在眼鏡上，我的眼前出現一攤水滴。

「哇，糟了。」

藍用斜背包擋雨，跑向有屋簷的走廊。我一邊用上衣擦拭阻礙視線的水滴，一邊跟著跑過去。

「梅雨季真討厭。」

我一邊看著藍利用手機的前鏡頭整理瀏海，一邊思索。

我很信任烏間。

我相信他一定能以全面性的考量做出合理的結論。

他為了避免我父親死亡，宣告了有罪判決。這是出自道德的無奈決定，卻違反了法官的使命，因為他昧著良心判我父親有罪。

抵得過人命的東西只有人命。

只有在面臨生命危險的情況下才能允許殺人。

人命具有獨一無二的價值。無論是自己的性命，或是別人的性命。

但是，法官應該放在天秤上衡量的，只有辯護人和檢察官在法庭上提出的事實和證據。即使法官可以引導當事人，適度地加上砝碼，卻不該把未來可能喪失的人命考慮進來。

法官應該面對的是檢察官起訴的案件，以及坐在證人臺前的被告。

法官只是區區一介凡人，沒辦法背負別人的人生。檢察官負責選出審理的對象，法官負責在這個範圍內裁定被告的罪與罰。

這是所有法官都明白的道理，一年前的烏間當然也知道。

可是烏間還是判了我父親有罪，或許是因為沒有其他人能背負吧。他把法官的使命和人命放在天秤上衡量。不是以法官的身分，而是以人的身分。

我至今都覺得很奇怪。

為什麼被選上的不是烏間而是我？我一直以為父親是卑劣的性侵犯，在穿越時空之前，我從沒想過他可能是冤枉的。烏間為了過去的誤判而懊悔，但我對父親的感情只有憎恨。

後來真相逐漸浮現，冤罪的可能性越來越明顯，我才開始把坐在證人臺的那個背影視為父親，不再把他當成被告。

如果沒有烏間的引導，我不可能產生這種改變。

烏間和我分工合作改變未來，他在法庭上引導當事人，我在法庭外奔走打聽。

但奔走打聽又不是非得由我來做，任何一個能接觸到相關者的人都行。

如果我被送到過去不是巧合，而是真的有其意義……
這會不會是為了讓我幫忙背負呢？
背負父親的人生。
就像烏間必須遵從良心做出判決，不能把人命放在天秤上衡量。
這會不會是在考驗我的決心呢？

「你不去法院嗎？」
被藍這麼一問，我看看手錶，離開庭還有二十分鐘。
「我突然想到有一件事非做不可。」
「現在？」
「旁聽可能會遲到一下。」
「那件事比你父親的審判更重要？」
「因為能做那件事的人只有我。」
「那麼……我幫你去旁聽，事後再告訴你細節。你不會怪我多事吧？」
「嗯，謝謝妳。」
「那你要請我吃鬆餅喔。」
藍搖晃著好不容易才整理好的瀏海跑向雨中。
上衣因溼氣而貼在身上。我掏出手機，輸入十一個數字，鈴聲沒過多久就中斷了。

「我是烏間，先等一下。」接著是一分鐘左右的雜音。「我走到樓梯間了，最多只能講十分鐘。有什麼事？」他問道。

「我這次可能也是快到閉庭時才會進法庭。」

「……這樣啊。你要去找人嗎？」

「不是，我想再寫信給過去的自己。」

我昨天在法庭跟烏間提過，我是利用預約寄信功能向過去的自己問話。

「需要用到幾個小時嗎？」

「我想要寫下我所知道的一切。」

「我之前就勸過你別這樣做。」

如果我知道父親四年後將被殺死，我會怎麼想，會採取什麼行動？如果表達得不好，說不定會毀了我自己的未來。

「我知道這樣做可能有危險。」

「我了解你的心情，但我不認為這對未來有幫助。」

我知道穿越時空能改變的範圍為何。

造成負債的交通事故和深深傷害了父親與凜的假性侵都是改變不了的既定事實，將要發生的暴力討債也不是靠我一個人就能阻止的。

「我想要跟父親一起背負。」

「背負？」

「我可不是要幫他還錢喔。」

我仰望著下雨的天空，苦笑著嘆了口氣。

「我不太明白。」

「我只要陪在他身邊就行了。」

「……」

「我沒有把血緣關係想得多了不起，我覺得能讓父親振作起來的只有一直跟他生活在一起的凜小姐。可是，他們兩人如果還需要其他支撐，沒人比我更適合了。」

要是我這麼做，我和媽媽的關係、我和藍與宗二的關係說不定會出現變化，或許連我自己的人生都會變得不一樣，但我還是想要賭上自己的未來。

因為我們是血脈相連的父子嗎？

不只是這樣，是穿越時空的經歷讓我真心想要幫助他們兩人。

「請您也依照法官的立場完成您的使命。」

「就算改變不了未來也無所謂嗎？」

「一年後有更生保護機構的志工來旁聽，您對他們說了『幫助被告改過自新不是法院的職責』。」

「他們一定很不高興吧？」

「法官的職責是裁決過去的事，判斷被告是否有罪，如果有罪就要決定適當的刑罰。對吧？」
「我是這麼認為的。」
「既然如此，您不需要連未來的責任也一起背負。」
我的勝算有多少？人命關天，這可不是只憑一句「我已經盡力了」就能了事的。我也想不出自己該怎麼背負這麼重大的責任。
「這不是光靠你一個人能解決的問題。」
「我知道。」
手機喇叭傳出一聲嘆息。
「我也有自己的考量。希望你今天能來聽詢問被告的後半部分，就算你坐在旁聽席滑手機，我也會當作沒看見。」
「您……有事想問我父親？」
「接到你的電話之前，我去民事庭的書記官室借來了隆久先生交通事故的案件紀錄。」
「不是刑事案件，而是民事案件的紀錄？」
「是的，那是死者家屬向肇事者求償的民事訴訟。除了仁保惠一之外，還有一位因同一件交通事故而過世的受害者。」
仁保惠一出庭作證時說過，她為了要求賠償金而和我父親打官司。
那起交通事故發生在捏造的強制猥褻案的兩年前。不像刑事案件的紀錄是存放在檢察廳，民事案件的紀錄存放在法院，所以在這個時間軸立刻就能借到。

「仁保惠一衝到逆向車道……是和他正面相撞的那輛車的駕駛？」

仁保在作證時提過那個人的名字。

「園川瑠理小姐。事故發生時，她二十七歲，才剛結婚。訴訟是配偶提出的。」

「今天的庭審跟她有什麼關係？」

我對園川這個姓毫無印象。

「仁保女士出庭作證時，我就覺得很不自然了。」

「您那天不是第一次見到仁保雅子嗎？」

對於第一次見面的人，怎麼看得出來自然不自然？

「我說的不是回答的人，而是問話的人。那些問題是用來證明隆久先生在經濟上有困難，包括他欠下大筆債務，以及可疑業者收購債權的經過。辯護人已經問完了要證明的事，卻又提到死者家屬的心情。」

烏間是指辯護人的最後一個問題。我當時也覺得他們兩人的焦點有些分歧。

——受害者可說是死得莫名其妙，肇事的加害者卻不用進刑務所。妳也是不能接受刑事訴訟的結果，才會用民事訴訟來求償吧……

仁保雅子回答得不明不白，辯護人的主詰問到此結束。

的確，就算讓仁保說出她恨我父親，對凜也沒有任何加分效果，那個問題聽起來更像是在批判已死的肇事者。

「您覺得辯護人另有什麼用意嗎？」
「不是用意，比較像是情緒。他一直盡全力地幫凜小姐辯護，所以我更覺得他提出偏離重點的問題很不自然。那個問題真的是用來辯護的嗎？」
「……我也不知道。」
為什麼辯護人這麼在意死者家屬的心情？
父親造成的交通事故有兩位受害者。
「配偶提出訴訟時，必須附上住民票和戶籍謄本證明自己是繼承人。園川瑠理的戶籍記載了加納灯這個名字。」
我在法庭見過凜的辯護人很多次。
他也是有家人意外身亡的受害者家屬。
「加納灯和園川瑠理是兄妹。把隆久先生逼上絕路的人應該是加納灯。」

9

寫給大學時代的我：
你好，一個月不見，我又借用了你的身體。我知道你一定覺得很煩，但還是請你不要立刻刪除信件，耐心地把信看完。

因為有些事必須讓你知道。

我要先謝謝你上次寄信給我，那些全是我不知道的事，讓我得到了解決問題的線索。你一定有很多疑問吧？譬如父親的審判是怎麼回事？為什麼每次開庭的日子都會被借用身體？

我沒有太多時間，不知道該跟你解釋多少。

啊啊……我忘記說了。很抱歉這麼晚才告訴你，我是從五年後來的。這是穿越時空，所以你放心吧，你沒有夢遊症，也沒有多重人格，就算去看精神科也找不出病名的，因為你沒有生病，而是遇上了超自然現象。

我不知道你對五年後的未來有什麼期待，總之我覺得還不錯。只要你照著自己的心意行動，一定能到達同樣的未來。

因為我也是這麼走過來的。

所以我不打算提供給你額外的資訊。與其冒險，不如選擇安全與踏實——這是幹我這一行的人信奉的鐵則。

但我現在卻決定要冒險，說不定連你的未來也會受到影響。我這麼任性妄為，而且都不先跟你商量，真的非常抱歉。

接著我要寫出今後會發生的事。你一旦看了，就會產生影響。雖然我希望你把信看完，還是請你先做好心理準備。

前言到此為止，正題在五行之後。

四年後，二〇二〇年八月十三日，我的父親染谷隆久死了。

我希望能改變這個未來。

殺死父親的是他的女兒染谷凜，我多次穿越時空就是為了阻止他的死亡。他們之間發生了什麼事？為什麼凜會殺死他？我到處找相關人士打聽，也聽過染谷凜本人的說法。

案件背景和動機差不多都查清楚了。

但我依然找不出改寫未來的方法。

穿越之旅會在強制猥褻案宣判後結束，我只能在開庭的日子回到過去短短幾小時，而且下下次開庭就要宣判，我已無計可施。光靠穿越時空，根本救不了父親。

我不想欺騙自己，所以我得告訴你，父親如果被判有罪就不會死，但是他得承受五年的冤獄，染谷凜也會因為竊盜罪遭到起訴。

兩種未來我都經歷過。

再這樣下去，無論選擇有罪或無罪，結果都是不幸。

可是，如果有人能在宣判之後陪伴父親和染谷凜，或許會有不同的結果。我希望你能扛下這個任務。

我突然提出這種要求，你一定覺得莫名其妙吧？你直到幾個月前還以為父親是性侵犯，跟染谷凜更是素未謀面。或許你到現在都還不相信父親是冤枉的。

我以前也不願意叫他「爸爸」。

這是當然的，因為我在長大成人以後才用這麼糟糕的方式和他相見。除了我們以外，一定沒有親子是在法庭上第一次見面的吧？

開始穿越時空後，他在我心中依然是個陌生的被告。直到我蒐集了很多資訊，相信他是無辜的，才開始把他看作父親。畢竟他站在證人臺上的罪犯形象實在太強烈了。

如果不揭發真相，父親會一直被所有人當成罪犯。他明明沒有做壞事，卻要受到社會大眾的輕視和厭惡。

他被冤罪剝奪的不只是進刑務所的那幾年光陰。

如同媽媽所說，那個人丟下我去和別人共組家庭是事實，我因打擊過大而失去五歲之前的記憶，媽媽也吃了不少苦。是新的家庭造成了他的不幸，他可以說是自作自受。

但我還是希望父親和染谷凜能過得幸福。

染谷凜在強制猥褻案之中被稱為「被害人A」，她誤會侵犯她的人是父親，無故遭到逮捕的父親也不明白這是怎麼回事。

他們兩人都是受害者，對彼此抱持著猜疑。

就算父親後來被判無罪，但是凜得知案件真相之後非常自責，不用坐牢的父親也得持續受到暴力討債的威脅。

可是他們還是決定互相扶持，堅持不捨棄對方。

太重視對方的幸福，反而造成了不幸。這是因為視野太狹隘，沒辦法冷靜地判斷，一定要有人待在他們身邊提醒他們。

父親和凜都受盡了別人的惡意，很難再去相信別人。與其又遭到背叛，倒不如不要相信人。他們已經放棄了對別人的信任。

我知道要你打進他們的世界是強人所難。

雖然很困難，但我只能拜託你了。

我會用剩下的時間寫出父親和染谷凜遭受過的惡意，以及他們今後會面臨的不幸。我盡可能不要加入自己的意見，只寫出客觀的事實。

因為你必須自己找出答案。

你必須自己決定要怎麼面對、要怎麼行動。

不管你的結論為何，都不會有人責備你，因為未來本就無法預測，你只要做出不會讓自己後悔的選擇就好了。

或許你會失去原本的未來，卻沒有任何的收穫。或許你能成功阻止父親的死亡，卻讓自己陷入不幸。

就算是這樣，我還是要提出請求。

能不能請你為了父親和染谷凜賭上自己的未來？

案件宣判之後，我就會回到原本的時間軸，無論到時出現了怎樣的未來，我都會接受。既然我勉強過去的自己扛下任務，就該勇敢地承擔未來的結果。

正題到此為止，接下來要分享我所知的一切……

10

我走進二〇二號法庭時，武智檢事正站著向證人臺前的我父親問話。如同預定，凜的證人詢問已經結束，被告詢問也進行到後半了。

我輕輕關上門，以免發出聲音。

父親坐得筆挺，身體朝向武智檢事，我看得見他滿是鬍碴的尖削下巴。他比第一次開庭時瘦了很多，但還沒有失去活力。

藍坐在旁聽席中央的位置，我走過去坐在她旁邊。

「真慢。」藍小聲地說。

我也低聲問她「情況如何？」。

「法官一開始做了闡明。我沒有完全聽懂……總之鑑定結果可能翻盤。」

「辯護人的反應呢？」

「他聲請提調科搜研的研究員和被害人的母親出庭作證。」

「謝謝。」

一個是做DNA鑑定的人，另一個是偽造鑑定檢體的人。

烏間的闡明一定說得很清楚，說不定還直接指出「聚醋酸乙烯酯」的記載，辯護人立刻聽懂了他的意思，所以才會聲請提調那兩個人出庭。

法醫研究員基於職責當然會再一次站上證人臺，篠原佐穗多半會因害怕被揭發罪行而逃走，反正只要證明唾液可能經由其他方式沾附，就算沒有佐穗的證詞，還是可以推翻「染谷隆久是性侵犯」的定論。

烏間坐在法壇上凝視著我父親。他遵循心證引導了當事人。

「你在偵查階段從來沒有提過唾液篩檢口香糖吧？」

武智檢事用拔尖的聲音詢問我父親。

「我以為那件事跟這個案子無關。」

「篩檢口香糖真的是被害人的母親拿回來的嗎？」

「就像我女兒說的一樣。」

「可是……」

我一邊聽他們對話，一邊注意我旁邊第三個座位上的男人。

西裝衣襟上別著金色徽章。是加納灯沒錯。

他的表情不像坐在辯護人席時那麼鎮定，但也沒有表現出憤怒，而是用面具般不帶感情的表情凝視著我父親的背影。

——園川瑠理的戶籍記載了加納灯這個名字。

——加納灯和園川瑠理是兄妹。把隆久先生逼上絕路的人應該是加納灯。

怎麼會這樣？

我父親造成的交通事故害死了加納的妹妹，雖然是出自過失，但奪走人命是不爭的事實，他恨我父親也是應該的。

可是，他卻擔任了凜的辯護人。

我參與過的第二次竊盜案、殺人案，還有烏間負責審理的第一次竊盜案，全都是由加納擔任辯護人。

如果被告缺乏資力無法選任辯護人，法院會為其指派公設辯護人，但人選是從名單上隨機指定的。凜所有案件的辯護人都是加納，那一定是凜或佐穗請來的。

又或者是加納向她們毛遂自薦。

加納確實善盡了職責，每件案子都是竭盡所能地辯護。

他在偷竊化妝品的案子陪瘦成皮包骨的凜去就醫，主張她偷竊是竊盜癖和進食障礙造成的。

我在法庭的走廊上聽到加納對凜說「妳讓我想起了妹妹」。那是什麼意思？他明知凜的父親是染谷隆久，是害死他妹妹的人，為什麼還會說出這種話？

加納勸說仁保雅子為凜的殺人案出庭作證時，提到自己也有家人死於交通事故。

那不只是為了表示自己感同身受，而是因為他想起了同一件交通事故。雖然兩人都是受害者家屬，但園川瑠理死亡的理由也包括仁保惠一誤把油門當成煞車，加納的心情想必很複雜，但他還是用誠懇的勸說打動了仁保，足見他對凜的案件有多投入。

我不久前剛聽過的殺人案開審陳述和被告詢問也是。

加納講述了我父親和凜的前半生，試圖向裁判員們動之以情。我從沒見過辯護人在舉證時如此熱情。凜承認父親一直昏迷不醒時，他也極力勸她收回供述。

我怎麼看都覺得他使出了渾身解數為凜爭取有利的判決。

難道那全是在演戲嗎？為了什麼？

「傑，你沒事吧？」

「嗯。」

藍轉頭盯著我看，或許是我的表情太凝重吧。

武智檢事回到座位，用指尖不斷敲著桌面。

「辯護人還要再問嗎？」

聽到烏間的詢問，赤間律師回答「我沒有問題了」。

「那我也有事想問被告。」

被告詢問是由辯護人先問，接著輪到檢察官，兩人都問完後，再由法官進行訊問。烏間打算在接下來的訊問之中傳達什麼呢？

父親在這個時間點還沒萌生自殺的念頭，光是面對審判就已令他心力交瘁了。案發當時他正在睡覺，對事實真相根本一無所知。

烏間想從毫不知情的被告口中問出什麼呢？

「我再提醒一次，你有權保持緘默，我等一下要問的問題你也沒有義務回答。你明白嗎？」

「是的。」

「我還會問到跟本案無關的事項，你在回答的時候，請小心避免提到個人資料。」

「……好的。」

這是家中的性犯罪案件，在法庭上必須稱染谷凜為「A」，染谷隆久則是沒有名字的「被告」。

跟本案無關的事項？我不明白烏間指的是什麼。

「被告聽過『一事不再理』這條法律原則嗎？」

法庭裡出現了短暫的沉默，彷彿所有人都沒反應過來。

「我不知道。」

「如果一個人在刑事訴訟中已經得到確定的判決，就不能再因同一件案子被逮捕和起訴。譬如說，一個人被宣告無罪之後，就算出現新的證據能證明他有罪，也不能再次逮捕及起訴他，無論證據再怎麼確切都沒有例外。」

我完全沒料到烏間會提起這個詞彙，所以聽得非常專注。

「被告被懷疑犯了罪，又要面對可能坐牢的恐懼，身心承受了極大的壓力，不該讓人一再面對相同的險境。『一事不再理』原則就是出自這個考量。」

刑事訴訟的有罪率超過99％，要獲得無罪判決非常困難，若是好不容易贏了官司之後又要再次面對絕望，未免太殘忍了。

無罪判決的價值因「一事不再理」而得到了保障。

「你也正在面臨刑事訴訟，一定可以理解這項原則的重要性。」

「法官到底想說什麼？」

「確定判決之後，就不能對同一案件再次起訴……也就是說，即使法官做出錯誤的判決，也沒辦法改正這個錯誤。」

我本來以為烏間要說申請再審的事，可是「一事不再理」是要讓被告免除重複受審的險境、免除「不利」，而申請再審只有在對被判有罪的人「有利」的情況才會通過，因此不適用「一事不再理」原則。

換句話說，烏間指的是「對被告有利的錯誤判決」。

烏間沒有等我父親開口，又繼續說：
「免除第二次審判，也代表著免除了本來應該受到的刑罰，失去了贖罪的機會。」
父親的背影猛然一顫。
「法官是叫我乖乖承認自己犯的罪嗎？」
「不是的。」
「法官是在表示我為了得到無罪判決而說謊嗎……」
父親的聲音在發抖，不知道是憤怒還是困惑。他聽到先前的闡明時一定浮現了微薄的希望，期待這位法官真能看透真相、判他無罪。
如今烏間卻說他「免除了本來應該受到的刑罰，失去了贖罪的機會」。
父親以為這是在說強制猥褻案，但烏間搖頭說：
「我不會在當事人表達完所有主張之前做出結論。」
「那法官的意思是——」
父親語帶猶豫，烏間斬釘截鐵地回答：「我說的是『已經確定的判決』。」
赤間律師錯失了提出異議的時機。
他一發現法官在談和本案無關的事就該起身制止了，但他卻沒有這樣做，或許是因為資歷尚淺、經驗不足。話說回來，我從來沒看過當事人對法官的訴訟指揮提出異議。

這是因為所有人都相信法官不會犯錯嗎？

「『一事不再理』不只適用於確定的無罪判決，即使是有罪判決，如果認定的罪名是錯的，判處了不當的輕刑，也沒辦法再重新判處正確的刑罰。」

「可以請您說得直接一點嗎？」

不是強制猥褻案，而是已經判了有罪的案件。

我偷偷望向加納的側臉。他探出上身，眼睛眨都不眨。

「你的前科紀錄提到，你在平成二十六年七月因車禍過失致死罪被宣告緩刑。你還記得事故發生的日期嗎？」

「……是平成二十五年八月十五日。」

「那天是星期四嗎？」

「這我就不記得了……可能是吧。」

我看見武智把椅子往後移，似乎準備隨時起立。烏間一定也發現了，不只是辯護人，連檢察官也把矛頭對準了他。

「辯護人剛剛問過你債務的事，你說債務是A的生父欠下的，身為保證人的你一直在幫他還錢。為什麼你還了十年都沒有還清債務？」

「我太太只付了利息，把剩下的錢都花光了。」

「財務公司是否耐心地等你還錢？」

「他們不知何時把債務轉賣給債權回收公司了，對方哄騙我太太不要還本金。」

看來這件事也和可疑的債權回收公司有關。父親背負的不只是交通事故的賠償金，還有凜的生父留下的債務。

烏間繼續問：

「本金沒有減少，只是一直讓你償還利息。你是在什麼時候發現債務永遠還不完的？」

「這個……」

「是在平成二十五年的交通事故之前吧？」

「……是的。」

「那真的是『事故』嗎？」

武智終於站起來阻止烏間。「這個問題和本案無關，如果法官再問下去，我就要提出異議了。」

「我一開始就說過會問到跟本案無關的事項。」

「就算事先聲明，這依然是不法的訊問。」

烏間沒有回答武智，而是對我父親說：

「如同檢察官所說，刑事訴訟法規定禁止詢問和起訴案件無關的事項。你知道我為什麼不惜違反規定也要問你平成二十五年那件『交通事故』的真相嗎？」

「……」

「因為那件案子基於『一事不再理』的原則，已經失去了在法庭審理的機會。」

如果你不願意回答，我沒有辦法強迫你，如果你願意回答，已經宣告的判決結果也不會被推翻。」

「我……」

一直站著的武智厲聲喊道「我有異議」。

「理由呢？」

「法官也承認這些問題違反了刑事訴訟法，這是違法的訴訟指揮。」

「說得沒錯，但我不會收回發言。檢察官的異議不成立。」

武智無言以對，愣了好一陣子。

「沒搞錯吧？您不是法官嗎？」

「就算當事人對法官有異議，負責裁定的還是法官，至少在這個法庭之內沒人有權力違抗我的訴訟指揮。」

旁聽席出現一片竊竊私語。

我身邊的藍睜大眼睛，喘了一口氣。

「簡直是濫用職權……怎麼會有如此霸道的訴訟指揮？您是在重提已經確定判決的案件耶。」

「我認為應該這樣做。」

「我知道了，那我也會採取適當的應對方法。」

武智發出巨響坐回座位。赤間焦躁地轉動脖子。

我父親一直盯著證人臺的桌子。

「接下來就由被告自行決定。」

沉默持續了三分鐘以上。包括旁聽者在內，沒有任何人發出聲音，所有人都盯著坐在證人臺前的被告，彷彿連他的喃喃自語都不想漏掉。

我有足夠的時間整理思緒。

烏間問到交通事故發生的日期，還指明是星期四。一聽到星期四，我就想起去更生保護機構找仁保雅子時，她給我看了她丈夫的信件。

我看了四封信，信中依序提到星期一、星期二、星期三、星期四。

也就是說，最後一封信記載了「星期四」。

因為內容太奇怪，所以我記得很清楚。

『為什麼不來見我呢？我們不是發過誓了嗎？是因為身分的隔閡嗎？你跟我說的那些話都是假的嗎？請你再重新考慮一下。星期四會有暴風雨，請你千萬要小心。』

仁保認為那是情書，但我看出了不同的用意。

後來我和烏間談到刑務官瀆職的話題。幫忙在受刑人之間傳遞訊息，或是把消息帶到圍牆外的刑務官被稱為「信鴿」。

仁保惠一可能就是幫忙傳遞訊息的信鴿。

受刑人要送到圍牆外的信件，不知為何一直留在刑務官手上，可能是他後來停止送信了吧。留著信件是為了揭發嗎？可是信件囤積了那麼多，而且在他死後才被人發現。

或許他曾經幫過忙，如果揭發這件事，自己做的壞事也會曝光，所以才要把信件藏起來。若是這樣，信上的內容就解釋得通了。

——你明明跨越了刑務官和受刑人的身分隔閡，答應幫忙送信。

——難道你的承諾都是假的嗎？

——我再給你一次機會重新考慮。

——星期四小心一點。

結果仁保惠一在信上記載的星期四死了。

那並不是交通事故。

「……我被命令追撞那輛車子。」

父親抬起頭來，打破了寂靜。

我聽見吸氣的聲音。是藍？還是加納？

「是誰命令你的？」烏間問道。

「我發現債務的本金沒有減少，就去那間債權回收公司詢問，結果發現我太太冒用我的身分借了更多錢，債務增加到我根本還不起。我試著解釋，但對方不肯聽，還說如果我幫他們做事就能減少債務……」

正常的金融機構絕不會不先確認過本人意願就答應借錢的。

「他們要你做什麼？」
「像是用我的名義去申請銀行帳戶或信用卡。」
這些都是違法行為，但烏間沒有繼續追究。
「只有這樣嗎？」
「不止，他們跟我說了車款和車牌，叫我低速追撞那輛車，我就依照指示故意撞了他。」
「你知道那輛車是誰駕駛的嗎？」
「不知道。」
那是為了恐嚇仁保惠一。
先前的信件已經發出了預告。那不是普通的車禍，而是幕後黑手在向仁保惠一施壓，恐嚇他若不繼續乖乖送信就要對他不利，追撞只是一個小警告。
「你知道那是很危險的行為嗎？」
「他們說低速就可以了，我沒想到會……」
要籠絡一位刑務官得耗費不少時間和金錢，那些人好不容易才拉攏了仁保惠一，當然不希望失去這個信鴿。
「就算是輕型汽車，那也是快要重達一噸的鐵塊，難道你沒有想到，追撞會造成多大的衝擊，那輛車的駕駛者會做出怎樣的行動？」
仁保惠一驚慌到操控失誤，導致兩人喪命。

「非常抱歉。」

「我不是要你道歉，而是要你解釋。」

「是我沒有想清楚。」

「警方只把這件事當成普通的死亡車禍。」

「……是的。」

每年的車禍死亡人數將近三千人，汽車這種交通工具本來就有死亡的危險性，發生車禍時，若非加害者和被害者發生過糾紛、近期內投保大量保險，或是看不到煞車痕跡，警方通常不會深入調查。

我聽到仁保雅子的證詞時也以為那只是普通的車禍，根本想不到那是刻意的追撞。

瀆職和負債。若是不夠細心，絕不會發現這兩件事有所關聯。

「在警方和檢方偵查時，在被告詢問時，你都有機會說出真相。」

「我說不出來。」

「為什麼？」

「因為我太軟弱了。」

「你對受害者和他們的家屬也能這樣辯解嗎？」

父親已經發現有受害者家屬坐在旁聽席嗎？或許他是看到加納在場才會決定說出祕密。

「警方認為這起車禍不只是因為我的駕駛過失，所以沒有逮捕我，繼續進行調查。後來指示我追撞的人把我叫去，吩咐我不准多話，還說只要這件事被當成普通的車禍就會免除我的債務。」

唆使犯罪的人要承擔和實行者相同的刑責，那人命令我父親保密是為了保護自己。

「難道你不是為了減輕自己的刑責嗎？」

「我或許也有那種想法。」

「你自己都不確定嗎？」

「我記不清楚，我當時太驚慌失措了。」

「有些人就算想忘也忘不掉。」

「真的非常抱歉。」

父親的背影在顫抖，但是現在懺悔已經來不及了。

法庭不是赦罪的地方，而是判罪和決定適當刑罰的地方。

「車禍過失致死罪雖然奪走了別人的性命，但經常只會判緩刑，因為那是無心造成的意外事故。如果是故意追撞，罪名就不一樣了。」

既是低速追撞，應該不會被當成懷有殺意。

也就是說……

「傷害致死罪的法定刑是三年以上有期徒刑。造成兩人死亡不可能得到緩刑，所以你一定要進刑務所。」

不當判處的緩刑……原來如此，我終於明白了。

烏間為什麼堅持在法庭上揭發我父親的罪狀？

這些事是說給誰聽的？

他為什麼說把我父親逼上絕路的人是加納灯？

加納為什麼會擔任凜的辯護人？

為了救我父親的性命，烏間把法官的職責放在天秤上衡量。

「緘默權的意義是被告從偵查階段到審判階段都有保持沉默的自由。關於你故意追撞車輛這件事，如果警察、檢察官或法官用罰則或強制力逼你自白，就是在侵犯你的緘默權。如果得不到嫌犯的供述，檢察官就得藉由其他證據來釐清真相。就算被告保持緘默，法官也得看清真相、做出判決。你的傷害致死罪被起訴為車禍過失致死罪，被判處不當的輕刑，這是偵查機關和法院的過失。」

證人進行陳述之前，要先具結宣誓不會說謊。

如果宣誓以後做出了和記憶不同的陳述，就會觸犯偽證罪。

可是被告不包含在偽證罪處罰的對象之中，因為被告處於人生的分歧點，不確定有罪還是無罪，也不確定會被判怎樣的刑罰，若是要求被告宣誓不能說謊，就會和緘默權的意義互相衝突。

即使被告在法庭上做了虛假的陳述，也不能用法律懲罰他。

「話雖如此，我對你隱匿實情的行為還是感到強烈的憤慨。你說自己是因為被債務壓得喘不過氣，因為覺得沒什麼大不了所以遵從指示追撞別人車輛，因為運氣不好才鬧出了人命，因為害怕受到報復所以不敢說出真相……你確實有很多無奈之處，但是在車禍中死去的受害者若是看到你犯罪後不誠實的表現會作何感想？死者家屬會有什麼感受？」

「……我沒辦法想像。」

「等到緩刑期限過了，你不用進刑務所就能消除罪責。基於一事不再理的效力，你的傷害致死案再也沒機會在法庭上審理了。」

「那我該怎麼做才好呢……」

父親求救似地小聲問道。

「你得自己找出答案。贖罪的方法不是只有一種。在刑務所裡勞動直到期滿這種被動的贖罪方法已經沒有了。受害者已經死亡，揭發案件真相又會讓家屬的心再次受傷，你現在只剩下比接受刑罰更困難的贖罪方法了。」

父親的背影不停顫動，一句話都說不出來。

「今後你或許又會陷入經濟困境，被迫面臨艱難的抉擇。你打算怎麼避免犯下一樣的錯？」

「我會慎重地考慮……不會輕率地做決定。」

「如果你有關心的人，請不要做出會讓那人難過的決定。不要單方面地幫別人選擇最好的生活，而是要誠懇地討論，傾聽對方的意見。要為誰而活，如何用一生去贖罪，都不是只靠你一個人能做到的。」

「……是。」

坐在旁聽席的加納按著眼頭，低下頭去。

沒有發出聲音，指尖微微顫抖。

他不可能輕易饒恕我父親。他的家人死了，法庭也沒有還他公道。

「我的話說完了。如果沒有其他事就要閉庭了。」

這天埋下了三顆種子。

染谷隆久、加納灯，還有我——宇久井傑。

只要有一顆種子發芽，成長到足以改變未來，我父親的性命就有救了。

11

坐在最前排的男記者追著快步離開法庭的武智檢事跑了出去。旁聽者興奮地彼此交談。如果今天的審判被報導出來，或是被公開在社群網站及部落格，一定會引發熱烈討論。

烏間說明過緘默權，我父親也是自願承認過去的罪行。

但刑事訴訟法禁止詢問被告和起訴案件無關的事項，檢察官提出異議是基於正當理由，烏間卻連理由都不解釋就直接駁回，一定會被批評訴訟指揮失當。社會大眾會怎麼看待這件事呢？

法壇上看不到烏間的身影。他宣告閉庭之後就離開法庭了。

「我們走吧。」

藍起身說道。加納依然低著頭靜止不動。

該說的話烏間都說了，我沒有其他要說的了。

藍打開門，先一步踏上走廊。

「藍，謝謝妳。」

我聽不到回答，也看不見她的身影。應該早點開口的。

紅磚牆壁上有一塊拱形的空洞。周圍籠罩著淡淡的光輝。粉彩般的藍綠色。熟悉的色彩組合。

我向前一步，跨出了過去。

＊

輕風撫過臉頰。身體無法動彈。伸出的腳踩不到地板，全身漸漸下沉。光芒在不知不覺間消失了。

起初像是掉進溫水游泳池，後來多了一些彈性，像是裝滿膠質的游泳池，或是溶入馬鈴薯澱粉的脹流性流體。

這是我第十次的穿越。

我準備迎接即將到來的衝擊。我會落在法壇後方的走廊，一頭倒在地毯上。雖然我試過穩穩地落地，可是一次都沒成功過。

我等了很久很久……

沒有聲音，也沒有光線，只是不斷地下沉。

黑暗越來越濃厚。我可以呼吸，但是覺得有些氣悶。

我伸出手，擺出蛙式的動作，情況還是沒有改變。

總覺得我已經超過了該降落的地點，心裡越來越不安。我該不會掉進了時空夾縫吧？

為了讓自己鎮定下來，我把意識集中在呼吸。短促的呼吸，緩慢的深呼吸。

沒事的。我努力安撫自己。

我至今都很順利地被帶到過去或未來，就算是改寫未來發生重啟的那一次，也沒發生過任何問題，只是出口換了地方，把我帶到了三個月前的二〇一號法庭。

但我現在還沒到達任何一個地方。

難道出口消失了嗎？

我正在擔心時，景象突然轉變。耀眼的光芒。四周出現像玻璃藝術品般複雜而繽紛的圖形，我一移動視線，圖形就會不規則地改變。就像萬花筒一樣，雖然不是完美的對稱。

一塊塊圖形互相拼合，接著又分離，像是在摸索應有的樣貌。或許未來正在重新建構。

我不去干擾，只是靜靜注視著這幅景象。

一邊想像著即將到達的未來。

父親被判處了錯誤的刑罰，他不是因為無心之過，而是故意追撞別人車輛，害死了兩條人命。也就是說，他本來會因為傷害致死罪入獄服刑，卻被當成車禍過失致死罪，得到了緩刑。

進刑務所服刑，或是回歸社會。

對被告來說，對受害者家屬來說，這兩種結果都是天差地遠。

從客觀角度來看，傷害致死罪和車禍過失致死罪都是汽車衝撞造成死亡，刑罰的輕重會取決於衝撞是不是故意的。

用不著說，故意衝撞當然比不小心衝撞罰得更重。

可是過失和故意不容易區分，因為人心是看不見的，在精準的讀心技術發明出來之前，只能靠行車記錄器畫面和煞車痕這些客觀證據及當事者的供述來判斷。

若是把仁保惠一留下的信件交給警察，或許會成為有力的證據，因為信中暗示要發動襲擊，星期四也符合他的死亡日期。如果車禍是意外事故，不可能事先發出預告。

但是交通事故必須迅速處理，所以沒有深入調查。依照現場狀況和我父親的供述，警方判定這是沒有注意前方而造成的交通事故，開庭審判時也沒有揭露真相。

受害者已經死了，加害者也閉口不提。

雖然我父親被判有罪，但是他不用坐牢，這樣根本算不上贖罪。

後來加納查到了被掩埋的真相，得知害死妹妹的車禍並不是意外事故，而是蓄意的傷害。他身為律師，只要蒐集到客觀的事實，就能做出法律上的解釋。

我不知道他是怎麼查出來的，他可能是像我和烏間一樣從仁保惠一留下的信件和我父親欠債的事實逐步推理出真相。

運用律師和受害者家屬的身分，就能蒐集到很多資訊，即使他的調查能力比不上警察，但他可以靠毅力來彌補。一位警察要負責幾十件相同的案件，受害者家屬是用全部的心力去調查一個案件。

可是他的進度還是太慢了。

仁保雅子說過，她是在做完丈夫的一週年忌日法事之後才發現那些信件。連家人都沒發現這些遺物，加納當然不可能更早發現。我父親被判緩刑時，還沒到仁保惠一的一週年忌日。

等加納找到信件，發現那不是意外事故時，審判已經結束了。

時間在刑事訴訟之中有著重要的意義。

如果是在偵查階段發現，可以向警方或檢方要求重新調查。即使審判已經開始，只要法院認可，也可以更換起訴罪名。

一旦宣告判決，就沒有任何方法可以改變了。

這是因為烏間在法庭上說過很多次的「一事不再理」原則。就算找到了對被告不利的證據，就算受害者家屬要求，也不能再次起訴，錯誤的判決會像既成事實一樣永遠維持下去。

警方擅自結束了偵查，法院經過簡單的審理就宣判了。

即使被告被判有罪，死者家屬的悲痛也無法休止。

加納在案件結束後依然持續調查，歷盡千辛萬苦才找到了警方和檢方遺漏的證據，但法律告訴他「案件已經宣判，只能死心了」。

正因他是精通法律的律師，他更覺得這條規定不合理。

但他就算不接受，也沒辦法推翻已經確定的判決。

此時加納會怎麼想呢？

——判處被告一年六個月的有期徒刑。

——自判決確定之日開始的三年間暫緩執行。

就像必須坐牢的實刑和緩刑是截然不同的，緩刑和無罪判決也不能混為一談。緩刑還是有罪，只是刑罰會「延緩」一段時間才執行。

也就是說，五年前的有罪判決應該解釋成「判處被告一年六個月的有期徒刑，但是不用馬上進刑務所，只要緩刑沒有被撤銷，三年期滿之後，原來所宣告的有期徒刑就會失效」。

若是緩刑被撤銷，延緩的刑罰就會立刻執行，被告會被送進刑務所。刑法列舉了撤銷緩刑的事由，其中最常見的是這一條：

刑法第二十六條（應撤銷全部緩刑）

受緩刑之宣告，而有下列情形之一者，撤銷其宣告：

第一項　在緩刑期內故意犯他罪，受有期徒刑以上刑之宣告，並且沒有宣告緩刑者。

在緩刑期內再犯——這條事由在凜的竊盜案裡也成了關鍵點。

緩刑制度可以比喻成必修課的補考，這是要給不及格的學生一個補救的機會。學生在正規考試中不及格，本來是要留級的，但是只要補考合格就能升級。

有罪判決就像在正規考試中不及格，緩刑期間等於是補考，但是緩刑和補考的差別在於不會有具體追加的考試，只要沒有做出被列為撤銷事由的不正當行為就合格了。

補考之後通常沒有第二次補考，一旦考不及格就要受處罰。而緩刑撤銷的處罰就是坐牢。

如果在緩刑期內犯罪被判刑，之前暫緩的刑罰會跟這次宣告的刑罰一併執行。這是很嚴重的處罰，通常法官在宣告緩刑時就會先提出警告。對被告說「如果再犯就會兩罪併罰，請務必小心謹慎，正正當當地過日子」。加納正是利用了這條規定。他設法撤銷不當的緩刑，讓我父親接受正當的刑罰來贖罪。

但加納不是等我父親自己犯罪，也不是引導他去犯罪。

而是利用染谷佐穗捏造了強制猥褻案。

佐穗為了在離婚官司占上風而捏造了家暴案，還讓女兒來扮演受害者。她向我承認這件事的時候，我應該要問清楚一點才對。

都是因為我對她的卑劣行為太過氣憤，光顧著同情父親和凜，才導致視野變窄。

她的行為有很多不自然的地方。

首先是犯罪型態。

採集到的檢體會經由怎樣的程序抽取ＤＮＡ？抽取過程的不純物質會怎麼處理？該怎麼做才能瞞過鑑定的人？若是沒有ＤＮＡ鑑定的相關知識，不可能想得出偽造證據的方法。

她自己上網搜尋或許也能查到零碎的知識，但是一定有個契機讓她想出這個計畫。佐穗也說她去請教過律師。

我雖然感到奇怪，卻沒有多加思索。

佐穗為了我父親拒絕離婚的事去找律師商量，結果得到了「假家暴案」的知識。我聽到這件事，還以為是那位律師的表達方式有問題，才會被佐穗擅自解讀成律師是在勸她偽造家暴。

我那時真該相信佐穗的自白，那位律師不只勸她偽造家暴，還教給她具體的方法。會做出這種事的人只有一個。

陪佐穗商量的律師一定是加納。我不知道是加納做了什麼誘使佐穗去找他諮詢，還是佐穗碰巧找上了他。

不管怎樣，反正這兩個人就是湊在一起了。對加納而言，染谷隆久不只是客戶想要離婚的對象，也是他必須制裁的罪人，加納和佐穗可說是利害一致。

佐穗的動機也讓我感到不太合理。

她的目的是要和丈夫離婚，以及綁住女兒，可是這兩個目的都沒必要把我父親誣陷為罪犯。佐穗確實是個不擇手段的人，踐踏別人的人生也不以為意，但這種人做事應該會更小心才對。

簡單地說，她做得太超過了。

誣陷別人時，自己也要承擔風險，如果形跡敗露，反而是她自己會被逮捕，受到別人唾棄。就算她要偽造家暴案，有必要「報警」嗎？

如果鬧到警察或檢察官那裡，偽造證據的事被揭穿的機率就更大了。只要讓凜以為是父親侵犯了她，就能破壞他們父女的關係，佐穗根本不需要報警，直接叫我父親在離婚申請書上蓋章並支付贍養費就好了。她已經打造出絕對有利的局面，卻主動丟棄了談判的籌碼。

如果佐穗真的了解狀況，絕不會做出這個錯誤的決定。

光是逼我父親答應離婚並支付贍養費，只能達成佐穗的目的，還不足以實現加納的復仇。光是捏造強制猥褻案不足以撤銷緩刑，還得經過逮捕、起訴、判決這一層層的關卡。

必須要有瞞得過科搜研鑑定人員的證據，而且非得讓佐穗報警不可。加納的目的是要讓我父親被判有罪，他一定會哄騙佐穗說，如果她不報警，別人就不會相信她遭到家暴。

偽造家暴的方法，和誣陷染谷隆久的方法，都是加納教給佐穗的。

那麼，選擇由凜來扮演受害者的也是加納嗎？

照一般人的觀念來看，性侵繼女的罪名比性侵妻子更嚴重，因為這會對未成年少女發展中的不成熟心智造成深切影響，而且夫妻間和親子間的性行為完全不能等同而論，夫妻既然建立了婚姻關係，自然會被推認有過性行為。

如果加納只考慮到如何盡量加重我父親的罪名，他一定會盡力避免出現任何紕漏，就算凜不像佐穗可以藉著誣陷我父親獲得好處，他也會毫不猶豫地把凜拖下水。

但我不相信加納會做出如此冷酷無情的選擇。

無論是凜的竊盜案或殺人案，他都堅守辯護人的本分做出最完善的對應。雖然凜是他仇人的女兒，他也沒有敷衍塞責，始終全力以赴。我一直不明白他為什麼如此拚命。

是不是因為後悔呢？因為他害得凜也陷入了不幸？

如果他真是為了復仇不顧一切的人，就算傷害了其他人，他也不會內疚的。

這件事一定超出了他的預料。他沒想到佐穗會讓凜來扮演受害者。

佐穗為了離婚而去找加納諮詢，加納給她的劇本可能只是要她假裝被丈夫性侵，去向警方報案。

譬如說……

妻子提出離婚，丈夫不肯答應，暴跳如雷。

丈夫讓妻子服用安眠藥，趁妻子失去意識時綁住她的手腳，舔她的胸部。

只要有綑綁痕跡、體內的安眠藥成分、附著在身上的唾液等證據，佐穗就能在離婚官司中占據優勢。她要做的只有報案，接下來交給警方就好了。就算是夫妻，強制猥褻罪也能適用。

加納靠著三寸不爛之舌引導棋盤上的棋子。

可是他沒有看清佐穗的秉性，她擅自修改了他的劇本。

為了徹底斬斷丈夫和女兒的關係，也為了避免自己遭人指指點點，佐穗竟然選擇女兒來扮演受害者的角色。

加納阻止不了佐穗的失控。

染谷隆久被逮捕了，凜以為自己遭到父親侵犯。這不是加納期待的發展，但他只能照著佐穗鋪的軌道走下去。不，他只要什麼都不說就好了，就像我父親絕口不提交通事故的真相一樣。

只要我父親在強制猥褻案被判有罪，加納的復仇計畫就成功了。

我父親的緩刑會被撤銷，一年六個月有期徒刑會實際執行。傷害致死罪的法定刑是三年以上的有期徒刑，不足的部分還可以靠強制猥褻罪的刑期來彌補。

強制猥褻罪的三年六個月有期徒刑雖是冤獄，反正我父親也躲過了本來該服的刑罰，兩者可以互相抵銷。

加納一定是用這種方式為自己的所作所為辯解。

他唯一的失算就是把凜也捲進來了。

即使事隔多年，凜心裡的傷依然沒有痊癒，得知真相更是令她自責不已。

她不只寫了道歉信給父親，還因心理疾病而不斷行竊。

加納認為這是自己的錯，因此在凜的第一次竊盜案和第二次竊盜案都擔任辯護人，全力為她爭取緩刑。他是用這種方式來減輕自己的罪孽。

我父親被判有罪的未來可以這樣解釋。

那他被判無罪的未來，加納又會怎麼做呢？

佐穗騙過了警方和檢方，但是辯護人注意到工作表上的記載，偽造的證據被拆穿了。我父親沒有被判刑，緩刑也沒有被撤銷。

宣告判決後，加納會怎麼想？他身為律師應當守法，卻唆使佐穗捏造性侵案，既然他已經走偏了，就算越走越偏也不是什麼奇怪的事。

加納的復仇計畫有時間限制。

因為緩刑的期限是「三年」。

緩刑是從判決有罪的當天開始計算，想要達成「緩刑期間再犯」的撤銷事由，必須在緩刑期間因另一件案子被判刑。

光是被逮捕，被起訴，都不能撤銷緩刑。

他必須在三年之內讓我父親受到有罪判決。

我父親的車禍過失致死罪是在平成二十六年七月被宣告有罪判決，也就是說，緩刑的期限是三年後的平成二十九年七月。

強制猥褻案的第一次審判期日是平成二十八年四月十二日，每次開庭大約都是間隔一個月。

無論法官審理得再快，也要等到平成二十八年九月以後才會宣告無罪判決。距離緩刑期限不到一年，加納必須在這麼短的時間內捏造另一個案件，讓我父親被判有罪。若是被告不認罪，偵查和審判都會耗費更多時間。

加納想在一年內達成目標並非不可能，只是非常困難。在無罪判決的未來，我父親在強制猥褻案之後沒有再被逮捕，而是被暴力討債逼得走上絕路。

仁保在出庭作證時提到，轉讓求償權的時間是她第二次進刑務所的不久之前。仁保第二次被判刑是在平成二十九年十一月，也就是我父親的緩刑期限的幾個月後。時期正好對得上。

是不是加納指使回收債權的人向我父親施壓？因為加納沒辦法用合法手段撤銷我父親的緩刑，所以想靠蠻力逼他贖罪？

我沒有確切的證據。只是因為緩刑期滿的時限和暴力討債的時期正好對得上，而且加納在裁判員審判中也擔任了凜的辯護人，所以我才會這樣猜測。

或許烏間也想到了這種可能。

為了阻止我父親的死亡，我們一次次地穿越時空。

如果維持無罪判決，我父親不用進刑務所，卻得面對暴力討債。如果那是加納造成的，只要能讓他轉變想法，就能改變未來。

所以烏間才要在法庭上揭發我父親的罪。

基於一事不再理的原則，導致兩人喪命的傷害案再也沒機會在法庭上受到制裁，所以加納認為我父親還沒有贖罪。

我不覺得光靠我父親幾句反省的話就能動搖加納的決心。

如果他可以這麼輕易地原諒我父親，就不會狠下心捏造強制猥褻案了。

可是，加納的目的不是讓我父親陷入不幸。

而是想用「正當的刑罰」讓我父親贖罪。

辯護人、檢察官、法官、被告齊聚法庭進行刑事訴訟。

被告站上證人臺，法官在告知緘默權之後訊問他過去的罪行。

被告依自己的意志而認罪，法官依法判刑。

『傷害致死罪的法定刑是三年以上有期徒刑。造成兩人死亡不可能得到緩刑，所以你一定要進刑務所。』

烏間定了他的罪名，宣告了正當的刑罰。

已經確定的判決無法推翻，我父親不會真的入獄服刑，烏間的做法或許只會被視為沒來由地重提過去的案子，強迫別人接受他自以為是的正義感。

但加納就是想要聽到基於真相所宣告的判決。

烏間為受害者家屬代言，指責被告的輕率。

他審判了我父親。這件事只有法官才做得到。

加納旁聽庭審時為什麼會流淚？這事得問他本人才會知道。

我父親說的話是否傳入了他的心中？

他是否接受了我父親的懺悔？他的復仇計畫是否會延緩執行？

烏間寄望於加納的良心，播下了第一顆種子。

如果討債的人不是加納指使的，又或者加納沒有轉變想法，凜在被告詢問時描述的悲劇遲早會降臨在這對父女身上。

父親選擇自殺而非宣告破產，是為了凜的幸福著想。

因為他太在乎凜，才會做錯決定。

得到無罪判決之後，即使受到暴力討債，他們依然對彼此不離不棄。父親用生命換來的保險金在凜的眼中有什麼價值呢？

烏間也談到了他們父女間的關係。

『如果你有關心的人，請不要做出會讓那人難過的決定。不要單方面地幫別人選擇最好的生活，而是要誠懇地討論，傾聽對方的意見。』

烏間也可以用更直接的說法去勸他。

像是叫他發現凜生父欠下的債務增加到無法償還時，絕對不能從事違法行為，而是要找律師或警察商量。如果今後又陷入類似的局面，一定要去找專家諮詢。

如果烏間在法庭上這樣說，我父親必定會保證不再犯同樣的錯。

不過，悲劇四年後才會發生，如果我父親在這四年間累積了太多絕望，持續遭受暴力討債的威脅，決心或許又會動搖。既然在過去無法解決問題，烏間只能在未來找尋讓我父親選擇宣告破產的方法。

那就是面對絕望的局面仍不捨棄父親、足以說動他放棄尋死的女兒。

烏間寄望於他們父女間的感情，播下了第二顆種子。

在法庭上審判我父親，以及最後的勸說，都是烏間才能做到的事。大學時代的我只能坐在旁聽席，沒辦法對加納或父親說什麼。我深深感受到自己的無能為力，按下寄信按鈕之後就離開了法庭。

在無罪判決後，父親和凜相依為命。他被佐穗背叛，失去了工作和信用，永遠撕不掉性侵犯的標籤，再也無法相信其他人。

一定要有一個人走進他們的世界，就算被趕走也要堅持留下，待在一段距離之外看顧著他們兩人，偶爾走近給他們一些鼓勵。

烏間不贊成我把過去的自己扯進來。

他覺得大學生無法背負這麼嚴苛的命運，也擔心我的未來會受到不好的影響，所以他叫我來聽他訊問被告。

我一直以為父親是受害者，因為無端蒙受冤罪，才讓他的人生一敗塗地。

這個想法雖然沒錯，但父親也有尚未贖清的罪孽。

他害死了兩個人，不是因為過失，而是出自惡意。染谷佐穗的瘋狂行徑歸根究柢也是源自那件傷害致死案，是他自己犯的錯招來了悲劇。

這不就是自作自受嗎？我得知真相後還願意為父親賭上未來嗎？

如同對待加納一樣，烏間也交由我自己去選擇。

「現在」的我已經有答案了。

當了法院書記官以後，我看過很多犯錯的人，有人因自私的動機傷害別人，毫無憫恕的餘地；也有人毫無反省之意，一句懺悔的話都沒說。

即使遇到這種人，烏間還是會詳細地解釋流程，真誠地對待他們。法官只負責裁定罪名，斟酌刑責，至於要如何贖罪只能由被告自己決定。

父親逃過了刑罰，但他並非無法贖罪。

即使眼前仍是一片黑暗，只要他自己還沒放棄，我就要和凜一起陪著他。

可是，我不能強迫「過去」的自己做出一樣的決定。

我不能只把父親和凜的悲劇寫在信中，我希望過去的自己先了解父親犯下的錯，再做決定。

為了提供資料作為參考，我在旁聽席錄下了法庭裡的對話。過去的我恢復意識之後，就會看到存在手機裡的信件和錄音檔。

希望我能接納父親的悲劇和過錯，看顧他贖罪的過程。

我寄望於過去的自己，播下了第三顆種子。

未來已經改寫了。

變換迅速得令人眼花撩亂的光束逐漸轉弱，如同失速輪盤上的珠子一邊滾動一邊找尋落腳的格子。

不再是抽象圖形。色彩也恢復了正常。

視野的邊緣冒出火花，紅色逐漸暈染了牆面。

我環視一圈。身體可以活動了。

原來如此……原來我跑到這裡了。

時空之門聯繫著凜的案件和父親的案件，聯繫著過去與未來。穿越的目的不能自行挑選，如果入口是父親的強制猥褻案，出口就會連接到凜的案件相同次數的庭審。即使案件內容改變，被告還是同一人。

分歧點是凜的案件如何演變。

那次重啟之後，凜的竊盜案變成了殺人案，我被拋回了裁判員審判的第一次審判期日，也就是說，移動的只有出口。

這次我一直卡在不穩定的時空裡，是因為出口消失了。凜成為被告的案件不存在，無論是哪一種案件。

凜的案件消失了。這是凜沒有犯罪的未來，她既沒有偷竊，也沒有殺人。

她一再偷竊是因為後悔害父親坐牢，她殺死父親是為了幫他擺脫困苦的生活。父女兩人的不幸息息相關。

既然凜沒有被起訴……

也就是說，我父親活下來了。

我不知道發芽的是哪一顆種子。是加納轉變了想法嗎？是父親找凜商量之後放棄了自殺嗎？是我陪在父親身邊勸他選擇宣告破產嗎？

或許是某個悲劇的契機停住了。或許是其他助力發揮效用了。

無所謂，總之目標達成了。

最後一塊碎片拼上，形成了我熟悉的景象。

*

陽光透過大片窗戶的蕾絲窗簾，溫柔地包覆了整個空間。木桌、皮椅、紅磚牆壁、佇立在中央的證人臺。

在辯護人席，赤間律師打著藏藍色領帶，神情幹練。

在檢察官席，武智檢事盤著雙臂，緊盯著法壇。

我仍然在過去。

穿越之旅有一個終點。

即使其中一座塔的案件消失，還是要到最上層畫下句點，才能離開過去。

第三次審判期日進行了凜的證人詢問和父親的被告詢問，接著烏間的訊問改變了審判的方向，之後預定的流程一定會有很大的變動。

第四次審判期日，法醫研究員會再次出庭作證，佐穗如果沒有失蹤也會被找來當證人。調查證據至此結束，第五次審判期日是檢察官的論告、辯護人的辯論、被告的最終陳述。

主張和證據全都備齊之後，就要迎接宣告判決期日了。

旁聽席坐滿了八成。第一排坐的是記者，每人都攤著記事本、拿著原子筆，他們一定很期待看到比被告詢問更精采的場面。

我的身旁是拿著手帕的媽媽，藍和宗二坐在比較遠的地方。我和藍對上視線，她僵硬地對我笑了笑。她頂著一頭黑髮，服裝也很保守。

我轉身望向背後。

穿著長袖白襯衫的凜低頭坐在最後一排。

她在證人詢問時遮住了臉，多半沒人發現她是被告的女兒。她身邊沒有陪同的人，她縮著身子一動也不動，像是要消除自己的存在感。

我沒看到加納。他一定猜得到結果吧。

我朝門瞥了一眼，又把視線拉回柵欄內。被告和法官都還沒到場。

此時我突然發現鞋帶鬆了，彎下腰重綁時，媽媽看著我的鞋子說「你還記得是誰教你打這種結的嗎？」。

我試著回想，但是想不起來。

「不是妳嗎？」

「不是，是那個人教你的。」

「咦……」

「大概在你快滿五歲的時候，你和幼稚園朋友買了一樣的鞋子，但是你不會綁鞋帶，所以鬧起脾氣。那人帶你出去，說是要特訓，回來之後你已經學會綁鞋帶了。他還騙你這樣綁比較不容易鬆脫，其實只是他太笨拙了。」

我一時之間還無法理解媽媽說的話。

圈圈在下面的顛倒蝴蝶結。自己綁鞋帶時蝴蝶結看起來是顛倒的，別人看起來是正常的，若是依照自己的方向幫別人綁鞋帶，就會把蝴蝶結打反。

我這種打結方式是看著他綁鞋帶而學來的？

「其實……這樣很容易鬆脫。」

「我後來教過你正確的打結方式，但你一直都沒有改過來。」

對了，是在老家附近的公園鞦韆上。我們就是在那裡進行特訓。

我坐在鞦韆上，踩不到地面，腳懸在半空前後搖晃。他把我的腳放在自己的膝上，念念有詞地幫我綁鞋帶。骨頭突出的大手。我全神貫注地盯著他的指尖。

——圈圈不能太大，也不能太小。

——這是神奇的打結方法，不會輕易鬆開。

童年的記憶。被密封的父親的回憶。

現在回想起來還是很模糊，我也不確定那是不是自己的真實經歷。我想知道更多關於父親的事，現在的我一定想得起來。

我一邊這麼想，一邊抬起頭。

四目交會。

我沒聽見刑務官開門的聲音和走近的腳步聲。他們大概是在我回憶鞋帶的事情時進入法庭的。

上了手銬和腰繩的父親正看著我。緊抿的嘴巴，八字眉，睜大的眼睛。

——我們的視線沒有交會過。

——是不是你誤會了？

——他連一眼都沒看過我。

——他一定覺得自己很丟臉，很可悲，所以才不敢看你。

宗二說得沒錯。

父親眼皮顫動，似乎準備轉移視線。

我猛然站起。媽媽抬頭看著我。父親轉開目光。這是我在過去和他交談的最後機會。我得說些什麼，非說不可。

不是為了未來，而是為了讓自己向前邁進。

「爸爸。」

握緊拳頭。視線再次交會。

我沒有繼續說下去。我明明還有很多話想說，還有很多事想問。

父親眼神閃爍。張開嘴巴，停住，再次閉上。

刑務官擋在中間，拉了拉腰繩。

父親沒再看我。

淚水滑下了臉頰。他認得我。他沒有忘記我。

今天閉庭之後，我就會離開過去的時間軸，我真慶幸能在宣告判決之前開口叫他，真慶幸能察覺到父親對我的注意。

才剛綁好的右腳鞋帶又鬆了。如果只有一邊鬆掉，或許我還不會發現，可是左腳的鞋帶也鬆開了，垂在運動鞋上。

「出去以後……可以再跟我說一次鞋帶的事嗎？」

我如此請求用溼潤眼睛看著我的媽媽。

離開法庭以後，大學時代的我就會接管這個身體，他不會記得此時的對話。說不定鞋帶的事能幫他喚醒關於父親的回憶。

法壇的門打開了。庭內安靜下來，所有人同時起立。

悠然的步伐，翻飛的法袍。

所有人配合烏間的動作行禮，接著聽見他宣布開庭。

「請被告站在證人臺前。」

父親照著刑務官的指示走向證人臺。

他沒有看旁聽席。剛才他是不是想說什麼？他想向我道歉嗎？還是想叫我的名字？不知道將來有沒有機會問他。

「現在向被告宣告強制猥褻案的判決。」

烏間的手邊除了案件紀錄之外還放著一份文件，裡面是判決的結果。那是過去的烏間根據當事人的主張和證據所寫的。

四年後的烏間朗讀著這份判決書。

「主文，被告無罪。」

媽媽抓著手帕的手在顫抖。有幾位記者立刻跑出去發布速報。藍和宗二望向彼此，可是凜依然低著頭。

等庭內恢復安靜後，烏間繼續說：

「我再重複一次，被告無罪……讀出判決理由之前，我想先說一些話。可能會說得有點久，請你先坐下。」

父親坐在木製椅子上。我已經看過這個背影好幾次了。

「對於檢察官起訴的案件，我認為你沒有任何罪名成立，所以宣告無罪。羈押已經撤銷了，閉庭之後你就會獲得釋放。基於我之前說過的『一事不再理』原則，宣告判決之後，你就不會再因為同一個案件被起訴。」

任何人被判無罪之後，再也不會被追究刑事上的責任。

無罪判決的「一事不再理」原則是受到憲法保障的。

「當然，你不會留下前科，也不該因為被起訴過而受到歧視。因為法院判定你沒有犯罪，你有權利過著和逮捕之前相同的生活。可是……時間沒辦法倒流。」

時間是不可逆的。只有我和烏間遇上了特例。

冤罪會在過去留下傷痕。

「你在平成二十七年十二月二十三日因強制猥褻的罪嫌被逮捕，到今天的判決宣告期日總共過了兩百七十五天。因為不實的罪名，使你的人身自由長期受到拘束。逮捕狀和羈押狀是由警察和檢察官聲請、由法官核准的，法官認為有充足的理由懷疑你犯了罪，所以准許拘束你的人身自由。從結果來看，這個判斷是錯的。」

和有罪判決的時候一樣，宣告無罪判決時也會在讀完主文之後說明理由，可是烏間現在說的話和判決並沒有關係。

警察、檢察官、法官都是人，只要是人就無法避免犯錯。

烏間公開承認法官的判斷錯了。

「應該要有人發現才對。負責偵查的警員認真聽過你的意見嗎？被害人被蒙住眼睛卻聽到疑似作案之人的聲音，沒有警員察覺這個情況很不合理嗎……如果有人察覺，為什麼沒有建議上級深入調查？科搜研是否有完善的體制，要求研究員在鑑定DNA的過程發現不純物質時，就算不包含在委託事項之內也要報告？是否保證不只關注證明嫌犯作案的證據，也會同等重視反面的證據？查清真相應該是警方和檢方的職責。」

最前排的記者不停地動著筆。

烏間說的不是判決書的內容，而是他要向被告、向相關人士……或是透過記者向社會大眾說的話。

「關於你遭到逮捕拘留的二十三天之間接受偵查的詳細情況，法院並沒有收到相關的報告書。譬如問案時間長短、警員態度如何、對嫌犯是否照顧，如果有不適當的地方，都必須解釋原因，最重要的是，本案之中有證據顯示可能有人誣陷了被告，既然被告已經得到無罪判決，警方應該秉持誠意繼續調查。」

佐穗對凜做的事觸犯了多條罪名，諸如暴行罪、傷害罪、監禁罪，只要能找到她購買安眠藥和繩索的證據，就可以起訴她。

至於加納……會怎麼樣呢？他或許會因教唆佐穗犯罪而背上刑責，但還是要看他的指示具體到什麼程度才能決定。

「……這是天譴吧。」

沙啞的聲音從證人臺傳出。父親繼續說：

「法官在被告詢問時也說過，我還沒有為過去犯的錯贖罪。我本來應該要坐牢的，因為我害死兩條人命卻逍遙法外，才會遭到天譴。」

「這不是天譴。」

「可是……」

「冤罪毫無疑問是人禍。我確實問過你有沒有決心用一生去贖罪，要你今後繼續思考該用什麼方法贖罪。不過，在這件案子中……你是受害者，我們這些司法人員是加害者。」

烏間一定也發現未來改寫了。

他只要念完判決書上的無罪判決，宣布閉庭，就能阻止我父親死亡。

然後我們會從時空之門回到原本的時間軸。
烏間回到四年後的未來，我回到五年後的未來。
今天的庭審是為了結束穿越而存在的。
就像是正規比賽時間之外的補時。
烏間對我父親說這些話不是為了改善未來。
一年前的烏間明知我父親是無辜的，卻判了他有罪。
為了救我父親的性命，他不得不做出違反心證的判決。
烏間對那個決定非常後悔。
「你被剝奪了寶貴的光陰，名譽也受到損害，這一切不會因為無罪判決而抹消。今後……你或許會因為這次被起訴而遇上很多痛苦的事，那都是我們造成的。」
烏間站起來，向我父親深深鞠躬。
「真的很抱歉。」
「請您不要這樣……」
烏間依言抬起頭，遵循著良心宣告：
「你是無罪的。」

終章

上身挺直的男性警員和仁保雅子一起坐在證人臺前。
法壇上傳來低沉穩重的聲音。
「我想先問仁保女士，妳說過一再偷竊是因為想進刑務所，和刑務官發展戀愛關係，沒錯吧？」
「是的。」
「妳確實偷了首飾之後就立刻去派出所自首，但妳發現這次觸犯的不是竊盜罪，而是常習累犯竊盜罪，妳不想要待在刑務所太久，所以決定主張無罪。有哪裡需要訂正的嗎？」
「沒有。」
這是仁保雅子的第三次審判期日，辯護人和檢察官已經詰問過證人，因為有事要同時詢問被告，所以仁保也移到了證人臺前。
證人和被告並肩坐在一起。
這是不常見的場面，當事人想必也感受到了動盪不安的氣氛。

「妳總共拿了四件商品，包括戒指、項鍊、手鍊、耳環。沒錯吧？」
「是的。」
「首飾沒有標價嗎？」
「展示架上放了標價牌，但首飾沒有附上價格標籤。」
「妳是在商店附近的派出所自首，直接把商品交給警員？」
「是的，因為我並不是為了得到那些商品……請問，法官到底想問什麼？」
仁保神情困惑地聳著肩膀。
「我問的是和本案有關的事。妳的丈夫惠一先生在八年前過世了，妳還留著結婚戒指嗎？」
「……結婚戒指？我發現他出軌的時候就丟掉了。」
「我知道了。為了幫助被告回憶，接下來我想出示甲證二號附加的三號照片，雙方當事人的意見如何？」
上出和泊川都沒有提出異議，於是設置在證人臺和各當事人座位前的螢幕播出了放大的照片。
「這張照片是在派出所拍攝的，妳伸出右手食指，指著擺在桌上的首飾。」
「是的。」
「照片碰巧拍到了無名指的一部分。請妳看看最靠近手掌的第三指節，是不是有類似瘀青的痕跡？」

「啊……」

「紅色的一圈。妳知道那是怎麼造成的嗎？」

仁保沉默了片刻，才擠出聲音說：「我不小心撞到手指……大概是那時候造成的吧。」

「什麼時候撞到的？在哪裡撞到的？」

「……我不記得了。」

瘀青過了一陣子會從紫色變成青色，但她的瘀青是紅色的一圈。我只能想到一個理由。

上出也目不轉睛地注視著螢幕。

「我也有問題想問富塚先生。」

「是、是的。」

坐在仁保身邊的警員富塚俊之用手帕擦拭額頭。

「你是從何時開始在時田町派出所值勤的？」

「平成三十年。」

「仁保女士在令和元年第三次被判刑，從判決書謄本寫的作案地點來看，她當時也是去時田町派出所自首的吧？」

「是的，當時也是我處理的。」

仁保盯著富塚的側臉，像是有話想說。

「仁保女士上次自首和這次自首都是在你執勤的時候。你還記得令和元年那次你們說過什麼話嗎？」

「我問完話之後，就將她送交那一區的警察局了。」

「她有提到想和刑務官交往的事嗎？」

「我沒有問得那麼深入。」

「那這次呢？」

「這……」

「仁保女士當時戴著戒指嗎？」

「……」

富塚欲言又止，看來是默認了。

仁保去自首時戴著從店裡偷走的戒指。她只戴了戒指嗎？還是連項鍊、手鍊和耳環都戴上了？首飾沒有附價格標籤。只有尺寸不合的戒指留下了勉強戴上的痕跡。

她為什麼要穿戴這些飾品？

「你在開頭時宣誓過不會說謊，而且你是以警員的身分出庭的，請你仔細想清楚再回答。你和仁保女士是什麼關係？」

打破沉默的人是仁保。

「他沒有做錯什麼，是我自首的時候向他告白了，因為他兩年前也對我很好，所以我喜歡上他了。我想再見到他，跟他說話……」

「那首飾呢？」

「我想要盛裝打扮去見他，就戴著首飾去自首。因為我沒有自知之明，結果被他拒絕了，我覺得很丟臉，所以拜託他不要說出去。」

仁保發現了嗎？

她已經沒辦法用「缺乏不法領得之意圖」的理由主張無罪了。首飾的用途就是戴在身上當裝飾，仁保既然是為了打扮自己而偷走首飾，當然觸犯了竊盜罪。

「妳說過偷竊的目的是為了進刑務所找戀愛對象，那是謊話嗎？」

「在上一次偷竊之前，我確實是為了報復出軌的丈夫，可是遇到他之後，我突然覺得做這種事很沒意義。」

「因為妳喜歡上他了？」

「是的。」

其實仁保惠一沒有出軌，而是瀆職。看來仁保雅子對丈夫的誤會還沒解開，但她已經放下了復仇的執念。

「那妳主張無罪的理由是什麼？」

「就像我上次說的一樣，我發現這次觸犯的是常習累犯竊盜罪……」

「其實是因為富塚先生拒絕了妳吧？」

「……」

如果仁保被判有罪，就得在刑務所裡待好幾年。這次和先前的差別不只是刑期長短，還包括她已經有了想要共度人生的對象。

證人臺前的兩人互看了一眼，富塚開口說：

「仁保女士在上次服刑結束後來過時田町派出所，不是來自首的，而是來向我道謝，她說很感謝我誠懇地規勸她。後來她又來了派出所好幾次，和我聊了不少事情，可是……我覺得她和我走得太近會阻礙她回歸社會，所以跟她說派出所不是隨隨便便就能來的地方。」

「她下一次就以竊盜犯的身分去派出所了？」

不是為了找他聊天，而是為了自白罪狀。

「我覺得她只是想要找我說話。當時她向我告白，我希望她能改過自新，所以請她在贖完罪之後再來找我。」

或許富塚知道她這次會坐牢很久，所以隨口做出這種約定。

不過，仁保似乎會錯意了。

她以為只要被判無罪，不用進刑務所，她就能和富塚在一起了。

「那你現在是怎麼想的？」

「我希望能成為她的依靠。」

我不知道富塚當時懷著怎樣的心情。

重要的是現在的答案。

「就算她被判有罪，必須進刑務所？」

「我的答案還是一樣。」

「常習累犯竊盜罪的法定刑最短也要三年以上，如果沒有酌情減刑，她三年內都不能離開刑務所。就算是這樣，你的想法也不會改變嗎？」

「不管要等多少年，我都會等下去。」

「富塚先生是這麼說的。」

仁保低頭不語，肩膀微微顫抖。

「希望妳在贖罪之後能過得幸福。」

烏間的語氣既嚴厲，又充滿了溫情。

閉庭後。坐在書記官席的春子姊走向旁聽席。

「下一個案件再過一個小時才會開庭，可以請你先離開嗎？」

她露出了客套的微笑。我拿起包包站起來。

「那位是我的熟人。」

聽到坐在法壇上的烏間這麼說，春子姊轉過頭去。

「喔……這樣啊。」

「我會負責關門的，可以讓我跟他聊一下嗎？」

「怎麼不請他去法官室呢？」

「那裡有『庭長』在，沒辦法輕鬆地聊天。」

「法庭也不是聊天的地方啊。」

春子姊念念有詞地把鑰匙交給烏間，然後雙手抱著筆記型電腦和案件紀錄走向旁聽席，我見狀趕緊幫她開門。

「謝謝，你……應該不是烏間法官的兒子吧？」

「不是，我在大學時代受過他不少照顧。」

我看著春子姊走向走廊。她一定把我當成了素未謀面的奇怪年輕人。

以前我們經常在抱怨和閒聊之中討論案件的發展，因為我們是同一位法官的書記官，即使年齡差很多，還是能毫無隔閡地交談。

可惜我們的關係已經回不去了。

「好久不見了，宇久井。」

烏間走下法壇，站在辯護人席旁邊。

我們隔著旁聽席前方的木柵欄面對彼此。

「真慶幸我有來旁聽仁保女士的審判。」

「原本要任命我當庭長的安排已經改變了。」

「……藍告訴我的時候，我真的很意外。」

結束穿越之後過了一個月。我回到原本的時間軸，若無其事地繼續生活，同時也在探索未來受到的影響。

頭一個讓我感到驚訝的是自己的現狀。我打電話給藍，打聽南陽地方法院刑事庭的成員，聽到烏間的名字讓我安心了一些，但我注意到他的頭銜不一樣了。

現在的他不是庭長，而是右陪席。

「只是沒當上庭長還算好的，我本來都準備辭職了。」

「本來您一回到南陽地方法院就會被任命為庭長，應該去向最高法院申訴說這是懲罰您反抗司法的不當人事安排。」

「那我就得解釋穿越時空的事了。」

烏間鐵定是因為五年前的案子而被踢出了晉升之路。

他在訊問被告時利用訴訟指揮權把案件導向無罪，還重提了另一件已經判決的案件。

在宣告判決期日，他又批評警方和檢方，還毫不辯解地承認司法人員犯了錯。

「您不後悔嗎？」

「被當成怪胎法官更能毫無顧忌地闡明。」

「別人都說這是烏鴉的啼叫。」

「我知道。」仍穿著法袍的烏間露出微笑。

「我現在沒有工作了。」

聽完父親的無罪判決後，我通過時空之門離開了法院，回到自己房間的床上。

我發現了存在手機裡的檔案，向藍打聽了情況，得知自己走上和過去截然不同的道路。

「你兩個月後就要參加司法研習了？」

「是的，比藍晚了三年。」

大學四年級的我在畢業後沒去考公務員，而是考了法科大學院，我在入學考試、期末考、司法考試受挫過好幾次，好不容易才拿到司法研習的資格。看看筆記本和書櫃，就知道我這一路走來是多麼辛苦。

「不能再和你搭檔真是太遺憾了。」

「我以前想要當書記官，是因為不能原諒父親主張無罪，所以想要從正面看著坐在證人臺前的被告。可是，大學時代的我發現父親是冤枉的，就不再恨他了。」

如果烏間沒有判父親無罪，我一定會繼續懷疑他。

「你也可以選擇司法以外的職業啊。」

「為了說服過去的自己支持父親，我用手機錄下了被告詢問的內容。我後來應該也從報紙或網路報導看到了您宣告判決時的發言。」

「所以你毫無遺漏地看完了我的脫稿演出？」

「藍那天也有去旁聽，她說看到法官認錯時非常震撼。那次審判讓她更想成為法官了。對於正在考慮出路的大學生來說，那是足以改變人生觀的契機。」

看到藍先一步當上法官，我卻連司法研習的入場券都還沒拿到，想必會很焦慮，但我還是不屈不撓地繼續挑戰。

一定是因為我能清楚地描繪出未來的景象，才有辦法堅持到最後。

「對了，法庭裡禁止錄音喔。」

「您開庭前在電話裡說過，就算我坐在旁聽席滑手機，您也會當作沒看見……刑事訴訟規則第二百一十五條。」

該條文規定「在審判庭所為之攝影、錄音或廣播，非經法院之許可不得為之」，我是在辯稱自己事前得到了法官的特別許可。

「這樣啊。真不愧是前書記官。」

「那段經歷已經被改掉了。」

「我真期待看到你會成為怎樣的法律人。」（註17）

「我已經想好了。」

烏間救了我父親，引導了過去的我。

過去的我一定是對那位法官非常嚮往，才會決定走上司法這條路。

烏間似乎看出我的想法，所以換了話題：「你和千草的關係怎麼樣了？」

「您怎麼不去問藍？」

註17 日本的法官、檢察官、律師是統一考試，統一培訓，直到參加過司法研習並通過考試之後，才會選擇從事哪一種職業。

「她不知道我和你互相認識，現今的時局也得考慮到很多麻煩的情況。」

看來烏間還是不擅長和年輕的左陪席相處。就算是法官，也要小心避免被人說是性騷擾或職權騷擾。

因為法官既不是天上人也不是神，只是區區一介凡人。

「我準備等到司法研習結束後再說。」

「為了跟她平起平坐嗎？」

「我會努力不讓自己落後的。」

我已經不像以前那樣不信任家庭。接下來就得看決心了。

依照過去軌道行駛的練習時期遲早會結束。

「真沒想到未來會變成這個樣子。被改寫的歷史只有我們記得。每次走進法庭，我就有一種奇妙的感覺。」

我沿著烏間的視線望向天花板。

淡淡的藍綠色光芒。彩色玻璃燈投出模糊的影子。

「我們為什麼會穿越時空呢？」

「那是超自然現象，不可能找得到合理的解釋。」

「仁保女士也是相關者，現在走出那扇門，說不定又會回到過去。」

「如果又回到過去，會回到什麼地方？」

「……我也不知道。」

烏間至今宣告過多少次有罪判決？說不定還有其他像我父親一樣的冤罪，說不定還有其他需要改寫的審判。

因為法官不可能永遠不犯錯。

「不會再發生了，應該說，最好不要抱持期待。」

「為什麼？」

「審判是不能重來的，無論有罪或無罪，一旦宣判了就沒辦法取消，所以法官絕不能抱持偏見，必須全心全意地面對被告。」

「無論再怎麼努力，一定還是會有迷惘的時候。」

「到時就遵循自己的良心吧。」

如果我當上法官，也得開始面對被告。是有罪還是無罪，該判處怎樣的刑罰……不管再怎麼迷惘，還是得做出決定。

遵循自己的良心。

我知道這個目標有多困難。

「已經過了整整五年呢。雖然我的體感時間只過了一個月。」

「我是一年一個月。」

我望向沒有人的證人臺。

父親被判無罪之後已經過了五年。

「謝謝您……沒有棄我父親於不顧。」

「你等一下要做什麼？」

「我要回家了，今天好歹也是無罪紀念日。」

書記官席的內線電話響起，烏間拿起話筒接聽。

我從口袋掏出手機檢查訊息。

宗二傳來的訊息寫了同學會的日期。

「有人要申請保釋，我得回去了。」講完電話的烏間朝我走來。

「好的，那我先告辭了。」

「改天法庭見。」

我沒收到過去的自己寄來的信。

或許是時空之門關閉後，我和過去的聯繫也被切斷了。

手機裡的相簿存了很多我沒看過的照片和影片。

五年累積的時光一點一滴地融入我的記憶。

現在的我正處於過去的我所開拓的未來。

不知道今後會走向怎樣的未來。

我深吸一口氣，打開旁聽席的門。

不是為了回到過去，而是為了回到家人身邊。

本作最初發表於《梅菲斯特》二〇二一秋Vol.1～二〇二二春Vol.3

鑑識科學顧問：山崎昭（法科學鑑定研究所）